Diese Geschichte ist rein fiktiv. Ich lege größten Wert darauf, keinen Bezug zum aktuellen Tagesgeschehen, Orten, Themen oder Personen herzustellen.

Mein Dank gilt allen Personen und Ereignissen, die diesem Buch zur Geburt verhalfen.

Peter Rupprecht

Peter Rupprecht

Kore Tomps

- Der Konstrukteur -

Version v. 01.05.2020

Bibliografische Information der Deutschen Nationalbibliothek
Die Deutsche Nationalbibliothek verzeichnet diese Publikation in der Deutschen Nationalbibliografie; detaillierte bibliografische Daten sind im Internet über http://dnb.d-nb.de abrufbar.

Inhaltsverzeichnis

Der Erreger ist nichts, das Milieu ist alles!

(Claude Bernard, Mediziner)

Prolog

Manche sagen, dass es keinen Gott gäbe. Das Universum wäre ein Konstrukt des Zufalls und sie selbst wären nichts anderes als seine Kinder. So wie an jedem Tag neue Sterne geboren werden und Alte vergehen, würden auch sie geboren und sterben. Es gäbe weder ein Davor noch ein Danach und erst recht keine unsterbliche Seele.

Andere wiederum behaupten, dass das Universum alles andere als eine Laune der Natur sei. Der Kosmos ist ein Ort des Werdens, ein Ort des Staunens, ein Ort der unvergleichlichen Schönheit und der grenzenlosen Weite. In diesem sich stetig entwickelndem Gebilde wäre alles in Harmonie, selbst wenn es sich zunächst dem menschlichen Geist nicht erschließt. Aufgrund dessen steht alles mit allem in Verbindung und die Frage nach der Existenz eines „Alles in sich Vereinenden", ließe sich mit einem eindeutigen Ja beantworten.

Aber eigentlich ist es egal, was ein jeder über das Vorhandensein einer Gottheit oder des Einen in sich Vereinenden zu wissen glaubt, denn dies wird an der Tatsache nichts ändern, dass Sie, lieber Leser, diese Zeilen hier mit den Augen verfolgen, die hier geschriebenen Buchstaben in Ihr Gedächtnis aufnehmen, sie darin ordnen, den Inhalt erfassen und zu einer Botschaft deuten. Wer oder was auch immer Ihre Entscheidung beflügelte, zu diesem Werk zu greifen, so sind Sie es doch letztlich selbst, der dieses Buch in die Hand nahm, es aufschlug und bis zu diesem Punkt las. Wenn es so und nicht anders ist, warum passiert dann das Gleiche nicht mit dem Universum gerade jetzt selbst? Irgendjemand schlug es auf, begann es zu lesen und ordnet gerade seinen Inhalt. Seine Botschaft wird ganz allein von Ihnen gedeutet, weil Sie am Ende dieser Kette stehen. Dieser Prozess dauert bis heute an. Ob Zufall oder nicht: **<u>Sie nahmen</u>** es in die Hand, sie schlugen es auf und lesen gerade darin. Ob Sie es jetzt wieder schließen oder weiterverfolgen, bleibt Ihre ganz persönliche Wahl. So wie Sie sich entscheiden mit offenem Herzen durch das Leben zu gehen, oder es zu verschließen. Sie können sich nicht nicht entscheiden. Eine Entscheidung ist an sich daher weder gut noch schlecht. Sie ist, was sie ist und bekommt erst dadurch einen göttlichen Charakter.

Der dritte Teil dieses Buches handelt von der Frage des Göttlichen. Es ist die Geschichte von einem Gefängnis ohne Mauern, von einem tödlichen Virus und dem eines gesichtslosen Monsters. Sie klinkt sich zu dem Moment in Kores Leben ein, der für sie einen neuen Anfang auf Atres verheißt...

Kapitel 1

Morgendämmerung

Kore blinzelte. Die morgendliche Sonne schillerte mit ihren leuchtenden Strahlen auf dem Oberflächenwasser des verbotenen Sees, der im einstigen Niemandsland von Atres ein unwirtliches Dasein fristete. Sein helles Lichterspiel blendete die junge Frau mit den tiefblauen Augen, sodass sie an Schlaf nicht mehr dachte. Und das, obwohl sie ihn sich mehr als nur verdiente. Müde näherte sie sich vorsichtig dem Ufer des Sees, um sich den Schlaf aus den Augen zu waschen. Sie musterte mit wachsamem Blick die steinige Gegend der Caldera, in dem der Gebirgssee ruhte. Der still vor sich hindümpelnde See wirkte in diesen frühen Morgenstunden klar und tröstlich auf ihr Gemüt. Auf seiner kreisrunden Wasseroberfläche bewegte sich zu dieser Stunde keine einzige Welle. Flach und undurchdringlich wie ein riesiger Spiegel wirkte er. In ihm reflektierten sich die hohen Berge und der klare Himmel, was diesem Ort die lang gesuchte Harmonie verlieh. Sie kniete zum Wasser nieder und schöpfte mit ihrer Hand das kühle Nass, mit dem sie ihre Augen benetzte. Neko lies ihr wenigstens das feuerrote Kleid aus ihrer Feenzeit, sodass sie in diesen Stunden nicht nackt am Ufer weilte. Kore bemerkte, sich selbst in der Spiegelung des Sees betrachtend, dass ihre Ohren die spitze Form der Feen behielt. Bedeutete das etwas? Sie sah nach ihren Händen. Die fluoreszierenden Punkte zeigten sich hingegen nicht mehr auf ihnen. Lysander schlief, als Kore sich nach ihm umdrehte. Auch er trug seine Waldfeenkleidung mit den blassen Erdfarben. Kore lächelte zufrieden bei seinem Anblick. Auf seiner Brust lag sie die Nacht über und fühlte sich glücklich dabei. Sie ging zu Lysander und sah nach seinen Ohren. Diese zeigten sich abgerundet. Das kam ihr doch recht seltsam vor. Immerhin wusste Kore an diesem Morgen nun, dass die vielen Ereignisse der letzten Stunden kein Traum waren. Vor wenigen Tagen erahnte sie nicht einmal, dass es Atres, den erdähnlichen Planeten auf dem sie sich jetzt befand, überhaupt gab. Dem Platz im Universum, von dem sie abstammte. Dem Ort, an dem ihr Schicksal entsprang. Von hier aus wurden Feen in das Universum gesandt, um ihre Bestimmung zu erfüllen. Auf ihre Art und Weise griffen sie in den Lauf des Schicksals ein, ohne dass sie es als ein Eingreifen empfanden. Sie wusste weder von den jahrtausendealten Kämpfen der unsterblichen Wesen auf Atres, oder dass sie dort wie bei der Geburt von Feenkindern üblich, vom Himmel fiel. Diesem Fall aus der Atmosphäre oblag der Umstand der Verseuchung des Planeten durch die vereitelte Mission der Menegerit. Ihr Bruder Neko verdarb den Abkömmlingen der Erde den Plan zur Erlangung der Unsterblichkeit. Ewig ist nur die Zeit selbst und letztendlich der Zyklus, dem alles untergeordnet ist. Dem ewigen Kreislauf der Energie, ähnlich dem des Wassers, dem Kore und auch Lysander ihre Existenz verdankten.

Niemals rechnete Kore mit ihrer edlen Herkunft als Tochter des Feenkönigs, sowie zu ihrer Verbindung mit Lysander. Kore fühlte schon immer, dass ihr Liebster nicht auf der Erde umherging. Obwohl sie während ihrer irdischen Zeit vielen Verehrern begegnete, die ihr schöne Augen machten und sich auch alles Mögliche einfallen ließen, um ihr zu gefallen, empfand sie für niemanden so etwas, das man Hingezogenheit nannte. Vielmehr richtete sich ihr Sehnen nach Sternen. Er wäre irgendwo da draußen im Weltall. Schon immer glaubte sie das. Im Gegensatz zu ihren Freundinnen, die sich abenteuerlustig, ja beinahe wahllos in das Liebesleben stürzten, um Erfahrungen zu sammeln, griff bei ihr eine andere Regel. Wie bei den Feen üblich, bestimmten sich die Liebenden schon immer füreinander. Auch der Zeitpunkt, wo und wann sie sich trafen. Die Beziehung zwischen einem Elf und einer Fee verglich sich nicht mit dem der Menschengeschlechter. Streit über die Sorgen des Alltags wie Gut und Geld, Zeit und Erziehung, Laster und Tugend gab es bei ihnen nicht. Sie empfanden sich als Kinder des Schicksals und fühlten einander wie eine Einheit. Der Eine wusste immer, weshalb der Andere so und nicht anders handelte. In ihnen loderte das unauslöschliche Feenfeuer, dessen Keim bereits seit der Geburt in ihrem Körper steckte. Etwas, das mit der Liebe unter den Menschenkindern nur vage zu vergleichen bleiben wird. Die Liebe zwischen den Menschen ist wie das Werden und Vergehen aller Materie und des Kosmos. Es unterlag dem Verschleiß und verlor irgendwann an Geschmack. Doch das Feenfeuer brannte, einmal entfacht, dauerhaft. Eine Kraft voller Selbstlosigkeit und Harmonie, die der Quell allen Tuns der Spezies umfasste und ihr Leben gänzlich beherrschte. Ihre beiden Schicksale verknüpften sich schon immer eng miteinander. Kores Bruder Neko erklärte es ihr deutlich im See letzte Nacht. Die Zeit verhielt sich zyklisch und wiederkehrend. Sie ging, wie das Schicksal selbst Verflochtene, dem Verstand unauflösliche Wege. Viele Fragen während ihrer Zeit als Fee blieben für Kore unbeantwortet. Neko gab Kore zwar Antworten darauf, aber ihre Inhalte blieben der Feenprinzessin weiterhin rätselhaft. Sie sähe Indreen und ihre Geschwister wieder, sagte Neko ihr voraus, bevor er sich wieder an seinem ihm bestimmten Platz im Universum zurückbegab. Die paar Jahrtausende seiner Anwesenheit auf Atres waren verglichen mit dem Zeitgefüge des Kosmos nur ein kurzer Augenblick. So wie jedes Ereignis in einem Leben ein kurzer Augenblick ist, der immer in die Vergänglichkeit mündet. Neko sagte ihr, dass die Vergangenheit nie wirklich vergeht und nur deswegen für Kore als Vergangenheit erschien, weil sie die Zeit anders als er wahrnahm. Aus Nekos Sicht gab es weder Zukunft noch Vergangenheit. Dies sei nur eine Interpretation des Gehirns. Neko ist immer zu jeder Zeit präsent und fühlte auch jeden Moment gleichzeitig. Jedes dieser Ereignisse kehrte aus Kores Sicht irgendwann wieder und sie nahm die Momente wieder der Reihe nach wahr. Aber für Neko geschahen sie fortwährend. Im Gegensatz zu Kores Leben, das epochal verlief, ging Nekos Dasein über dem Kreis des Werdens und Vergehens hinaus. Neko kam nicht. Neko verging nicht. Er ist und besaß weder einen Anfang noch ein Ende. Daher erfüllte er den zyklischen Ablauf des Kosmos und durchlief ihn wie auf einer Endlosschleife. All dies tröstete Kore über den „Verlust" ihres Bruders als Menschen hinweg. Sie fand dank ihm ihren bestimmten Liebsten, dessen Körper von Nekos Geschenk der Lebensenergie mit neuer Kraft erfüllt wurde. Kore verstand, dass die Zeit, das ewige Gefüge, ihr kleiner Bruder war, der sie liebte aber auch nicht vergessen werden möchte. Wer ihn liebte und auf ihn einging, der würde von ihm reich beschenkt sein. Ein Geschenk, das sich mit keinem Gegenstand ja sogar mit der Unsterblichkeit aufwog.

Die hochgewachsene Schönheit schüttelte ihre blonde Mähne durch, die unverändert blieb. Sie durchkämmte sie mit ihren feinen Fingern. Obwohl ihre Haartracht starr wirkte, verfing sich doch der kleinste Lufthauch darin. Bei allem, was Kore mit ihrem angewachsenen Kopfschmuck versuchte, ihre Haare nahmen immer wieder die alte Form der langen feinen Strähnen an. Erst von Ipsy, ihrer Ausbilderin, erfuhr sie, dass das vergebliche Unterfangen, ihre Haare bändigen zu wollen, niemals wirklich gelang. Einer Fee war es nämlich nahezu unmöglich ihre Frisur dauerhaft zu verändern. Es gehörte zu den typischen Merkmalen, mit der diese Gattung bedacht wurde.

„Lysander", murmelte Kore zufrieden und beugte sich über ihn. Sie strich ihm mit ihrer feinen Hand zärtlich über seine Haare. Doch diese verformten sich im Gegensatz zu ihren und blieben auch so liegen. Dies bemerkte Kore zunächst in ihrer glücklichen Stimmung nicht. Bewegt sah sie ihrem schlafenden Geliebten zu. Verträumt folgte sie jeder Einzelheit seiner Atemzüge. Lysander mochte kaum älter als Kore sein. Seine edle Statur und Haltung wirkte kräftig. Kore dachte, wenn sie ihren Geliebten sah, auch an ihren Kampf mit den Menegerit. Die Abkömmlinge der Menschen, so wie der Computer der Huangdi die Herkunft achtbeinigen Wesen erklärte, zogen aus, um ihren Bruder einzufangen. Ihr Ziel ihn wie ein Werkzeug zu gebrauchen, scheiterte. Es gelang zwar ihren Technikern einen Zeitmagneten zu entwickeln, der Neko an einen Punkt im Kosmos konzentrierte und seine Kraft bündelte. Mit ihm wollten sie den uralten Traum der Spezies Mensch wahr werden lassen: die Unsterblichkeit erlangen. Sie wussten allerdings nicht, dass Neko ein Bewusstsein besaß und somit auch das Wissen seines Schicksals. Er wusste, dass dieser Konflikt bevorstand und auch wie er endete. Durch Kore, die letztlich das Schicksal der verbliebenen Menschen an der Hand nach Hause führte. Neko schickte sie. Sie war die schwarze Fee, die alleine durch ihr Sein und ihrer Suche nach der Wahrheit, den teuflischen Plan der Menegerit zerschlug. Neko kollidierte mit dem Planeten Atres und verseuchte den erdähnlichen Himmelskörper mit seinen Kräften. Die überlebenden Siedler der Weltraumexpedition spalteten sich aufgrund seines Einschlages in verschiedene Rassen und Fähigkeiten auf. Zu einer davon gehörte das Volk der Feen, von denen auch Kore abstammte. Die Schicksalsseherin der Feen schickte Kore zu Beginn ihres Lebens auf die Erde. Von

Geburt an bestimmte sich Kores Schicksal, diesen Weg zu gehen und den Punkt zu erreichen, an dem sie jetzt stand. Die Seherin erkannte den künftigen Werdegang ihrer Schutzbefohlenen, die man zu ihr brachte und prophezeite bei Kore ein nicht gerade angenehm klingendes Schicksal. Ihr Spruch bei Kore lautete: „Dein Kind wird einen mächtigen Feind besiegen und sterben.“
Ein Spruch voller Rätsel, der alle möglichen Deutungen zu lies. Wer war der mächtige Feind? Was war mit dem Tod gemeint? Starb Kore gerade wegen ihres Sieges? Erst nach und nach wurde Kore die Bedeutung dieser Weissagung bewusst, die sie erst wieder bei dem Erhalt des Feenstaubes zu hören bekam. Ihr kurzes Gespräch mit der Seherin auf Durvin machte Kore klar, dass nicht die Prophezeiung an sich das Problem war, sondern nur, was sie selbst daraus machte. Je nachdem, wie sie ihr begegnete, so zeigte sich auch ihr Schicksal. Neko erneuerte sich aufgrund der Expedition der Menegerit wieder. Dazu schlüpfte sie in den Körper eines Knaben mit dem Namen Neko. Die fanatischen Ors auf der Erde beschworen ihn zum Weltenzerstörer herauf, um ihrer Ideologie dort zur Macht zu verhelfen. Nicht wissend, dass sie damit bereits ihren Untergang besiegelten. Die Ors gaben Neko im Waisenhaus zu Presson ab, um in ihn den Hass des künftigen Monsters zu schüren. Die Bestimmung Kores bestand darin von Anfang an Nekos letzter Halm der Rettung zu sein und ihn vor einer vollständigen Vereinnahmung des Bösen zu bewahren. Unweigerlich führte Kores Weg wieder zurück nach Atres um Neko auch ihre Kraft wieder zurückzugeben, damit Neko wieder in den Kosmos zurückkehrte. Nach Nekos Rückkehr nahm sie ihren Geliebten in die Arme und erfuhr ein Gefühl der Geborgenheit, dass sie schon so lange vermisste. War sie so doch eine Gehetzte des Schicksals. Dennoch blieben ihr Nekos letzte Worte im Gedächtnis haften. Von da an glaubte Kore an den ewigen Zyklus des Seins. Was für das ganze Universum galt, galt auch für den Einzelnen. An ein immer wiederkehrendes Schicksal, dem man sich letztlich nicht entzog. Was ist denn Wirklichkeit? Was ist Traum und Illusion? Wer das Heft des Handelns in der Hand behielt, das lernte Kore in diesem Lebensabschnitt, geriet niemals in Zeitnot. Egal was man tut, versucht und macht. Entkommen konnte man seiner Bestimmung nicht. Einzig allein wählbar blieb, wie man ihm entgegen trat.

Kore erstrahlte vor Glück. So lange sehnte sie sich danach, keine Gehetzte von fremden Mächten mehr zu sein. Endlich fand sie in ihrem Leben den Platz, an dem sie wahrlich hingehörte. An der Seite ihres Partners. Glücklich sah sie ihren Geliebten an, der von ihrer zärtlichen Berührung die Augen aufschlug. Wie verzaubert linste Lysander in ihre Augen.
„Mein Morgentau“, flüsterte er ihre Liebkosung genießend und setzte sich auf.
„Es muss ein Traum sein“, fügte Lysander betört hinzu und streichelte Kore ebenso leidenschaftlich an ihrer Wange, sodass sie ihn sein Strahlen erwidernd anblinzelte. Gleich der Sonne, die über ihnen aufging.

„Nein, das ist es nicht", sagte sie wispernd und nahm seine Hand. Tief blickten sie sich in ihre klaren Augen und verrieten, dass sie hier und jetzt der Moment ihres großen Glücks überkam. Ihre Lippen trafen sich wie von selbst. Zeitverloren küssten und streichelten sie sich am Ufer des Sees. So vertieft, dass sie nicht das schwärmerische Seufzen hörten, das unweit von ihnen ausging. Sie gehörten zwei Wesen, die Kore bereits allzu gut kannte. Erschienen sie ihr doch permanent in den letzten Tagen, wenn sie das Bewusstsein verlor oder sich zum Schlafen legte.

Die eine hohe Stimme schwärmte anteilnehmend: „Junge Liebe. Einfach wundervoll."

„Wie bei uns", fügte die schroffe Männliche dumpf an.

„Wir sollten sie eine Weile in Ruhe lassen", meine die hohe Stimme wieder.

„Ja. Ein wenig Zeit sollten sie für sich haben …"

Kore schreckte verwirrt auf. Obwohl sie Lysanders Berührungen sichtlich genoss, drängten die zwei bekannten Tonlagen, die in ihr angeborene Neugierde auf. Der typische Wissensdurst der Feen, der sich niemals stillte, blieb ebenfalls in ihr erhalten. Blitzschnell drehte sie sich in die Richtung, aus dem sie die Laute vernahm.

„Was? Ihr hier?", sagte sie es nicht glauben wollend. Überrascht blickte Kore auf die kleinwüchsige Ipsy und den feurigen Dämonenlehrer Drag, wie sie sich auf einem breiten Felsvorsprung am See postierten. Wie die Zuschauer in einer Theaterloge beobachteten sie die Darbietung ihrer Liebesbezeugung. Kore erstaunte sich darüber, dass Ipsy die gleiche handliche Körpergröße besaß. Beide büßten nichts an ihrer Mutation ein. Etwas, dass Kore doch sehr seltsam vorkam. Glaubte sie doch, dass Neko all seine Macht dem Planeten und den auf ihm lebenden Kreaturen entriss. Auch schienen sie ihre Kräfte behalten zu haben.

„Wo wart ihr zwei eigentlich? Ich dachte, ihr seid für immer weg?", fragte Kore sie argwöhnisch. Auch Lysander sah sich verwundert nach ihnen um.

„Oh, äh Kore. Nichts für ungut. Wir wollten euch wirklich nicht stören", bemerkte Drag sich kleinlaut entschuldigend.

„Wie kommt es, dass ihr Zwei noch immer eure Kräfte habt?", fragte Kore erstaunt und musterte Ipsys glitzernde Hände. Ebenso stierte Lysander verwundert Drags brennenden Zylinder an, dessen stechende Flamme nicht zu erlöschen schien und wie eine Fackel in den Himmel hineinloderte.

„Das wissen wir auch nicht", sagte Ipsy achselzuckend. „Wir beide wurden aus unserer Ebene geschleudert. Eine Art Wirbelsturm packte mich und Drag und zog uns auf Atres zurück."

„Ja. Das ist aber schon ein paar Jahre her. Wir glaubten, dich nie wieder zu sehen."

„Wer sind denn die Zwei überhaupt?", fragt Lysander überrascht und musterte die kleine Fee mit ihrem dämonischen Begleiter. Ipsy fuhr ihre seidigen Flügel aus und segelte wie ein Schmetterling über den kiesigen Boden, während Drag ihr über die Oberfläche wie ein glühender Lavastrom folgte.

„Du kennst mich wirklich nicht?“, fragte Ipsy überrascht, als sie sanft wie eine Gazelle auf einem vorgelagerten Brocken landete. „Na ja, vielleicht hast du etwas von deinem Gedächtnis verloren, als sie dich töteten“, sagte sie in ihrer spitzzüngigen Art. „Ich aber kenne dich, Lysander. Im ganzen Feenreich warst du jedem bestens bekannt.“
Ipsy lehnte ihre feinen Hände dabei an ihren zerbrechlich wirkenden Körper an. Unversehens fuhren ihre Flügel in den Leib zurück.
„Sogar die Dämonen wussten von dir“, fügte Drag grinsend hinzu. Er baute sich wie eine formbare rote Knetmasse zu seiner ihm eigenen Gestalt mit brennendem Zylinder und dem feurigen Frack neben seinem Herzblatt auf.
„Wir glaubten wirklich nicht euch wieder zu sehen“, wiederholte Ipsy erleichtert. „Nach allem was wir Zwei durchgemacht haben“, fügte sie hinzu und kniff ein Auge zu Kore hinüber zu.
„Wo sind die anderen Feen hin?“, fragte Kore neugierig.
„Die ehemaligen Feen, also auch deine Mutter und dein Vater sind nach Schloss Durvan gegangen. König Laikos und die Feenkönigin verwandelten sich wieder in Menschen zurück. Die Wolkenfeste ist in die Splitterbucht gestürzt und sieht aus wie eine vom Meer durchspülte Trümmerstadt. Ziemlich grausig, wie ich finde. Halb versunkene Kristalltürme inmitten flachen Meerwassers. Die ehemaligen Waldelfen und die Dunkelelfen schlossen sich zusammen und gründeten eine neue Siedlung im Urwald. Was die Eisleute machen, weis ich nicht, da ich nicht so gern ins Eis gehe“, berichtete Ipsy im Tempo eines Nachrichtensprechers.
„Die ehemaligen Dämonen sind auf der Vulkaninsel Trestan geblieben. Na ja, sie haben sich Unterkünfte in den Tuffstein getrieben und leben jetzt vom Meer. Außerdem ist Vulkanerde sehr fruchtbar. Sie bauen dort Früchte an und keltern Wein, den sie mit den anderen Völkern gegen andere Güter tauschen. Es entwickelte sich eine erstaunliche Tierwelt im Ozean. Die Meermenschen ließen sich auf den übrigen Inseln des Planeten nieder. Nahezu jede Insel auf Atres ist besiedel. Außer auf der Huangdi natürlich. Diesem stählernen leblosen Klotz in der Splitterbucht.“
„Die Huangdi gibt es noch?“, fragte Kore aufhorchend. „Was ist mit den Menegerit passiert? Was taten die inzwischen?“, fragte Kore skeptisch nach.
„Mc Learys Schergen? Die meinst du sicherlich. Tja, das weis ich leider nicht. Es ist erstaunlich ruhig dort. Wir zwei hielten es sowieso für das Beste, all die Zeit unentdeckt zu bleiben, da wir die Einzigen sind, die ihre alten Kräfte behielten. Die anderen sind jetzt so sterblich, wie deine Freunde auf der Erde. Da sind wir Zwei fehl am Platz“, sagte Ipsy lächelnd und gestand erleichtert ein. „Ist schon komisch, dass wir Zwei so davon kamem. Es bietet uns allerhand Vorteile hier. Wir beide leben unbeschwert und ohne Abrackern in den Tag hinein, während die anderen alles mühsam vom Boden abringen.“
„Das mit der Huangdi gefällt mir gar nicht“, überhörte Kore Ipsys Rede, als sie das von den Menegerit mitbekam. „Das sieht den Zauberern nicht ähnlich. Sie wollten

den ganzen Planeten für sich erobern. Selbst wenn sie nicht über Nekos Kräfte verfügen, sind sie den anderen haushoch überlegen. Ihre Technik ist absolut tödlich. Warum ließen sie die Siedler bisher in Ruhe und verzogen sich auf Nimmerwiedersehen? Da stimmt doch was nicht. Man muss dort nachsehen, was mit ihnen passiert ist."

Kore überkam plötzlich der Gedankenimpuls, dass es ein viel wichtigeres Thema gab, als nach dem Verbleib der Menegerit zu fragen.

„Was ist mit Jule?"

„Äh das …", meinte Ipsy etwas betreten und schaute etwas verlegen drein.

„Ist sie tot?"

„Nein, das nicht …", antwortete Drag für sie. „… aber sie veränderte sich, Kore. Du erkennst sie nicht wieder."

„Wie meinst du das?"

„Sie lebt mit Maluk zusammen bei den Wald- und Dunkelhelfen und ist nun mehrfache Mutter."

„Was?"

„Na ja. Sie schenkte vielen Kindern das Leben. Sie ist sehr fruchtbar …", versuchte Ipsy weiter zu sprechen. Doch irgendwie blieb sie mitten im Satz hängen.

„Was Ipsy nicht über die Lippen bringt …", fuhr hingegen Drag ungeniert fort. „Die meisten ihrer Kinder erbten eine bronzefarbene Haut von Maluk und die rostroten Haare ihrer Mutter. Aber ihr erstes Kind …"

„Nein, Drag", fiel Ipsy ihm sachte ins Wort. „Ich sage es ihr. Du hast einen Sohn."

„Ich bin Vater?", haspelte Kore, weil sie glaubte, nicht recht zu hören.

„Ihr erstes Kind trägt strohblonde Haare, hat tiefblaue Augen und ist so hellhäutig wie du", bestätigte Drag. „Der Körperwandler, du weist doch, als du bei den Waldelfen warst …"

Kore setzte sich von der Nachricht mitgenommen. Lysander trat an sie heran und hielt sie fest.

„In der Nacht, als ich dir den Körperwandler beibrachte und du dich in Lysander verwandelt hast …", fuhr Ipsy fort. „Du hast sie befruchtet und in ihrem Leib wuchs ihr erstes Kind heran."

„Wie lange war ich im See?"

„Vielleicht zehn Jahre? So genau wissen ich und Drag es nicht. Hier auf Atres gibt es einen anderen Jahreszyklus als auf der Erde."

In Kore wallte es. Eine wichtige Zeit in ihrem Leben schien verloren. Das durfte nicht so bleiben. Daher klang ihr erster Impuls auf diese Mitteilung verständlich.

„Ich muss sofort zu ihr. Bringt mich hin."

„Das wird schwierig", erwiderte Drag reserviert.

„Warum? Ihr beide habt doch eure Kräfte. Ihr macht mir einfach einen Gleiter …"

Ipsy und Drag sahen Kore verwundert an. Kore unterbrach sich, als sie merkte, dass da offenbar mehr im Busch war, als sie zunächst ahnte.

„Auch wenn du einen guten Grund hast, uns um Hilfe zu bitten ...“, entgegnete Drag sie abwürgend. „... ich und Ipsy kamen überein, mit den Siedlern nicht in Kontakt zu treten und erst recht nicht ihre Nähe zu suchen. Alleine, dass wir dir und Lysander davon erzählen, ist schon grenzwertig. Wir nahmen uns vor, uns nicht in die Belange der Siedler einzumischen und den Dingen auf Atres ihren freien Lauf zu lassen.“

„Soll das heißen, ihr helft mir nicht, zu meinem Sohn zu kommen?“

„Ganz genau“, antwortete Ipsy. „Wir beide überlegten uns das in all den Jahren gut. Ob wir dir davon erzählen sollen und wenn ja, auch wie wir dir davon erzählen, wenn du wieder aus dem See steigst. Wenn wir dir nie davon erzählten, wärst du jetzt ohne Sorgen und planst dein Leben anders. So aber weckten wir in dir das Bedürfnis am Besten schon gestern zu Jule und deinem Sohn zu kommen.“

Kore verstand das. Vor kurzem war sie ja noch selbst eine Fee und wusste, warum, sie so handelten.

„Aber ihr führt mich und Lysander doch wenigstens zu ihnen hin? Oder?“

„Euch führen? Hmm...“, fragte Drag und dachte kurz nach. Er wandte sich an Ipsy. „Ich glaube, wir sind das unserer ehemaligen Schülerin noch schuldig. Was meinst du?“

„Als letzte Geste, um sie wieder zusammenzuführen?“

„Ganz genau“, entgegnete Drag.

Ipsy grübelte kurz und verschränkte ihre feinen Ärmchen. „Na meinetwegen. Aber wir setzen unsere Kräfte nicht für sie ein. Für uns ja, aber nicht für sie.“

„Ist in Ordnung“, antwortete Drag und drehte sich wieder Kore zu. „Wenn ihr so weit seid aufzubrechen, dann sagt mir Bescheid.“

Lysander stand auf und dehnte sich erstmal durch. Während er sich am Seeufer den Schlaf aus den Augen wusch, vergegenwärtigte Kore sich ihre Situation. Ipsy hatte Recht. Erzählten sie ihr nie von Jule und ihrem Sohn, bekäme sie nie den Drang, so schnell wie möglich aufzubrechen. Erst die Information drängte sie zum raschen Handeln. Es war in der Tat ein Glücksfall überhaupt ihren beiden ehemaligen Lehrern zu begegnen. Sie sollte daher für jede Art ihrer Hilfe dankbar sein und nicht permanent von ihnen weitere Erleichterungen einfordern. Außerdem wusste sie aus ihrer Zeit als Fee nur zu gut, dass jeder einzelne Schritt ihres Handelns gut überlegt war. Eine Fee war kein Werkzeug oder ein Mittel zum Zweck. Sie fühlte sich an Chausette erinnert, die mäkelte, wozu es denn Feen gäbe, wenn diese nichts für die Menschen täten. Kore überkam bei diesem Gedankenspiel ein ganz anderer Affekt. Gerade, als sie sich wieder in das Denken der Feen einklinkte.

„Die Menegerit“, fragte Kore Ipsy wie elektrisiert. Sie griff ihren Ansatz von vorhin wieder auf: „Warum habt ihr zwei nicht versucht, sie auszuspionieren? Sie bauen vielleicht wieder einen Magneten zusammen.“

„Ich bin ehrlich zu dir“, sagte Ipsy aufgeschlossen. Sie atmete tief durch: „Wenn ich und Drag auf die Huangdi gehen und dabei unsere Kräfte verlieren, sind wir verloren. Das Risiko ist uns viel zu hoch.“

„Du glaubst also, dass sie ihre Technologie behielten und sie deshalb sogar für euch zu gefährlich sind. Richtig?“

„Stimmt.“

„Und was ist mit den Siedlern? Mit Jule, Maluk und ihren Kindern? Die Menegerit sind auch für sie zu gefährlich.“

„Kore“, sagte Ipsy Luft holend. „Ich verstehe, dass dir das mit den Menegerit nicht gefällt, aber über die Menegerit und ihre Verschlagenheit weis ich zu wenig. Das ist ein viel zu hohes Risiko für mich und Drag. Wenn wir uns unnötig in Gefahr bringen, ist keinem geholfen. Außerdem ist es ruhig da. Es gibt keinen Anlass da hin zu fliegen.“

„Ich kenne die Menegerit viel zu gut“, erwiderte Kore. Damit lies sie sich nicht abspeisen. „Ich weis, dass auch dir das nicht gefällt, aber man müsste doch herausfinden, was da auf der Huangdi vor sich geht. Eben weil es da zu ruhig ist, stimmt etwas nicht. Sie hätten sich an sonsten in all der Zeit bemerkbar gemacht.“

Ipsy versank in Gedanken. Drag kam ihr Näher. Er fühlte förmlich die aufkommende Verunsicherung im Innersten seiner Geliebten. Auch in Kore haderte es gewaltig. Sie wusste aus ihrer Vergangenheit, um die Gefährlichkeit der Menegerit. Ihre grausigen Erinnerungen an ihren kurzen Besuch auf deren Basis sensibilisierten sie. Eine viel zu weit fortgeschrittene Technologie, von deren Wissen bei den ehemals mutierten Völkern nichts mehr haften blieb. Verloren für immer in der Wüste der Zeit. Sie selbst erahnte immerhin, was die Menegerit zu tun vermochten. Stammte sie doch aus einer Zeitepoche, die die Menegerit zu dem machte, was sie heute waren. Lysander kam vom Seeufer zurück und stieß zu Kore und Ipsy.

„Ich wäre bereit aufzubrechen. Was ist mit euch?“, sagte er erfrischt. Doch er erkannte in Kores Mine, dass sich da etwas anbahnte.

„Lysander“, sagte sie rücksichtnehmend auf sein Bedürfnis nach Frieden und sah im verständnisvoll in die Augen. „Wir beide sind vollkommen wehrlos gegen die Menegerit. Die Zauberer sind Abkömmlinge von der Erde. Sie haben Technologien, die unser kühnstes Vorstellungsvermögen bei Weitem sprengen. Ich lernte auf der Erde die Technologie der Menschen kennen. Die Menegerit entwickelten sie weiter. Wir besaßen nur eine Chance gegen sie, als wir noch Nekos Kräfte hatten. Jetzt sind wir unsere Gabe für immer los und sterblich. Wir müssen unbedingt wissen, was dort auf der Huangdi vor sich geht, ehe wir auf eine Zukunft bauen, die voller Ungewissheit steckt. Ich muss zuerst herausfinden, ob von den Zauberern wirklich keine Gefahr mehr ausgeht.“

Lysander sah ihr treuherzig in die Augen. Es behagte ihm sichtlich nicht, dass sich seine Geliebte um ihre gemeinsame Zukunft sorgte.

„Eigentlich hast du Recht. Den Zauberern kann man wirklich nicht trauen. Aber was sollen wir zwei schon anstellen? Wir beide haben, wie du schon sagtest, keine Kräfte mehr, außer einer von den Zweien dort leiht sie dir freiwillig.“

„Leihen?“, fragte Kore Lysander überrascht. Sie riss die Augenbrauen hoch. Von dieser Möglichkeit hörte sie zum erstenmal.

„Äh, Kore, das ist keine gute Idee“, fuhr Ipsy energisch dazwischen. Sie ahnte bereits, worauf das Gespräch hinauslief.

„Warum hast du mir das nicht erzählt, dass man das tun kann?“, fragte sie unverhohlen mit einem absehbaren Hintergedanken zu ihrer Ausbilderin.

„Eine Fee leiht ihre Kräfte nicht her, Kore“, sagte Ipsy entschieden.

„Aber es ist wichtig“, bettelte Kore Ipsy flehentlich an. „Ich gebe sie dir wieder, wenn ich sie nicht mehr brauche. Ich verspreche es dir. Ich will nur wissen, was die Menegerit da machen. Bitte, tu mir den Gefallen und leih sie mir. Ich bring sie dir wieder zurück. Oder willst du selbst auf der Huangdi für mich nachsehen?“

Ipsy beeindruckte das nicht im Geringsten und dreht sich von ihr ab. Ihre Ausbilderin zeigte ihr die kalte Schulter.

„Und was ist, wenn du mir dabei drauf gehst? Vergiss nicht, dass jetzt auf Atres die gleichen Bedingungen herrschen wie auf der Erde. Du bist trotzdem sterblich, auch wenn eine Fee mehr aushält als ein gewöhnlicher Mensch.“

„Ich kann auf mich aufpassen“, sagte Kore beschwichtigend. „Du hast mich schließlich ausgebildet. Nur ein Blick und ich komme wieder. Ich schwör es dir.“

Ipsy blickte sie schweren Herzens an. „Nun ja“, wisperte sie einsehend, als auch Drag sie auf Zustimmung drängend ansah.

„Komm schon. Ich glaube, wir können das Risiko eingehen. Die Menegerit sind unberechenbar. Man muss wissen, was sie treiben. Nur für ein paar Stunden ausleihen. Sie wird sie dir wiederbringen und außerdem begleite ich sie. Schaue ihr praktisch über die Schulter“, versuchte Drag ihre Bedenken zu zerstreuen. Ipsy ging dabei etwas anderes durch den Kopf. Sie verzichtete aber darauf, es anzusprechen. Schließlich drehte sich wieder zur treuherzig dreinblickenden Kore um und stierte ihr nun streng in die Augen. Kore überraschte das. Das kannte sie von ihr nicht.

„Na gut, aber nur wenn du Drag mitnimmst, damit er ein Auge auf dich wirft und wende die Feenkräfte nur dann an, wenn es nicht anders geht“, sagte sie schließlich überredet, aber mit einem flauen Gefühl im Bauch. „Und auch nur einen Blick.“

„Versprochen“, sagte Kore treuselig.

„Vergiss nicht, dass du jetzt keine Todesfee mehr bist“, setzte Ipsy in ihrer Ausbildermanier nach. „Du bekommst zwar die Energie einer Ausbilderfee und kannst alle Feenfertigkeiten, aber du verbrennst dich jetzt an kaltem Eisen. Das macht es für dich schwieriger, dich auf der Huangdi frei zu bewegen. Schon allein dafür brauchst du Drags Hilfe, weil er feuerresistent ist.“

„Ist gut.“

„Dann ist es abgemacht“, sagte Ipsy, wobei man ihr anmerkte, dass sie das sehr ungern tat. Sie streckte ihrer ehemaligen Schülerin die Hand hin.

„Hand drauf“, sagte Ipsy auffordernd zu ihr.

Kore berührte mit ihrem Zeigefinger Ipsys Hand, wodurch sie einen gehörigen Energieschub abbekam. Sie glaubte, dass silberner Regen auf sie einprasselte. Er schlug Kore förmlich auf den kieseligen Boden des Seeufers nieder. Unversehens bahnte sich ein Feenflügelpaar durch ihr Kleid, welches aber eine andere Aderung und Formgebung aufwies als ihre vorherigen Flügel.

„Schatz? Geht’s dir gut?“, fragte Lysander besorgt und kniete sich zu Kore nieder. Er hielt sie in seinen Armen.

Ipsys Aussehen veränderte sich hingegen deutlich. Ausgelaugt und kraftlos lag sie auf dem feinen Kies. Ohne Flügel, ohne Staub, aber körperlich auf die Größe von Lysander angewachsen. Drag schmolz zu ihr hin und kühlte sich mit dem Temperatus auf Handwärme herab, damit er sie anfassen konnte. Treusorgend hielt er sie fest.

„Ich verspreche, dass ich Kore heil wieder an den See zurückbringe“, sagte Drag beruhigend zu ihr.

„Hoffentlich“, atmete Ipsy tief durch. Ihre Stimme veränderte sich. Sie klang nun nach einer reiferen Frau. „Das ist eine völlig neue Erfahrung für mich. Nie hab ich meine Kräfte hergegeben. Das ist so ungewohnt, so völlig wehrlos zu sein. Ich war das noch nie.“

Kore hingegen schlug ihre ovalförmigen Augen auf und blickte dämmernd auf Lysanders sorgenvolles Gesicht.

„Du bist es“, sagte sie erleichtert, als sie seine wohl vertrauten Umrisse vor ihr erkannte. „Mir war, als sähe ich mein Leben an mir vorüberziehen.“

„Völlig normal, wenn man den Feenstaub kriegt“, sagte Lysander verständnisvoll und lächelte zufrieden.

„Ja. Es wird Zeit. Ich sehe mich auf der Huangdi ein wenig um und komme so schnell wie möglich zu euch zurück“, versprach sie ihrem Geliebten und richtete sich auf.

„Ich warte hier auf dich“, sagte Lysander und beide küssten sich zum Abschied mit einer leidenschaftlichen Umarmung. Ipsy und Drag sahen ihnen gerührt dabei zu seufzten schwärmerisch daran anteilnehmend.

Kore machte sich als Erstes mit dem Designertrick der Feen für sich und ihrem Geliebten neue Kleider. Sie fand, dass es Zeit war, sich der neuen Zeit auch modisch anzupassen.

„So, ich glaube, das hält dich eine Zeit lang warm, bis ich wieder komme“, meinte sie ihr Werk begutachtend.

„Liebling. Ich pass auf sie auf“, sagte Drag Ipsy zum Abschied.

„Das weis ich …“, sagte Ipsy voller Hoffnung und beide wechselten verträumt die Blicke. Sie vergaßen beinahe die Zeit dabei, wenn Kore ihren Begleiter nicht zum Aufbruch drängte.

„Drag, kommst du?“, fragte Kore ihren Begleiter auffordernd nach einer mehr als einer kurzen Pause. Sie flatterte auf ihn wartend über dem Boden. Das Fliegen verlernte sie nicht. Ihr kam es vor, als ob sie die Feenkräfte erst gestern verlor.

„Es dauert nicht lange“, meinte Drag kurz und küsste Ipsy auf die Stirn. „In Nullkommanichts drahte ich hin. Du kennst mich ja. Kore. Folge einfach meiner Spur. Und nun tschüss.“

Just nach diesem Worte bildete sich eine glühende Spur, die sich quer durch die Berge des Kontinents bis zur Splitterbucht zog, in der die Huangdi lag. Kore verabschiedete sich von Lysander und Ipsy mit einem kurzen Wink. Sie hob sich mit ihren Flügeln senkrecht in den Himmel hinauf, wie beim Aufzugfahren in einem Wolkenkratzer. Dann fixierte sie ihren Blick auf Drags vorgezeichneten Weg und flog in seine Richtung davon.

Lysander und Ipsy blickten Kore nach, wie sie spielend die Berge der Caldera überwand und schließlich über den Bergrücken verschwand.

„Ich hoffe, dass es nichts Ernstes ist“, bangte Ipsy unsicher. Der ehemalige Waldelf nahm Ipsy bei der Hand und half ihr vom kiesigen Untergrund hoch.

„Ich glaube, dass Kore genau weis, was sie tut. Ich spürte das, als wir einander zum ersten Mal unsere Hände auflegten. In ihr schlägt ein großes Herz. Sie ist sehr stark.“

„Und hoffentlich auch zuverlässig. Wenn sie es so tut, wie sie es mir versprach, dann passiert ihr nichts.“

„Wegen des Leihens?“

„Der Leihtrick selbst ist ungefährlich. Dazu muss man dem Empfänger tief in die Augen sehen und seine Bedingungen formulieren. Erst, wenn sich dieser nicht an die Bedingungen hält, die ich verlange, wird er gefährlich.“

„Ich vertraue ihr. Kore sieht nur nach und kommt dann wieder her“, gab sich Lysander überzeugt. „Man sollte ihr nicht zusätzlich Angst machen, wenn man ihr von den Folgen erzählt, wenn sie dem Leihtrick zuwiderläuft.“

„Ich hoffe, du hast recht“, sagte Ipsy bangend.

Lysander ging mit Ipsy ein Stück vom Ufer weg und setzte sich mit ihr auf einen Felsen. Sie sahen sich musternd an.

„Du sagtest, du kennst mich.“

„Ja. Du bist eines der Kinder, bei denen die Seherin seinerzeit den Tod sah.“

„Ich weis, mein tödliches Glück. Kore ist mein tödliches Glück.“

„Jedenfalls glaubst du das.“

„Wie alt bist du?“

„Normalerweise fragt man Frauen nicht nach ihrem Alter“, antwortete Ipsy etwas irritiert. „Aber ich denke, dass du wissen willst, wie lange ich schon auf Atres bin.“

„Ja, du wirkst erstaunlich jung. Siehst richtig gut aus.“

„Danke“, schmunzelte Ipsy leicht errötend. „Hier auf Atres alterten wir praktisch nicht. Ich selbst zählte nie die Jahre, die ich in der Wolkenfeste verbrachte. Aber ein paar Jahrhunderte waren es schon. Eine sehr unruhige Zeit voller Übergriffe der anderen Völker auf uns. Außerdem ging es bei uns an manchen Tagen sehr wild auf der Feste zu, da wir nicht wussten, was einem am nächsten Tag erwartete.“

„Ihr habt Gelage gefeiert?“

„Na ja, so ähnlich. Es lief aber, sagen wir mal sehr kultiviert ab. Es gab Musik, Tanz, sehr viel Tee und Theatervorführungen. Dort haben wir Geschichten mit unserem Staub erzählt und sie plastisch dargestellt. Du meine Güte, da waren Sachen darunter, die die Menschenkinder die Schamesröte ins Gesicht treiben.“

„Ist Drag eigentlich schon immer dein Geliebter?“

„Nein, das nicht. Die Bewohner der Wolkenfeste wussten ihre Beziehungen zu trennen und es kam oft vor, dass wir keine festen Gruppen oder Cliquen bildeten.“

„Habt ihr mit dem Körperwandler auch so herumexperimentiert?“

„Und wie sag ich dir“, antwortete Ipsy kichernd. „Kulinarisch lief nicht viel, aber sexuell …“

„Wie wurdest du auf Drag aufmerksam?“

„Durch einen Zufall. Bei einem Angriff der Dämonen hörte ich sie immer über jemanden mit diesem Namen fluchen. Während des Kampfes bin ich mit ihm aneinandergeraten und wir jagten uns gegenseitig, bis wir zum verbotenen See kamen. Der See leuchtete an diesem Tag smaragdgrün auf, als ich mit ihm hineinfiel. Ich war klitschnass und konnte nicht mehr fliegen. Drags Feuer ging von dem Wasser aus. Aus irgendeinem Grund hatten wir keine Kraft mehr, während wir uns ans Ufer zogen. Es kamen ein paar wüste Beschimpfungen, doch irgendwie … ich weis nicht. Drag war so anders. Er machte mich neugierig. Wir näherten uns mit einer gewissen Vorsicht, doch da gab es noch etwas anderes. Etwas Fremdartiges. Ja, es reizte mich an ihm.“

„Ich verstehe, du suchtest Abwechslung.“

„So ähnlich“, antwortete Ipsy ausweichend und wechselte lieber das Thema, als Lysander mehr über ihr erstes Treffen am See zu verraten. „Ich mach mir um Kore wirklich Sorgen. Wer weis, was ihr alles auf dem Weg zur Huangdi passiert.“

„Cera kann schon auf sich aufpassen. Ich meine Kore natürlich. Ich verstehe nur nicht, warum sie nicht auf ihren Namen hören will. Dabei klingt Cera doch gar nicht so übel“, meinte Lysander nachdenklich.

„Kore verbindet mit diesem Namen nichts“, erklärte Ipsy. „Sie wurde ihr ganzes Leben lang schon mit ihrem irdischen Namen gerufen. Ihre Brüder und Schwester nannten sie so. Sie sagt, dass es der Name ihres Schicksals ist.“

„Namen verbinden kein Schicksal“, sagte Lysander einwendend. „Letztlich ist es doch das Handeln selbst, dass eine Person ihren Charakter verleiht. Dazu tut doch der Name nichts.“

„Kore sieht das nicht so“, sagte Ipsy ihm erklärend. „Ich sah das in ihrem Unterbewusstsein. Meine Schülerin ist felsenfest davon überzeugt, dass Namen keine bloßen Worthülsen sind. In jedem Wort, auch in Namen, spiegelt sich die Intuition wieder, die mit ihm verbunden werden.“

„Was bedeutet dieser Name für Kore eigentlich? Was verbindet sie mit ihm?“, fragte Lysander sie daher.

„Das ist nicht so leicht zu erklären“, antwortete Ipsy ihm nach einer Darstellung suchend. „Vielleicht veranschauliche ich dir das mit einem Beispiel. Kore legte in ihrem Unterbewusstsein bestimmte Muster an, aus der sie ihre Identität ableitet. Auch ihr Name bettet sich darin ein. Nehmen wir einfach einmal an, dass wir für alles, was es gibt, die Namen austauschen. Dass wir den Himmel nicht mehr Himmel nennen, sondern Azur. Azur ist eine Farbe, die so blau wie der Himmel ist. Aber der Himmel ist mehr als nur Azur. Er kann je nach Stand der Sonne anders aussehen und seine Farbe wechseln. Wenn ich aber das Wort Himmel sage, dann weis jeder, dass damit nicht allein die Farbe Azur gemeint ist, sondern der Himmel in seiner ganzen Weite und Tiefe. Wir brauchen Begriffe, die nicht genau definiert sind, damit wir die Flexibilität unseres Denkens bewahren. Unsere Fantasie ist der Schlüssel allen Handelns und Strebens.“

„Willst du mir damit sagen, dass Kore ihren Namen als einen Überbegriff ihrer Persönlichkeit betrachtet?“

„Ja. Was sagst du, wenn dich jemand permanent mit dem Namen Heuli oder Windy ruft? Dieser jemand leitet doch automatisch bestimmte Erwartungen in dein Verhalten ein. Das ist so verletzend, dass diese so gerufenen Personen genau das werden, was mit dem Namen verbunden wird“, erklärte Ipsy so gut sie es in Worte zu fassen vermochte.

Lysander ließ seinen Blick über den See wandern und blieb an einem Felsvorsprung haften. Ipsy nahm plötzlich einen bekannten Geruch in der Nase wahr. Diesen Duft und seinen Besitzer erkannte sie sogar in der dunkelsten Nacht wieder.

„Moment ...“, meine sie aufgeweckt und warf einen Blick auf den Ursprung.

„So riecht nur mein Liebling“, jauchzte sie vergnügt und sah ihren Liebling mit einem versöhnlichen Gesicht unweit ihres Standortes stehen. Freudig sprang sie auf und lief ihm entgegen.

„Drag“, rief sie zu Lysander als sie auf ihn zueilte. „Drag ist wieder da. Das ging aber schnell.“

Drag winkte ihnen zu, während er sich auch ihnen zu Fuß näherte. Sein aschegrauer Zylinder brannte seltsamerweise nicht mehr. Auch wirkte seine Figur größer, als Ipsy ihn in Erinnerung behielt.

„Drag, du bist schon zurück? Warum ging das so schnell?“, rief Ipsy ihn sichtlich erstaunt zu. „Wo ist Kore?“

Kapitel 2

Huangdi

Aus der Höhe über dem See versuchte sich Kore zuerst wieder zu orientieren. Um zur Huangdi zu gelangen, müsste sie nur dem dünnen Draht folgen, den Drag quer über das Land zog. Der Dämon steuerte direkt die Huangdi an, was Kore nicht so ganz gefiel. Zu gerne wüsste sie, was sich in all der Zeit auf dem Planeten tat, während sie mit Neko im See sprach. Sie gelobte zwar Ipsy, ihre Kräfte sofort wieder zurückzubringen, aber es hinderte sie doch keinesfalls daran, sich einen Überblick zu verschaffen. Wer wusste, ob sie je wieder zu Feenkräften kam. Betonte ihre Lehrerin überdies nicht in der Vergangenheit, dass man als Fee nicht einfach so irgendwo eindrang? Kore flog daher zunächst Drags glühender Spur entlang. Als sie jedoch die Caldera hinter sich ließ und unter ihr der Dschungel des Tieflandes begann, erkannte sie in der Ferne die Meeresküste. Obwohl Drags Draht nicht direkt dahin führte, zweigte Kore zum Meer ab. Je näher sie der See am Horizont kam, desto mehr lichtete sich unter ihr der Dschungel. Vereinzelt fielen ihr größere Löcher in dem dichten Laubdach der Bäume auf. Als sie den gelichteten Stellen näher kam, erkannte sie mit Äxten bearbeitete Holzstümpfe. Hier in der Nähe gab es eine Siedlung. Schon erfasste ihre Nase ein paar dünne Rauchfahnen über dem Dschungel. Sie sog abwägend daran. Das interessierte sie dann doch. Lag dort vielleicht eine Siedlung? Kore tarnte sich und flog in den gelichteten Wald hinab. Schließlich hörte sie tiefe Stimmen durch das Gehölz tönen. Und schon bald fand sie auch die dunkelhäutigen Männer, zu denen sie gehörten. Jene durchschnitten mit einer großen Säge einen der gefällten Baumriesen zu dicken Balken. Anhand ihrer bronzefarbenen Haut, ihren mit Rauten und Spiralen durchsetzten Tätowierungen und ihren zum Arbeitstakt rhythmischen Gesängen, mit denen sie ihre mühselige Arbeit begleiteten, schlussfolgerte Kore, dass es sich um die ehemaligen Dunkelelfen handelte. War vielleicht auch Maluk hier in der Nähe? Sie sah sich die kräftigen Männer aus der Höhe näher an, aber keiner von ihnen erinnerte sie an den Priester. Sie flog einen Fußpfad weiter, bis sie zu einer großen eingezäunten Weide kam, auf der einige ihr unbekannte Wolltiere grasten. Sie erinnerten entfernt an Schafe, waren aber wesentlich größer und stießen eher ein Röhren anstatt ein Blöcken aus. In ihrer Nähe stand ein großer hagerer Mann, der sich auf einen langen dünnen Stab stützte. Er trug eine weiße Kluft, die stark geweitet und nur mit einer Kordel als Gürtel um den Bauch fixiert war. Der Hirte lies seinen aufmerksamen Blick über seine eingemachte Weide schweifen und presste eine kleine Pfeife zwischen seinen Lippen. Auf ihr schien er ein Lied zu spielen. Ein breiter Hut schützte ihn vor der stechenden Sonne, die doch recht intensiv in dieser Breite herabbrannte. Kore näherte sich ihm vorsichtig von oben. Sie sah, wie sich ihm ein Hütehund mit hechelnder Zunge näherte. Jener trug ein zotteliges Fell und umsprang seinen Herren voller Freude. Kore spürte das deutlich. Schwarze Knopfaugen lugten aus dem dichten Gewirr an Haaren hervor und eine gelbliche Zunge, die emsig aus dem Maul fuhr. Offenbar rief der Mann das Tier mit der Pfeife. Brav hielt das Tier vor dem Hüter an und schaute ihn erwartungsvoll an. Kore hielt die Szene nicht für gefährlich und beschloss sich zu zeigen. Mit dem Maximalus und dem Designer brachte sie sich auf Normalgröße und setzte neben dem Mann und seinem Hund auf der Weide punktgenau auf.

„Was tust du hier", fragte sie den Mann, der unvermittelt aufmerkte.

Er drehte sich grinsend zu ihr um. Sein Gesicht kam Kore sofort bekannt vor.

„Nur eine Fee frägt so", entfuhr es ihm schmunzelnd.

„Maluk?", kam es Kore über die Lippen.

„Kore, du bist es wirklich", lachte er freudig. „Es ist schön, dich gesund und munter zu sehen."

„Ja", sagte sie und beide umarmten sich herzlich zur Begrüßung.

„Ich bin glücklich und voller Freude", sagte Maluk. „Ich kannte dich nur als schwarze Fee, aber wer Feen kennt, weis, dass ihre Äußerlichkeit nur ein Spiegel seiner selbst ist. Mich wundert, dass du deine Kräfte behalten hast."

„Sie gehören nicht mir. Ich lieh sie mir von Ipsy."

„Ja, das ergäbe einen Sinn. Sie gehören deiner Ausbilderin?"

„Ja. Sie lieh sie mir nur, damit ich mich auf der Huangdi umsehe."

„Ich verstehe. Es hätte mich auch gewundert, wenn sie die Feenkraft einfach so hergibt. Eine Fee hat immer gute Gründe, wenn sie so etwas Gefährliches tut."

Kore merkte, dass es in Maluk arbeitete, wusste es aber nicht recht einzuordnen. Der Schattenwurf des Hutes auf seinen dunklen Augen ermöglichten ihr keinen klaren Blick in seine Seele.

„Wie geht es Jule?", setzte Kore unvermittelt nach.

„Kore, ich verstehe, dass dir dies ein großes Anliegen ist, aber du solltest vor allem die geliehenen Kräfte einer Fee nicht lange bei dir belassen und das tun, was du ihr versprochen hast. Außerdem wäre es nicht gut, wenn du Jule so unter die Augen trittst."

„Wie meinst du das?"

„Wie erklär ich dir das am besten. Weist du ich und Jule haben viele Kinder. Sie kamen erst alle nach deinem Verschwinden zur Welt. Sie kennen die Zeit der Träume nicht."

„Die Zeit der Träume?"

„Ja. So nennen wir die Zeit vor ihrer Geburt. Wir fragten uns lange, ob wir diese Geschichte überhaupt auspacken oder ob wir sie nicht einfach in Frieden ruhen lassen."

Kore glaubte, nicht recht zu hören.

„In Frieden ruhen lassen? Soll das heißen, dass ihr den Zwist der Völker nicht euren Kindern vermittelt?"

„Sie können sich das einfach nicht vorstellen. Es klingt zu fantastisch und die Wirklichkeit, in der sie aufwachsen, ist eine andere. Weist du, vorher gab es auf Atres keinen Tod. Nun aber sterben Mitglieder unserer Gemeinde und wir legten einen Friedhof für unsere Toten an. Auch zwei unserer eigenen Kinder starben bereits.“

„Oh“, antwortete Kore betroffen.

„Dass wir den Tod dir verdanken, ist die Ironie der Geschichte. Meine Kinder verstehen nicht, warum der Tod ihre Geschwister aus ihrer Mitte reißt. Wenn wir ihnen deine Geschichte erzählen, was glaubst du, wie sie dann über dich denken?“

„Ihr verschweigt euren Kindern die Wahrheit?“

„Die Wahrheit fühlt man mit dem Herzen, aber oft weigert man sich, sie anzunehmen, weil sie weh tut. Ich weis, dass du das vielleicht nicht so siehst wie ich, da du zur Wahrheit ein anderes Verhältnis hast, aber ich und Jule wollten nicht, dass unsere Kinder dich hassen. Ich und Jule lieben dich. Das Warum verstehen sie nicht. Zumindest jetzt noch nicht.“

„Ich habe einen Sohn ...“

„Das weist du schon? Ich wollte dir das nicht unbedingt erzählen ...“

„Ich möchte ihn sehen ...“

Maluk wurde still und sah sie stumm an. Kore erahnte nur, was in ihm vorging. Es tickte in ihm.

„Ich mache dir einen Vorschlag. Tarne dich wieder als Fee und flieg den Weg zum Dorf runter. Wir wohnen bei der großen Versammlungshalle, die du unschwer finden dürftest. Bevor du dich Jule oder deinem Sohn zeigst, du wirst ihn unschwer erkennen, beobachte sie eine Zeit lang. Dann wirst du vielleicht verstehen, warum es mir schwer fällt, dir einen Rat zu geben. Du findest mich hier, wenn du wieder das Bedürfnis hast, mit mir zu sprechen.“

Kore ging kurz in sich. Maluk hatte Recht. Vielleicht war es besser sich nicht sofort zu offenbaren, sondern erst einmal die Situation im Dorf auszukundschaften.

„Ich danke dir“, sagte sie lächelnd und tarnte sich wieder. Maluk sagte ihr zum Abschied: „Kore, egal wie wir uns entscheiden, es wird für alles nicht die richtige Antwort geben. Wir wollen dich in Ehren halten. Darum erzählten wir unseren Kindern nie von dir. Es ist besser einen Namen zu vergessen, anstatt ihn von jemandem verdammen zu lassen, der nie einen Bezug zu dieser Person hatte.“

Kore nickte kurz und hob sich mit leichtem Flügelschlag wieder in die Höhe. Wie Maluk es ihr beschrieb, folgte den schmalen Pfad zum Dorf hinab. Verträumt stand es zwischen den dichten Wäldern des Dschungels. Seine Hütten fertigten sich aus den Hölzern des Waldes. Große Blätter, die Kore an Bananenbäume erinnerten, bedeckten ihre Dächer. Sie erkannte kleine Gärten, die die Bewohner der Siedlung mit zahlreichen Gemüsepflanzen anlegten. Auch sah sie eine Schreinerei und Sägewerk, in dem das Holz aus dem Dschungel bearbeitet wurde.

Neben der Ansiedlung lag ein großer Teich mit einem langen Steg, der sich in mehrere Abschnitte unterteilte. Deutlich sah die Fee, dass die Dörfler eine Art Fischereiwirtschaft betrieben. Auch erkannte Kore im Dorfzentrum eine große zu allen Seiten hin offene Halle. Das musste der Versammlungsort des Ortes sein. Aus der Luft wirkte die Siedlung wie eine friedliche Gemeinschaft, in der alles seinen Platz hatte. Kore hörte ein Hämmern auf Eisen. Offenbar unterhielten die Bewohner irgendwo eine Schmiede. Die Fee ließ sich auf dem Dach der großen Versammlungshalle nieder und beobachtete eine Zeit lang ihre Bewohner bei ihrem Alltag. Sehr bald merkte sie, dass sich die Dörfler viel Zeit bei all ihrem Tun ließen.

„Kasim", hörte Kore eine Frauenstimme aus einer länglichen Hütte aus Schilfrohr unweit der Versammlungshalle tönen. „Komm her zu mir und vergiss deine Pflanze nicht."

Der Tonfall aus der Hütte kam ihr bekannt vor.

„Das ist Jule", entfuhr es Kore leise. Sie wandte ihren Minimalus an und näherte sich ihm von oben. Sie sah einen rothaarigen Jungen, den sie vom Alter her auf etwa Acht schätzte, zum Eingang laufen. Kore flog näher an die Hütte ran und spitze durch eine kleine Öffnung im Dach. Sie diente offenbar zur Belüftung. Drinnen erkannte sie zehn Kinder, die auf einer Bank saßen und achtsam einer rothaarigen, hellhäutigen Frau mit Sommersprossen im Gesicht zuhörten. Sie stand erhaben vor einer großen schwarzen Platte, die Kore an Schiefer erinnerte. Auf ihr war mit weißer Farbe ein Gewächs aufgemalt, das Kore an einen Farn erinnerte, den sie im Regenwald sah. Jule war in einem wesentlich reiferen Alter. Sie behielt nicht mehr die Frische wie in Kores Erinnerung.

„Kinder", sagte sie. „Wir lernen heute etwas über die Pflanzen hier in der Umgebung. Habt ihr alle einen Pflanzensetzling, Blätter, Blüten, Samen, Rinden oder Früchte mitgebracht, die wir bestimmen können?"

Kore wurde auf einen hellhäutigen Jungen mit strohblonden Haaren aufmerksam, der bei den anderen Kindern auf der Bank saß.

„Ja", sagte dieser begeistert und reckte das Blatt eines Gewächses hoch. Kore sah diese Pflanze schon einmal auf der Wolkenfeste und in Durvan.

„Indreen, das ist schön ...", fuhr Jule fort, woraufhin es Kore durchzuckte. Das musste ihr Sohn sein. Jule gab ihrem Sohn den Namen ihres Pflegers im Waisenhaus.

„Das ist das Blatt einer Nuave. Warum sollte man das Blatt einer Nuave nicht kauen oder deren Saft trinken?" fragte sie in die Runde, woraufhin sich die anderen Kinder eifrig meldeten.

„Weil man sonst ohnmächtig wird", riefen die Kinder aus einem Mund.

„Für den Alltag ist diese Pflanze nicht nutzbar. Wofür kann man sie dennoch gebrauchen?", fragte Jule weiter.

„Zur Betäubung", riefen die Kinder mit einer Stimme.

„Sehr gut", lobte Jule ihre Klasse zufrieden. „Sobald ihr Saft den Kontakt mit einer Schleimhaut bekommt, fällt der Betroffene sofort in Bewusstlosigkeit. Diese kann je nach Dosis andauern. Der Saft von einem Blatt wie diesem reicht etwa für eine halbe Stunde aus. Zum Glück gibt es keine Nebenwirkungen und man erwacht ohne irgendwelche Beschwerden. Jedes Kraut wirkt auf eine bestimmte Weise. Es ist daher weder gut noch schlecht. Wenn man weis, wie man es verwendet, dann ist es ein großer Schatz. Wie nennt sich die Nuave noch?"
In der Klasse herrschte ein kurzes Schweigen.
„Der Feenstrauch", antwortete Indreen die Stille zerreißend.
„Und weist du auch warum?", fragte Jule weiter.
„Der Legende nach stammt die Pflanze aus der Traumzeit. Von ihm ernährten sich die Feen. Es heißt, wer von dem Saft einer Nuave kostet, verliert das Gefühl für Raum und Zeit. Daher merkt der Betroffene nicht, dass er überhaupt bewusstlos war."
Kore hörte ihrem Unterricht mit großem Interesse zu. Jule ging richtig in ihrer neuen Tätigkeit auf. Sie wusste von ihr, dass sie als Waldfee ein tiefes Verständnis für die Gewächse in sich trug und dies nun an ihre Nachkommen weitergab. Die Fee flatterte in den Raum hinein und setzte sich auf einen Querbalken der Hütte.
„Jedes Gewächs verfügt über seinen eigenen Duft. Wie riecht eine Nuave?"
„Wie Zitrone", riefen die Kinder aus einem Mund.
„Wie Zitrone?", dachte Kore bei sich verwundert. Offenbar bauten die Menegerit diese Pflanze auf Atres an, bevor es zu dem Zusammenstoß mit Neko kam. Anders erklärte es sich nicht, wie diese irdische Frucht hier herkam. Kore wechselte ihre Position und ließ sich auf einer der Querstreben direkt über Indreen nieder.
„Ganz genau", fuhr Jule mit dem Unterricht fort. „Wenn ihr an der Oberfläche mit euren Fingern daran reibt, setzt die Pflanze ihre Aromastoffe frei. Der Duft der Nuave ist ungefährlich. Reibt ruhig mal daran", munterte sie ihre Schüler auf, woraufhin die Kinder an der Oberfläche rubbelten. Schon bald erfüllte ein sanfter Zitronenduft den Raum. Nur Indreen verdrehte verwirrt den Kopf. Er schnupperte ungläubig in der Luft herum. Irgendetwas verwirrte ihn.
„Mutter", sagte er irritiert. „Das ist komisch. Es riecht zwar nach Zitrone, aber da ist ein weiterer Duft dabei. Der andere riecht nach Zimt."
„Zimt?" horchte Jule interessiert auf, was Kore elektrisierte. Die Fee merkte, dass Jule versuchte sich ihre Überraschung nicht anmerken zu lassen.
„Lass mich mal riechen", sagte sie aufmerksam geworden und stellte sich direkt neben ihren Sohn. Sie schnupperte in der Luft. Dabei hielt sie ihr Gesicht eher in Richtung Kore anstatt zu dem Gewächs.
„Nein, du irrst dich", antwortete sie kurz und fügte an. „Ich gehe schnell in den Garten und hole ein Zimtblatt zum Vergleich. Ihr bleibt hier und schaut euch solange die anderen Pflanzen an, die ihr mitgebracht habt. Nehmt sie mir ja nicht in den Mund. Ich bin bald wieder bei euch."

27

Kore verstand ihr Zeichen sofort und flog Jule nach, welche mit langen Schritten aus der Schulhütte eilte. Jule eilte natürlich nicht in den Garten der Siedlung. Sie stieg tatsächlich zum Teich des Ortes hinab und blieb vor dem Steg stehen. Sie lief nicht zu schnell. Kore sollte ihr folgen können. Am Teich angekommen, roch sie erneut in der Luft. Über ihr Gesicht glitt ein Freudenschimmer.

„Du bist mir gefolgt. Das ist gut", sagte sie laut genug, dass es auch Kore hörte. „Folge mir."

Jule lief nun zügig in den Urwald hinein und blieb erst stehen, als das Dorf außer Sichtweite war und sie sich unbeobachtet glaubte.

„Hier ist es gut", sprach Jule laut in den Dschungel hinein.

Kore enttarnte sich und wandte ihren Maximalus an. Sie flog an Jule heran und setzte sanft vor ihr auf dem weichen Waldboden auf. Ohne ein Wort zu sagen, drückten sie sich voller Hingabe aneinander. In all der Zeit vermissten sie ihre Nähe so sehr.

„Ich bin so froh dich wieder zu sehen", sagte Jule überglücklich.

„Du hast mich sofort erkannt, obwohl ich zuletzt schwarz wie die Nacht war."

„Ich kenne deinen Duft. Im Transpati sah dich als blonde Frau."

„Neko, mein Bruder ist wieder heimgekehrt."

„Das sanfte Leuchten letzte Nacht in den Bergen. Ich sag es. Du hast es geschafft", antwortete Jule mit einer gewissen Bitternis. „Und doch wieder nicht."

„Wie meinst du das?"

„Unsere Begegnung hier ist nicht zufällig", erklärte ihr Jule. „Du bist weiterhin eine Fee und das heißt, dass die Erfüllung deiner Bestimmung weiterhin aussteht. Deine Reise ist nicht zu Ende."

„Das glaube ich nicht. Ich lieh mir von Ipsy die Kräfte, um die Huangdi zu erkunden. Ich will herausfinden, ob von den Menegerit eine Gefahr ausgeht."

Jules Mimik ließ auf alles andere schließen, als das sie Kores Worte als harmlos hinstellte.

„Ich versteh dich und trotzdem heißt es, dass du deine Bestimmung nicht erfüllt hast. Es ist ruhig auf der schwarzen Insel. Wir selbst nennen sie so. Keiner von uns erklomm die glatte Oberfläche, um dort nachzusehen. Mit deinen Feenkräften schaffst du das spielend, aber mir scheint so, als ob dies genau deine Aufgabe wäre. In deinem Fall ist es sogar egal, woher du die Feenkräfte hast."

„Was meinst du damit?"

„Du solltest Ipsy begegnen, damit sie dir ihre Kraft leiht, um die Huangdi auszukundschaften. Als Fee suchst du dir deine Bestimmung nicht aus. Du erfüllst, weil du bist. Nichts anderes ist auch mir zu Tun auferlegt worden, als ich eine Fee war."

„Jule, damit wird es vorbei sein. Lysander wartet am See auf meine Rückkehr."

„Er lebt?" Jules Gesicht geriet in Verzückung.

„Neko gab ihm das Leben zurück."

„Warum?"

„Er sagte, er wollte nicht, dass ich unglücklich bin und Lysander meint, dass ich sein tödliches Glück aus seiner Bestimmung bin."

„Ich und Maluk begruben Lysander am See. Wir fanden ihn erschlagen am Ufer. Erschlagen von denen, die sich nicht damit abfanden, ihre Kräfte für immer verloren zu haben. Weist du, nicht jeder verkraftete ihren Verlust. Es machte sie wütend. Sie fühlten sich verletzlich und büßten ihre Macht ein."

„Und du?"

Jule schmunzelte. „Meine Mutter, Rocco und mein Vater brachten mir alles bei, um in der Wildnis zu überleben. Als Fee hütete ich den Wald und meinen See, wie du weist. Ich beschäftigte mich viel mit den Pflanzen an seinen Ufern und veränderte sie auch. Mein kleines Erbe an die Menschenkinder, welches nur darauf wartet, von ihnen entdeckt zu werden. Soweit ich weis, tat das einer sogar und wurde dafür vom Rat ausgezeichnet. Mein Wissen über Pflanzen gebe ich nun an unsere Kinder weiter. Auch die anderen Bewohner des Dorfes vertrauen mir ihre Kinder an, weil sie wissen, dass ich ihnen viel von mir weitergebe."

„Und es sterben wieder Kinder ..."

„Ja", sagte Jule ohne ein Zeichen des Bedauerns. „Es ist in der Tat ungewohnt, weil es das auf Atres während der träumenden Zeit nicht gab."

„Maluk erzählte davon, dass ihr euren Kindern nicht alles von der Vergangenheit des Planeten beibringt."

„Es stimmt, aber wir tun das, weil es nicht mit dem zusammenpasst, was sie tagtäglich erleben. Die anderen Frauen im Dorf erleiden öfter Fehlgeburten und treiben sogar ab, wenn sich herausstellt, dass der Fötus im Leib nicht lebensfähig ist. Auch von meinen Kindern sind nicht alle gesund. Zwei meiner Kinder übergaben wir der Erde. Wenn wir ihnen von einer Zeit erzählen, in der es keinen Tod gab und dass er durch dich wieder zurück nach Atres kam, nehmen sie dich als eine Bedrohung wahr. Ich wollte nicht, dass man so über dich redet. Ich liebe dich Kore."

„Wie geht es meinem Sohn?"

„Du weist davon?"

„Ipsy erzählte mir, dass ich ihn mit dir zeugte, als ich den Körperwandler ausprobierte."

„Er entwickelt sich prächtig und kommt nach seinem Vater, wenn man so will. Sehr neugierig und aufgeweckt."

„Hat er nie nach seinem echten Vater gefragt?"

„Ja, und auch, warum er im Gegensatz zu seinen Brüdern und Schwestern blonde Haare und eine weiße Hautfarbe hat. Ich sagte ihm, dass es nur eine Pigmentstörung wäre. Er käme eben mehr nach mir, auch wenn seine Haare nicht danach passen. Er glaubt nie, dass du sein Vater bist."

„Es fällt mir schwer ..."

„Weißt du, ich werde Maluk bitten, zum See zu gehen, um Lysander abzuholen."

„Ich komme wieder zurück. Ipsy und Drag wollen lieber weiterhin unentdeckt bleiben und nicht zu euch stoßen."

„Das verstehe ich. Wenn die Zwei als Einzige aus der Zeit der Träume überlebten und sich mit ihren Kräften offen zeigen, stellt das alles hier auf den Kopf."

„Wer regiert auf Atres?"

„Warum ist das so wichtig für dich?"

Kore bremste sich. Sie merkte, dass auch in Jule ein Rest aus ihrem Feendasein verblieb.

„Du hast Recht. Das ist wirklich nicht wichtig. Als Fee interessiert mich das nicht."

„Tu das, wofür du gekommen bist", antwortete Jule ihr wohlmeinend. „Für uns ist die Zeit der Träume vorbei. Die Menegerit sind der letzte Rest, der an diese Zeit erinnert. Ich glaube, dass du hier bist, um diesen Rest für immer verschwinden zu lassen. Du bist der Schlussstein. In dem wir hier für eine gute Gegenwart sorgen, sorgen wir auch für eine gute Zukunft. Dazu gehört auch, unseren Kindern ihre Umgebung zu vermitteln. So wie die Bäume ihre Samen schmeißen, so säen wir mit unseren Kindern den Boden von Morgen. Vielleicht überlebt nicht jeder Samen, aber da in der Natur nichts verloren geht, gibt es auch keinen Tod. Das versteht man aber nur, wenn man gelernt hat mit dem Herzen zu sehen. Kinder lernen erst noch, weswegen der Schmerz nicht ausbleibt. Anstatt ihn zu betäuben, sollte man ihm auf den Grund gehen. Erst dann kann er sich verwandeln und in Frieden gehen."

„Ja", sagte Kore mit einem etwas betretenen Gefühl. Vielleicht glaubte sie selber ihre folgenden Worte nicht: „Wenn ich von der Huangdi zurückgekehrt bin und Ipsy ihre Kräfte wieder gegeben habe, dann werde ich mit Lysander auf Maluk und dich warten. Erst dann werde ich selbst mit meinem Sohn sprechen."

„Das wirst du. Ich wünsche dir viel Glück", sagte Jule mit tiefer Freude in ihrem Herzen. Beide drückten sich erneut zum Abschied.

„Weißt du etwas, das mir hilft?"

„Leider nein. Wir sahen selbst nicht auf der Huangdi nach, da es keinen Weg auf das Deck des Schiffes gibt. Man kommt nur über die Luft dran. Die Feenfalken sind am Ende der träumenden Zeit stark geschrumpft. Sie tragen keinen unserer Körper mehr. Im Gegensatz zu früher sind es jetzt wilde Tiere, die kein Zutrauen mehr zu uns haben."

Kore lächelte und fuhr ihre Flügel aus, was Jule mit einer gewissen Wehmut verfolgte. Sie seufzte von der Erinnerung erfasst.

„Weißt du, irgendwie vermisse ich das Fliegen. Es kostete mir am Anfang viel Mühe, mich von dieser Vorstellung zu lösen."

„Mir wird es nicht anders gehen, wenn ich Ipsy ihre Kräfte wieder gebe."

Kore erhob sich in die Höhe, während Jule ihr zum Abschied nachwinkte.

„Bis später", rief Kore ihr zu und machte sich auf den Weg.

Jule sah ihr erfreut nach und spann sich so ihre Gedanken. Innerlich war sie glücklich. Sie wusste nun, dass Kore noch lebte, aber sie fühlte, dass sie ihr so nie wieder begegnete. Die mehrfache Mutter erinnerte sich wieder an ihre Zeit als Fee zurück. Sie schwelgte in ihren Erlebnissen in der Mojavewüste und in der Zeit, als sie über den schwarzen See beim Rocky Ressort wachte. Ihr Herz wurde schwer. Nie wieder flog sie über die Baumwipfel hinweg, so wie es Kore nun tat. Sie dachte an die vielen Wanderer, die seinerzeit an ihren See kamen und ihre veränderten Gewächse bestaunten, die sie dort züchtete. Ihr kleines Erbe, das sie dem Planeten hinterlies. Vielleicht mochten die Menschenkinder nicht ihre Wirkung kennen, aber das war ihr nicht wichtig. Innerlich roch sie wieder den Duft der Kiefern und Fichten. Der saftigen Moose und Farne. Spürte die Seele des schattigen Waldes und die, des kühlen Windes, der ihn an einem heißen Sommertag durchwehte.

„Mutter", drang plötzlich aus dem Grün des Urwaldes eine Stimme hervor. Es riss Jule aus ihren Gedanken. Indreen kroch aus dem Unterholz heraus und klopfte sich den Schmutz von seinen Knien. Offenbar verfolgte er aus dem Versteck ihre Begegnung.

„Wer war diese Frau?"

Und Jule antwortete ihm unversehens: „Eine Fee, mein Junge. Eine echte Fee."

„Was ist eine Fee?"

„Sie stammt aus der Zeit der Träume. Aus der Zeit vor deiner Geburt. Mich wunderte, dass auch du sie gerochen hast. Glaubst du doch etwa meinen Geschichten über die Feen?"

Indreen wusste, worauf seine Mutter anspielte, tat er doch zunächst ihre Geschichten als ein reines Märchen ab. Doch in seinem Inneren lag große Verunsicherung. Verunsicherung darüber, dass vielleicht nicht doch ein Kern der Wahrheit in den Erzählungen seiner Mutter steckte.

Kore nahm die Spur des Dämons wieder auf. Sie flog die Küste entlang und spähte nach einer dünnen glühenden Spur. Das Drahten der Dämonen blieb die schnellste Art der Fortbewegung, die sie je kennen lernte. Besäße sie all die Kräfte, die ihr einst als Dämonenprinzessin zu Eigen waren, dann ließe sie ihren Körper ebenso zu einem glühend heißen Draht werden. Sie gelänge in Lichtgeschwindigkeit zu dem in ihrem Gehirn bestimmten Ziel. So aber blieb ihr nur der Flügelschlag der Feen und der Beschleuniger zur Fortbewegung durch die Luft. Diese, in ihrer ersten Unterrichtsstunde bei Ipsy erlernte Fähigkeit, ging ihr in Fleisch und Blut über und war nun so selbstverständlich wie das Luftholen. Ihr Weg führte sie quer über die ehemalige Splitterbucht hinweg. Anstatt einer Inselweltidylle lagen jetzt die Reste der ehemaligen Heimstatt der Feen unter ihr. Die Atolle übersäten sich mit jenen Kristallblöcken, die einstmals der Wolkenhainfeste ihr markantes Aussehen verliehe. Sie erblickte im Wasser halb versunkene und umgeworfene Kristalltürme. Mauerreste aus perlweißem Kalk schimmerten im Licht der Sonne und umtost von den Fluten des Meeres, die sich an ihnen mit einem Donnern brachen. Von den prächtigen Gärten mit ihren großen Nuavenhainen und den exotischen Blumen zeigte sich in den Ruinen nicht mehr. Dieses bauliche Wunder verschluckte die Gischt des Ozeans für immer. Unweigerlich erinnerte sich Kore an ihren Vater, den die fliegenden Schlangen in einen Nuavenbaum verwandelten. Dann fiel ihr ihre Mutter wieder ein, die sich hartherzig um das Schicksal ihres Gatten, während seiner Verwandlung nicht kümmerte. Kore sah ihre Mutter nur ein einziges Mal. Im Schloss Durvan. Dort wo sich jetzt auch ihr Vater aufhielt. Alles, was sie von ihren Eltern erfuhr, reduzierte sich auf das Bedauern, das sie das verhängnisvolle Schicksal trug, den Tod nach Atres zu bringen. Dabei stellte sich alsbald heraus, dass ihre Ankunft lediglich ein unvermeidliches Schicksal einläutete. Ihre Geburt prophezeite das Ende der Verseuchung von Atres mit Nekos Kräften. Einem Planeten, auf dem bis vor kurzem der Begriff des Todes zu den Fremdwörtern zählte. Jener, so erfuhr sie es erst durch die Seherin auf Schloss Durvan, besaß nur in der ersten Besiedelungsphase eine Bedeutung. Nach Nekos Einschlag, ließen seine Kräfte die Umwelt und auch die Menschen auf Atres in verschiedene Wesen mutieren, wovon die Dämonen und auch die Feen ein Teil davon waren. Viel Zeit wollte sie in den Resten ihrer Geburtsstadt nicht verbringen, denn der bedrohliche Umriss der Huangdi zeichnete sich in der Ferne alsbald gut sichtbar über dem Meeresspiegel ab. Wie ein glatt geschliffener Fels in der Brandung wirkte die Basis der Menegerit. Ein umtoster Ort, auf dem das Unberechenbare eine Bleibe fand. Diese Stabinsel mit dem bizarren Riesenturm warf schon bei ihrem ersten Besuch mehrere Fragen auf. Die Zauberer, wie man sie unter den anderen Völkern nannte, besaßen so gar nichts mit den übrigen Bewohnern des Planeten gemein. Bei ihrem kurzen Besuch offenbarte Mc Leary das grausige Schicksal, dass die Menegerit ihrer Art zufügten. Auf der Suche nach dem perfekten Körper und um die Vergänglichkeit zu stoppen, konstruierten die Überlebenden der irdischen Expedition ihren eigenen Leib um. Sie veränderten ihn solange, bis ein Mischwesen aus einer mechanischen Spinne mit einem organischen Köperanteil verblieb.

Kore näherte sich dem ehemaligen Expeditionsschiff mit höchstem Respekt. Nur zu gut war ihr der letzte Besuch in Erinnerung geblieben. Sie fand schon bald ihren dämonischen Begleiter. Drag wartete bereits gähnend auf der kahlen Oberfläche der stählernen Insel. Er stand auf dem breiten Deck der künstlichen Basis, die wie ein eherner Riese aus alter Zeit inmitten der Überreste der einstigen Hauptstadt Wolkenhain schlief.
„Da kommst du ja endlich. Du brauchst ja ewig", grinste er feixend zu ihr.
„Pass bloß auf", knurrte Kore drohend. „Wenn ich ein Dämon wäre, dann ..."
„... bist du aber nicht mehr", lachte Drag verwegen. „Außerdem bist du mir als gewöhnliche Fee wesentlich sympathischer und ansehnlicher, als eine

Dämonenprinzessin. Warum kommst du aus dieser Richtung? Hast du etwa den Draht verloren?" Drag ginste boshaft.

„Nein. Ich bin Jule wieder begegnet", sagte Kore etwas kleinlaut, weil dies ja nicht direkt zum Versprechen gehörte, das sie Ipsy gab. Drag seufzte.

„Du hast nach ihr gesucht."

„Nicht wirklich. Ich bemerkte auf meinem Weg eine Siedlung und bin einfach mal hingeflogen. Ich fand Maluk auf einer Weide stehend vor sprach mit ihm. Ich musste beide wieder sehen."

Drag seufzte wieder und schüttelte verständnislos den Kopf. Er war sichtlich unzufrieden mit ihrem Verhalten und bemühte sich seinen Unmut im Zaum zu halten, ehe er mahnend fortfuhr.

„Kore. Bedenke, wenn du einer Fee ein Versprechen gibst, dann solltest du dich daran ganz genau halten und keine Extratouren machen. Du wärst Jule oder Maluk ohnehin früher oder später wieder begegnet. Es gab keinen wirklichen Zwang sie unbedingt sehen zu müssen."

„Ich brauche alle Informationen über die Menegerit, die ich kriegen kann", rechtfertigte sich Kore entschieden. „Sie leben hier schon seit vielen Jahren und wissen durchaus etwas mehr von ihnen als du und Ipsy. Jule meinte aber, allein die Tatsache, dass ich wieder die Fähigkeiten einer Fee habe, bedeutet, dass die Erfüllung meiner Bestimmung noch aussteht."

Drag verzog grimmig das Gesicht. Ihm war aus einem ganz bestimmten Grund nicht danach, die Sache weiter auszudiskutieren.

„Na schön. Ziehen wir es durch. Machen wir das, wozu wir hier sind und vertrödeln nicht unnötig mehr Zeit."

Die Huangdi selbst bestand aus einem unbekannten Metall, dass die Menegerit, die Abkömmlinge der Menschen, mit ihrer weit fortgeschrittenen Technologie zu der Hülle ihres Raumschiffs formten. Vom Äußeren her wirkte der Ort wie ein gigantisches U-Boot. Nur dass in seiner Mitte jener bizarrer Turm mit unzähligen Ecken und Kanten in den Himmel hinein ragte, welcher entfernt an eine Bischofsmütze erinnerte.

„Komisch, dass wir uns dem Schiff so einfach nähern können", sagte Kore Drags Worte ignorierend, als sie unbedacht mit ihren nackten Füßen auf dem von der Sonne aufgeheizten Oberdeck aufsetzte. Doch das bereute sie bald.

„Autsch", schrie sie schmerzhaft auf und flog sofort wieder in die Höhe. Ihre Fußsohlen verbrannten sich daran. Durch ihre schnelle Wundheilung verschwanden die aufkommenden Brandblasen bald wieder.

„Das vergas ich. Da steckt Eisen im Mantel. Ipsy hatte Recht. Es ist hier sehr gefährlich für solche Wesen wie uns. Die Menegerit verfügen über eine Technologie, um unsere Kräfte unwirksam zu machen. Ich möchte gar nicht wissen, wie es mir ginge, wenn ich nicht mehr fliegen kann."

„Ganz dreckig würde ich sagen", antwortete Drag grinsend. „Mir als Dämon macht die Hitze nichts aus. Darum kann ich hier stehen. Du aber bist wärmeempfindlich. Wenn es gefährlich wird, kannst du hier draußen ins Meer springen. Aber es ist in der Tat eigenartig, dass wir es immerhin bis zur Außenhülle geschafft ohne einen von ihnen zu begegnen", bemerkte der kleine Dämon treffend. „Was soll es. Kann uns recht sein. Vielleicht finden wir irgendwo einen Hinweis, wo die alle stecken. Es könnte sich aber um eine Falle handeln. Den Menegerit ist alles zuzutrauen."

„Daran dachte ich auch gerade", antwortete Kore verunsichert. Umso mehr verstand sie jetzt auch, warum Jule auf der Erde darauf verzichtete, das verfallende Sanatorium in der Nähe ihres Sees zu besuchen. Das verbaute Eisen darin verkam zu einer Falle für sie.

„Sie schlossen jedenfalls die vielen Einstiegsluken in den Bauch hinein. Zu gerne wüsste ich, wie es drinnen aussieht."

Außer der Erinnerung, die ihr die Seherin auf Durvan zeigte, besaß sie keine Vorstellung davon.

Mit Schaudern dachte sie an den Überraschungseffekt mit dem Mc Leary sie einst auf der Oberfläche empfing. Aus den nun mittlerweile verschlossenen Luken kletterten seinerzeit unzählige der Spinnenmaschinen. Mc Learys umgebaute Besatzung zu achtarmigen Spinnenmonstern, die mit ihren Metallfüßen ein unheimliches Kratzen verbreiteten, jagten ihr beim letzten Besuch ordentlich Angst ein. Nur dank der Erfindung des Neutroneneis, das ihr der Rat der Sechs mitgab, gelang es Kore, sie vorübergehend bewegungsunfähig zu machen. Woher bezog der Rat eigentlich diese rettende Errungenschaft? Die Technik der Menegerit übertraf selbst die der Menschen zu ihrer Zeit auf der Erde. Kore folgte fliegend Drag, der wie ein glühender Wurm auf dem Oberdeck des Schiffes zu dem mächtigen Turm der Huangdi rann. Dort, wo sich die Trittnischen zu den Plattformen befanden, rann er zur ersten Ebene hoch. Hier fanden sie auch jenes Computerterminal wieder, von dem Kore die Geschichte der Menegerit und ihrer Mission zu den Sternen erfuhr. Vorsichtig schwebte Kore flügelschlagend im Raum, während sie den Computer skeptisch musterten.

„Glaubst du, dass wir mit ihm etwas anfangen können?", fragte Kore ihren Begleiter. „Immerhin weis er mehr als wir über die Zauberer."

„Nun, falsch wäre es nicht, ihn mitzunehmen. Ich schrumpfe ihn mit meinem Archivar und packe ihn in meinen Zylinder. Wir holen ihn einfach raus, wenn wir ihn brauchen sollten", meinte Drag das Gerät prüfend. „Gute Idee", sagte Kore und Drag nutzte seinen praktischen Packungstrick, mit dem er jeden Gegenstand egal welcher Größe bequem in seinem Hut verstaute. Eine Fähigkeit, die nur die Dämonen beherrschten. Beide sahen sich eifrig im Turm nach weiteren Hinweisen um. Sie fanden jedoch nicht die kleinste Spur, die auf den Verbleib der letzten Überlebenden der Kolonie schoss. Kore flog eine Plattform nach der anderen des antennenartigen Gebildes hoch. Auf jeder Ebene sah es wie leer gefegt aus. So wie wenn die Menegerit die ganze Station räumten. Auf den luftigen Plattformen wurde das Licht der Sonne förmlich von der schwarzen Oberfläche verschluckt, wie wenn sie Schwamm wäre. Kore bemerkte, dass die Struktur der Antenne und der Außenhaut den solaren Energiemodulen der Erde nicht unähnlich erschien. Die schwarze Hülle zog das Sonnenlicht förmlich aus der Luft heraus, wie ihre Haut, als sie eine Dämonenprinzessin war.

„Drag, ich glaub ich weis, warum es hier so leer ist", bemerkte sie kombinierend. „Die ganze Oberfläche ist ein riesiges Sonnenmodul. Sie gewinnen ihre Energie daraus. Es müssen Unmengen sein, die gerade verbraucht werden."
Kore erinnerte sich an das Energieprogramm, das General Tomps nach den „Mystischen Krieg" ins Leben rief. Es versorgte die Überlebenden mit Arbeit und Brot. Der Diktator zerschlug die Energiekonzerne und dezentralisierte die Stromversorgung. Eine jede Stadt besaß für die Produktion ihrer Energie völlige Handlungsfreiheit. Die einzige Bedingung war, dass in die Natur keine Schadstoffe gelangen durften. Es gab ein globales Energieversorgungsnetz, das aus den Überschüssen der Städte gespeist wurde. Es wurde nur für den Ausgleich von Spannungsschwankungen im Stromnetz benötigt. Eine der Stromerzeugungsmethode davon war die solare Energiegewinnung. Bereits vor dem „Mystischen Krieg" gelang es, die solare Stromerzeugung mithilfe des Zentralgestirns regelrecht auf alle beschienenen Oberflächen zu dampfen. Wer sich nach dem Ende der tompschen Diktatur einem Solarfeld näherte, sah sich einem riesigen schwarzen Rechteck gegenüber. Man bedampfte in der Vergangenheit die Fassaden der Häuser mit der solaren Energiepaste, verzichtete aber später aus ästhetischen Gründen wieder darauf. Die Architektur aus der Anfangszeit des Rates des Sechs wirkte nicht harmonisch und vermittelte einem eher ein Gefühl der Beklemmung, anstatt der Lebensfreude. Als Kore auf der Akademie lernte, veränderte man bereits das Energiegewinnungsprinzip durch die Sonne. Damals gab es keine großflächigen Solarfelder mehr. Stattdessen eichten sich alle Elektrizitätsgegenstände des Alltags auf dem Stromverbrauch. Das hieß, sie durften bestimmte Verbrauchswerte nicht übersteigen und bezogen ihre Energie durch kleine Solarmodule auf den Dächern, die sich nach der Sonne drehten. Sie kamen mit weniger Strom aus, als in der Vergangenheit. Für größere Anlagen, wie das Hyperbahnnetz oder der Nanoziptechnik kam der Fusionsreaktor zum Einsatz. Ebenso experimentierte man bereits zur General Tomps Zeiten mit der Implosionstechnik zur Energiegewinnung, welche die natürliche Sogwirkung zu deren Erzeugung nutzte.

Kore erinnerte die Oberfläche der Huangdi an diese Sonnensegel, die sie auf den Dächern von Presson sah. Ihr fiel auf, dass auch sie kein Sonnenlicht reflektierten. Ganz im Gegensatz zu schwarzen Steinen, die poliert sogar das Licht spiegelten.

35

„Drag, die ganze Außenhülle ist ein einziges Kraftwerk. Sie erzeugt Energie. Da ist irgendwas in seinem Inneren, das sie verbraucht", schlussfolgerte Kore aus ihrer Beobachtung. Kore fuhr ihre Flügel aus und schwirrte direkt zur Spitze des Turms hinauf. Drag schmorte ihr hinterher. Erst vom höchsten Deck, von dem man eine gespenstisch wirkende Aussicht über die Splitterbucht genoss, fanden sie einen schmalen Schacht in das Innere des Raumschiffes vor. Die Öffnung erwies sich als ziemlich klein und es wäre normalerweise für Kore viel zu eng darin. Aber als Fee wusste sich zu helfen. Ihr Minimalus brachte sie in Nullkommanichts auf eine passende Größe, sodass sie in den Schacht ohne Schwierigkeiten hineinpasste.

„Da ist ein Weg hinein", sagte sie mit Erleichterung und befahl regelrecht ihrem Begleiter vor Spannung aufgewühlt. „Drag. Geh bitte voraus und leuchte mir."

„Geht klar", bestätigte der Dämon unversehens und rann als feuriger Wurm den dunklen Weg voraus, während Kore ihm mit leichten Flügelschlägen vorsichtig folgte, um nicht an den eisernen Wänden anzustoßen. Vor nicht allzu langer Zeit wäre ein derartiges Szenario auf Atres undenkbar. Ein Dämon und eine Fee arbeiteten gemeinsam Hand in Hand. Ihre Völker bekriegten sich Jahrhunderte lang und nun schien es, als fand dieser mörderische Konflikt nie zwischen ihnen statt. Die zahllosen Windungen des Schachtes schienen kein Ende zu nehmen. Sie erinnerten Kore stark an Nekos Blutbahn, nur dass die Blutkörperchen und die Fresszellen fehlten, die sie jagten. Dass sie sich so unbeschwert vorwärtsbewegten, ohne auf Widerstand zu treffen, kam den Beiden dennoch recht seltsam vor. Es gab auf ihrem Weg durch die nichtssagende Schwärze keine Abzweigung. Welchem Zweck dieser Schacht wohl diente, ersah sich nicht.

„Drag", sagte Kore, als sie nach einem schier endlosen Flug durch die Leitung einfach keinen Ausgang erreichten. „Kannst du dich nicht einfach durch die Wand des Schachtes bohren? Ich meine mit deinem Temperatus ist das doch ein Kinderspiel für dich?"

„Oh. Ja klar", fiel es dem Dämon ein. „Hätten wir viel früher machen können. Ich versuch mal, die Wand zu zerschmelzen. Das könnte klappen", meinte er kurzerhand und Kore hielt gehörigen Abstand als Drag sich auf die Temperatur von kochendem Magma erhitzte. Im Nu schweißte er mit einer beißenden Stichflamme einen Durchgang in die Seitenwand, sodass sie in das unwirtliche Innere der Huangdi hinein gelangten. Kore glaubte vor Schreck zu träumen, als sie den gigantischen Raum sah, der sich dahinter auftat. Kein Lichtschein von außen drang in diesen hermetisch abgeschirmten Ort, sodass er normalerweise vollkommen Dunkel gewesen wäre. Dennoch strahlte die kreisrunde Scheibe, die sich inmitten des gigantischen Metallbauchs befand, ein solch intensives Licht aus, dass sie sogar mit der Sonne konkurierte. Ihre Kraft reichte vollkommen aus, um jeden Winkel des riesigen Bauches vollständig auszuleuchten. Nur die Leitung, durch die sie kamen, warf einen unmerklichen Schatten in die Szenerie.

„Was immer das auch ist, das ist das Ding, das die ganze Kraft braucht", ächzte Kore mit abgewandtem Blick, als sie sich der rätselhaften Energiescheibe mit ihren Flügeln näherte. Es strahlte keine Wärme ab. Nur ein gleißendes Licht, in das man nur direkt hineinsah, wenn man zu erblinden wünschte.

„Weiß nicht", sagte Drag und setzte sich eine Sonnenbrille aus seinem Archivar auf. Er holte sie mit einem Handgriff aus seinem Zylinder hervor. „Es sieht für mich aus wie eine gewöhnliche Lichtscheibe. Wenn auch eine sehr Helle."

„Gute Idee", meinte Kore und materialisierte sich mit ihrem Staub eine Sonnenbrille direkt auf ihre Nase. Die Möglichkeiten einer Fee ihren Alltag zu meistern, gingen ihr ins Blut über.

„Und sonst ist hier nichts?", fragte sie die Umgebung musternd. „Mc Learys Leute müssen ja ganze Arbeit dafür geleistet haben, das ganze Schiff auszuschlachten, um das Ding da zu bauen. Aber warum so viel Aufwand?"

„Vielleicht kann uns dieses Terminal aus dem Turm helfen", meinte Drag und holte den Computer aus seinem Zylinderarchiv.

„Versuchen wir es mal", sagte Kore und kreierte mit ihrem Staub ein Kraftfeldpult, auf den sie den Computer abstellten. Das Kraftfeldpult, ähnlich eines Schreibtisches, war nur eines von den vielen technischen Neuerungen, die die Antigravitationstechnologie ermöglichte. Diese Errungenschaft kannte man bereits lange vor der tompschen Diktatur. Im Gegensatz zur Nanotechnik, dessen Grundlage die Teilchenphysik war, spezialisierte sich die Antigravitationstechnologie auf magnetische Felder. Entwickelt wurde sie ursprünglich für das Militär und der Atomindustrie. Mit ihrer Hilfe sperrte die Atomwirtschaft verseuchte Gebiete ab, um nukleare Verschmutzungen einzudämmen. Das Militär hingegen nutzte sie für eine völlig neue Art der Mobilität und revolutionierte damit die Kriegsführung. Während man einst mit Panzern oder schweren Gerät in den Untergrund einzusinken oder sich in unwegsamen Gelände zu verkeilen drohte, schwebten die auf der Levitationstechnik basierenden Tötungsmaschinen, wie ein gefräßiger Heuschreckenschwarm über den Erdboden. Die wenigen Kriege dieser Zeit dauerten von da an nicht mehr lange und endeten bereits nach nur wenigen Wochen. Dass diese Technik damals nicht ihren Weg in den Alltag fand, lag an dem horrenden Energiebedarf der Fahrzeuge. Ihre Produktionskosten waren so hoch, dass sich nur reiche Staaten diese tödlichen Waffen leisteten. Jeder einzelne Panzer fungierte für sich gesehen als ein eigenes Kraftwerk und führte folglich einen Minifusionsreaktor mit sich. Ihr Ende fanden diese Fusionspanzer aufgrund schwerwiegender Unfälle, die zur vollständigen Zerstörung ganzer Landstriche führten. Zur Zeit des Rates der Sechs löste man dieses Hemmnis durch den Einbau eines Fusionsreaktors, nach dem nach den Erfindern benannten Ragowski-Mizia-Verfahren. Die Technik fand letztlich Eingang in der Gleitertechnologie zum Betrieb von Fahrzeugen und in den Gerätschaften zur wissenschaftlichen Forschung.

Kore stellte das Terminal mit einer Handbewegung an. So wie sie es von der Akademie auf der Erde her kannte.

„Liste mir alles auf, was du über Lichtscheiben weist", befahl sie fragend die Maschine. Es war das Erstbeste, was ihr einfiel, ohne dass das Gerät verstand, was die Benutzerin eigentlich von ihm wollte.

„Lichtscheiben", antwortete der Computer kurz den Befehl bestätigend, um sofort die ergebnislose Antwort zu geben. „Kein Eintrag gefunden."

„Mist", schimpfte Kore ungehalten. „Wie frage ich noch danach? Was ist das nur für ein Ding vor uns?"

„Welches Ding?", fragte der Computer plötzlich. "Bitte Einscannen."

„Scannen? Du kannst das scannen?"

„Scannen", wiederholte das Gerät trocken. „Einbau in Computer. Erfassung und Identifizierung durch Objektiv. Bitte Objekt zur Identifikation in den Scanbereich meiner Front, legen."

Drag drehte den Computer zur Lichtscheibe und sagte zu ihm: „Fertig. Und jetzt scanne."

Im Nu glaubten Kore und Drag ein surrendes Geräusch von ihm zu hören. Es klang, wie wenn eine Luke aufgefahren wurde. Sie glaubten einen kurzen roten Scanblitz gesehen zu haben, der in die Richtung der monströsen Energiescheibe führte.

„Scannung teilweise fehlgeschlagen", antwortete der Computer darauf.

„Energiefeld hat die Elektronik beschädigt. Scanner zerstört", woraufhin Kore ungeduldig einknickte. Innerlich wollte sie das Gerät zu Boden schleudern, wenn es nicht etwas hinterherschob. „Objekt wurde trotz Schaden mit siebzigprozentiger Wahrscheinlichkeit als Energietor erkannt."

„Energietor?", raunten Kore und Drag verwundert."

„Energietor", wiederholte der Computer und holte die verfügbaren Daten von seinem Speicher.

„Erfindung aus der Anfangszeit der Menegerit. Einrichtung zur Entfernungsüberwindung, die auf dem Prinzip der Implosion basiert. Nach seiner Entwicklung geriet das Projekt unter Verschluss, jedoch wurde es im Rahmen der Weltraumexpedition zu Gamma Neun wieder reaktiviert. Sein Zweck ist die Evakuierung der Besatzung zur Erde."

Kore und Drag stand der Mund offen, als sie die kalte Antwort des Gerätes vernahmen.

„Weißt du, was das heißt?", erschrak Kore entsetzt. In ihr spielten sich Horrorszenarien ab, von denen die Eine schlimmer als die Andere war.

„Ja, das heißt, dass es nicht zu Ende ist. Mc Leary versucht, die Expedition ein zweites Mal vorzubereiten. Er kehrte mit dem Energietor zur Erde zurück. Dort leben die Menschen zu deiner Zeit Kore", bemerkte Drag mit Grausen. „Sie werden sicher versuchen, den neu gebildeten planetarischen Rat auf ihr Projekt einzustimmen, wenn nicht gar, dass sie ihn entmachten. Vielleicht übernahmen sie bereits die Herrschaft über die Erde und wir stehen kurz vor einer neuen Invasion", mutmaßte Drag schauerlich. „Diesesmal sind wir aber vollkommen wehrlos. Nur ich und Ipsy werden ihnen nicht viel entgegensetzen, zumal sie eine Methode kennen unsere Kräfte unschädlich zu machen. Wer weis, wie lange sie schon fort sind."

Sein Unbehagen war nicht zu übersehen und zog tiefe Falten in seinem Gesicht.

„Mein Bruder ist in großer Gefahr. Sie nahmen sicher ihr ganzes Wissen mit und sind meiner Zeit auf der Erde meilenweit voraus", schluckte Kore entsetzt.

„Wir sollten sofort die anderen warnen", schlug Drag hastig vor.

„Nein, das ist sinnlos. Mc Leary muss sofort aufgehalten werden, ehe uns die Zeit davon läuft. Wir lassen nicht zu, dass er uns überrumpelt. Ich folge ihm sofort durch das Tor", sagte Kore entschlossen und biss entschieden die Zähne zusammen.

„Du willst ihm wirklich folgen?", fragte Drag ungläubig. „So unvorbereitet? Wer weis, was uns am anderen Ende erwartet."

„Ich weis, was Neko mir im See erklärte. Alles wiederholt sich, und das heißt, dass auch wir nicht in Frieden leben, wenn Mc Leary Erfolg mit seinem Plan hat. Wenn du willst, kannst du hier bleiben. Ich jedenfalls sehe nicht zu, wie wir alles verlieren, wofür wir gekämpft haben", sagte Kore zu allem bereit.

„Da ist eine andere Sache, von der du vorher aber wissen solltest", hielt Drag sie in ihrem Tatendrang zurück.

„Was verschweigst du mir?"

„Der Leihtrick."

„Ja?", fragte Kore verunsichert zurück. Worauf wollte Drag hinaus?

„Du hast einer Fee ein Versprechen gegeben."

„Ist das irgendwie von Bedeutung?"

„Für den Leihtrick schon. Wenn du jetzt durch das Tor gehst, brichst du dein Versprechen. Du hast Ipsy versprochen nur einen Blick zu riskieren und dann wieder zu ihr zurückzukehren. Eigentlich steht von dem Versprechen nur deine Rückkehr aus. Du hast mit Ipsy nicht darüber verhandelt, was passiert, wenn du eingreifst und den Menegerit durch das Tor folgst."

„Was willst du mir damit sagen?"

„Wenn du jetzt durch das Tor gehst und das Versprechen gegenüber Ipsy brichst, wirst du schwächer."

„Wie schwächer?"

„Natürlich nicht sofort. Erst so nach und nach. Zunächst kannst du noch alle Feentricks, aber nach ein paar Tagen ist damit Schluss."

„Und Ipsy? Kriegt sie wenigstens dann ihre Kräfte wieder?"

„Wenn ich sie dir rechtzeitig mit meinem Archivar wegnehme, ehe alles verschwunden ist, besteht keine Gefahr für einen totalen Verlust. Du aber bist dann vollkommen wehrlos und sterblich. Auch dürfte deine Wundheilung sich der von Jule und Lysander anpassen. Immerhin kannst du dann wieder gefahrlos Eisen anfassen."

In Kore tickte es. Es fiel ihr nicht leicht, eine so risikoreiche Entscheidung zu treffen.

„Drag", sagte sie schließlich. „Das Risiko ist zu hoch."

„Das sehe ich auch so."

„Die Menegerit sind viel zu gefährlich. Ich folge ihnen und stelle sie, ehe ich Ipsys Kräfte verliere."

„Was?", horchte Drag überrascht auf. Mit dieser Antwort rechnete er nicht.

„Ipsy würde den Menegerit nie folgen, wenn ich jetzt zu ihr zurückkehre und das von ihr verlange. Also verlange ich auch nicht von dir, dass du mich begleitest, aber es wäre gut, wenn du wenigstens Ipsys Kräfte konservieren kannst, ehe sie mir vollständig abhandenkommen."

Nun legte Drag seine Stirn in Falten. Eigentlich dachte er es sich, dass sich Kores Feentemperament voll durchschlug.

„Ich versprach meinem Schatz auch etwas."

„Ja?"

„Und zwar, dass ich ein Auge auf dich habe und auf dich aufpasse. Ipsy wollte nicht, dass dir etwas zustößt. Schon alleine, dass sie dir ihre Kräfte auslieh, zeigt, wie sehr sie dich schätzt", antwortete Drag besorgt und packte den Computer wieder mit seinem Archivar in den Zylinder zurück.

„Also dann los", sagte Kore ohne Umschweife und näherte sich gemeinsam mit Drag der unheimlich schillernden Scheibe.

Sie glaubten einen zugigen Wind, eine Art Sog, zu spüren, als sie direkt vor dem Tor standen. Er zog sie förmlich in sich hinein, was Kores Haare wie eine Fahne zum Flattern brachte. Innerlich schlussfolgerte sie daraus, dass diese Information des Computers stimmte und die Energietortechnik auf dem Prinzip der Implosion aufbaute. Einer Technologie, die selbst zu Zeiten des Rates ein stiefmütterliches Dasein fristete. Auf der Akademie lernte sie immerhin darüber, dass sie bereits vor dem großen Blackout als hoch umstritten galt und vor allem aus wirtschaftlichen Gründen keine weite Alltagsverbreitung fand. Es war keinesfalls so, dass sie für den Nutzer gefährlicher wäre, als die damals gemeinhin verwendete Explosionstechnik oder auch Verbrennungstechnik. Viel mehr lag es daran, dass sich mit ihr kein großes Geld verdienen lies, weil dauerhaft keinen festen, flüssigen oder gasförmigen Treibstoff zum Betrieb benötigte. Schon die Speisung des Energietors mit dem Solarstrom aus der Hülle bewies das. Die Erforscher der Implosionstechnik galten seit jeher als Sonderlinge und Fantasten. Zu Lebzeiten übelst von der etablierten Forschung angegriffen und diffamiert, fristeten sie ein Dasein aus Außenseiter. Allerdings zeigte die Zeit, dass sich ihre Erkenntnisse über diese Technik nicht dauerhaft leugnen lies. Während des Großen Blackouts erlebte die Implosionstechnik eine kurze Renaissance, als man nach diesem

Prinzip wieder Autos und sogar Flugzeuge baute. Doch als sich die Wirtschaft der Länder von dem Energieschock erholte, nahmen deren Führer die nach dieser Methode eingeführten Produkte wieder vom Markt. Man wollte wieder einen Konsum anregen. Da störten Produkte, die kaum verschlissen und die billig im Unterhalt waren.

Kurzerhand sprang sie in den Energiesog hinein. Wenn es die Menegerit benutzten, dann kämen auch sie hindurch. Sie wussten nicht, wie ihnen geschah. Die unheimliche Strömung lies sie durch eine Art Schlauch flutschen. Dieses sehr beengte Gefühl kam Kore vor, als presste sie jemand durch ein dünnes Gummirohr. Sie sah riesige Gasplaneten und ganze Galaxien an sich vorüberziehen. Es gelang ihr nicht diese enorme Geschwindigkeit einzuschätzen, die sie während ihrer Reise durch den ewigen Raum erreichte. Diese Art zu Reisen war ihr völlig neu. Gelangte sie zuerst mit Jules Hilfe über den Portikus nach Atres, ohne etwas von der Fahrt zu spüren, so geschah dies nun bei vollem Bewusstsein. Lange dauerte ihre Durchquerung der Passage nicht. Es kam ihr vor, als ob es nur wenige Sekunden durch die Ewigkeit waren. Das Ende ihres Trips durch den Weltraum hörte so augenblicklich auf, wie er begann. Die Lichtscheibe am anderen Ende hustete sie wie einen unverdaulichen Brocken aus der Leitung, sodass sie mit lautem Gepolter über eiskalte Fliesen kullerten, die den ganzen Raum ihres Zielortes auskleideten. Unglückseligerweise starrte sie just ein großes rotes Auge an, das einem der gefürchteten Wächterroboter gehörte, der an ihrem Zielpunkt seinen Dienst tat. Von dieser Art der Erfindung wusste Kore nur soviel, dass man ihr am Besten nicht in die Quere kam. Das war alles, was man über den Wächterroboter dort zu wissen brauchte, der sie bedrohlich mit seinem Scanner erfasste und gemäß seiner Programmierung eine Lichtkanone aus seinem reich bestückten Waffenarsenal zückte.

Kapitel 3

Implosion

Das rote Auge des mechanischen Wächters erfasste blitzschnell die Umrisse der unbefugten Personen, die in der riesigen unterirdischen Anlage der Forschungsstation Carazzi eindrangen. Dieser Name stand in roter Schrift, groß und fett, auf den grünen Wandfliesen neben dem jetzt ausgeschalteten Energietor zu lesen.

„Oh, oh", blieb es Kore nur Zeit vor Schock zu schlucken, als der Roboter auch schon sein blankpoliertes Laser heranfuhr, um es auf sie zu richten. Kore schleuderte hastig ihren Feenstaub gegen das bedrohliche Scannerauge. In der Eile fiel ihr nur eine klebrige Morgensubstanz ein, die sich die Leute ansonsten mit Lust auf angeröstete Brote schmierten. Vor lauter Schock durch ihr unverhofftes Zusammentreffen dachte sie nicht an den Elektronikus oder gar den Verschwindibus, der den Roboter im Nu abstellte.

„Honig? Was willst du mit Honig?", plärrte Drag entsetzt von Kores kurzsichtiger Handlung. „Auch noch klarflüssig."

Da schoss die Tötungsmaschine bereits auf sie und durch seine Schaltkreise eilte bereits der Befehl zum Nachladen. Kore und Drag wichen nur um haaresbreite den tödlichen Laserstrahlen aus, die der Roboter wild auf die Eindringlinge los ballerte. Dass der Laser derartig daneben ging, lag an der Verzerrung der visuellen Erfassung des Zielobjektes durch den Honig. Denn durch den Honig gesehen befand sich Kore an einer anderen Stelle, als sie tatsächlich war. Sein scharf geschossener Laser durchlöcherte die Metallwände der Forschungsstation und traf zu allem Übel das eben ausgeschaltete Energietor. Es krachte hinter ihnen bedrohlich. Kore rollte sich zur Seite und sah die verschmorten Einschusslöcher des glutheißen Lasers in der Fliesenwand, aus denen dichter schwarzer Qualm drang. Das Tor selbst schien aus einer Legierung zu bestehen, die äußerst robust ihren bisherigen Zweck erfüllte. Der Schuss des Roboters hinterlies auf seiner Oberfläche nicht einmal einen Kratzer. Das kam Kore doch recht eigenartig vor, zumal sie wusste, dass die Laser der Roboter alles zerschnitten, wie wenn es aus Butter wäre. Nur hier schienen sie nichts auszurichten. Der Roboter feuerte seinen Laser weiter in die Richtung der Fee, da er weiterhin ihr Lebenszeichen registrierte. Aber wegen des verzerrten Objektivs sausten seine Schüsse folgenlos an ihr vorbei. Kore sah auch nun, warum dem Tor nichts passierte. Die Schüsse des Lasers wurden auf seiner Oberfläche wie Lichtstrahlen auf einem Spiegel abgelenkt und schlugen folglich als Querschläger in den gekachelten Wänden ein. Kore versuchte so schnell wie möglich einen Ausgang aus dem ansonsten leeren Raum zu erspähen, die das Tor in sich barg. Nirgendwo fand sie in der Eile eine Tür oder Ähnliches, die aus dieser Gefahr hinaus führte.

„So eine Scheiße", schrie sie unterdrückt.

Der Honig tat gerade seine weitere Wirkung auf ihren hochgerüsteten Jäger. Der Roboter versuchte nämlich vergeblich, das stark haftende Blütenerzeugnis von seinen Waffen zu reinigen und zerstörte sich seinen Erfassungssensor dabei vollständig. Es hinderte ihn nun ganz an einer Zielerfassung der eingedrungenen Objekte. Blind wie ein Huhn stolperte die Killermaschine durch den kahlen Raum. In seiner Hast fuhr er sein ganzes Arsenal an die Oberfläche und schoss was das Zeug hielt wahllos in die Umgebung. Kore verkleinerte sich sicherheitshalber auf Erbsengröße, was aber keine hundertprozentige Sicherheit vor den tückischen Angriffen bot. Laute Alarmsirenen erfüllten unmittelbar darauf die ganze unterirdische Anlage, in der sie landeten.

„Kore, komm sofort zu mir", rief Drag ihr aus einem schmalen Lüftungsschacht zu. Da der Roboter sein Feuer auf Kore konzentrierte, konnte der Dämon nach einem Ausgang suchen.

Kore eilte im Zickzackkurs zu Drag und verschwand im Lüftungsschacht. Die Geschosse des Roboters sausten derweil unkontrolliert an ihr vorbei und hinterließen bei ihrem Auftreffen an den gefliesten Wänden regelrechte Krater. Drag und Kore zogen sich tiefer in den Schacht zurück. Während es dem Dämon nichts ausmachte über die blecherne Oberfläche zu gleiten, musste sich Kore davor hüten, mit ihr Kontakt zu bekommen.

„Wo sind wir hier?", fragte Drag seine Begleiterin. „Kennst du den Ort?"

„Das ist die Forschungsstation Carazzi", schnaufte Kore bei Drag angekommen außer Atem. „Ich weis nicht viel über sie, aber sie befindet sich auf der Erde. Das ist klar. Nach allem, was ich weis, ließ der Rat sie vor vielen Jahren im Rifgensteinmassiv einfräßen. Doch dann schloss er sie. Warum weis ich nicht. Miss Conners wollte mir darüber nichts erzählen, als ich sie damals danach fragte. Sie erzählte mir, dass es viele Orte wie diesen auf der Erde gibt und man tagelang über die angefangenen Forschungsprojekte des Rates reden könnte, die er einmal in Auftrag gab und dann abbrechen ließ. Wenn mich das interessiert, sollte ich die Einzelheiten aus dem Medienarchiv holen. Das war lange vor meiner Zeit und zugegeben, es fragte auch keiner im Unterricht oder auf der Akademie mal danach. Miss Conners erklärte mir aber was über diese Roboter, die in diesen Anlagen hausen. Sie hämmerte mir ein, dass es schreckliche Maschinen sind, die die Aufgabe haben alle unbefugten Personen zu töten, die dort ohne Erlaubnis durch den Rat eindringen. Deshalb soll sich ein jeder von solchen Orten fern halten."

„Vielleicht war das Energietor aus dem wir kamen, der Grund dafür, dass man die Station schloss", mutmaßte Drag kombinierend. „Mc Leary hofft, sich hier neu zu formieren und nach Atres mit Verstärkung zurückzukehren. Er kennt ja den Zielort seiner Mission und irrt jetzt nicht mehr durch das ganze Weltall."

„Drag, das glaub ich nicht. Er käme zu spät, wenn er nach Atres zurück wollte. Mein Bruder zerstörte den Magneten bereits und kehrte wieder zurück. Dazu müsste er schon durch die Zeit in die Vergangenheit reisen. Zeitreisen waren aber zu meiner Zeit gar nicht möglich. Das Prinzip kannte man schon, aber man besaß die Technik dafür nicht", sagte Kore abwehrend. „Um durch die Zeit zu reisen, benötigt man viel zu viel Energie. Man muss dadurch einen gewaltigen Raum schneller als das Licht zurücklegen und vor allem bräuchte man eine Antriebstechnik, die das kann. Aber der Rat startete nie eine bemannte Weltraummissionen und er lies nie eine Antriebstechnik entwickeln, die das kann."

„Hast du vergessen, was das Terminal über die Onakas sagte? Sie erforschten das Prinzip des Zeitsprungs. Also wissen die Menegerit davon und sie werden dieses Wissen anwenden. Sie nahmen ihr Know-how mit ...", wollte Drag einwendend sagen.

In diesem Moment hörten beide das verstärkte Klacken von Metallbeinen vor dem Luftschacht. Der Wächterroboter rief durch seinen Alarm weitere Roboter herbei, sodass sogar an einem sicheren Aufenthalt hier im Luftschacht nicht weiter zu denken war. Außerdem machten sich die tödlichen Maschinen am Einstieg in den Luftschacht zu schaffen, um ihn mit einem Flammenwerfer gehörig auszubrennen. Hastig flogen Kore und Drag immer weiter in das Lüftungssystem hinein, bis sie in einen verstaubten Büroraum gelangten. Drags glimmendes Leuchten reichte immerhin aus, um zu erkennen, dass hier offenbar schon seit Jahrzehnen niemand mehr hier war.

„Hier packen wir den Computer aus und fragen ihn nach dieser Station. Vielleicht weis er etwas darüber", sagte Kore und wuchs wieder zur Normalgröße. Drag holte aus seinem Zylinderarchiv den Computer hervor und baute ihn auf. Mit gekonnter Handbewegung schaltete Kore unversehens das Gerät an.

„Sag mir alles, was du über Carazzi weist", befahl Kore dem Computer eindringlich.

„Kein Eintrag gefunden", antwortete das Gerät lapidar. Kore seufzte enttäuscht.

„Warum frag ich dich überhaupt, wenn du gar nichts weist? Du weist weder etwas über den Rat der Sechs, weder etwas über die Tompswaisenkinder oder sonst irgendetwas, das mir weiterhilft."

„Meine Auswahl an Antworten sind begrenzt", antwortete der Computer knapp. „Du musst mir offene Fragen stellen, damit ich dir mein ganzes Wissen mitteilen kann, über das ich verfüge", erklärte das Ding monoton. „Wenn der User nicht die Fragearten zu unterscheiden weis, ist meine Auskunftsmöglichkeit eingeschränkt."

„Soviel Zeit habe ich nicht", knurrte Kore wütend. „Warum weist du nichts über Carazzi?"

„Carazzi ist mir nicht geläufig, weil meine Programmierer vielleicht nicht wollten, dass es mir geläufig ist", antwortete der Computer knapp. „Ich beinhalte hauptsächlich Allgemeinwissen und technische Bauanleitungen von Erfindungen. Begonnen von A wie Abfallrecycling bis Z wie Zwiebelerntemaschine. Carazzi scheint keine große Rolle bei dem Allgemeinwissen, in der Technik gespielt zu haben. Darum weis ich nichts über diesen Namen. Wenn du zum Beispiel wissen willst, wie eine Neutronenbombe arbeitet oder geothermische Kraftwerke, dann kann ich dir genauestens sagen wie das funktioniert oder was du dafür brauchst, um es zu bauen. Aber der Begriff Carazzi allein ist ...“

In diesem Moment jagte ein gezielter Laserschuss durch die Tür des Büros und durchbohrte den vor sich hinplaudernden Kasten, sodass er jäh verstummte. Offenbar aktivierten die Roboter ihre akustischen Lenkwaffen, die punktgenau zur Lautquelle steuerten. Schwere Metallrammen brachen die ohnehin kaum gepanzerte Tür auf, sodass Kore und Drag sich in Panik wieder in den Lüftungskanal nach ihrer Umwandlung zurückverkrochen.

„Den Computer brauchen wir nicht mehr. Er war sowieso vollkommen nutzlos für uns“, schimpfte Kore wütend. „Warum haben wir ihn überhaupt mitgenommen?“

„Egal. Wir müssen irgendwie hier raus, ehe sie uns zu Mus machen“, grübelte Drag angespannt. „Zurück kommen wir wieder in die Halle und in dem Zimmer werden sich jetzt die Roboter austoben. Wir sind hier gefangen.“

„Nein, der Temperatus“, sagte Kore einwendend. „Wenn es keinen Weg nach draußen gibt, dann graben wir uns eben einen. Wir haben unsere Fähigkeiten schließlich nicht umsonst.“

„Ja, stimmt. Hab fast vergessen, dass ich das kann“, stimmte ihr dämonischer Begleiter zu und erhitzte sich zu einer glühenden Fräße, die sich wie Säure mühelos durch den härtersten Stein ätzte. Kore bemühte sich, der durch Drags enormer Hitze erschaffenen Tunnelwand nicht zu nahe zu kommen. Sie kühlte mit dem Elementar der Kälte die Wände ab, sodass sie die Wärme aushielt.

Ihr selbst gebohrter Weg durch das dichte Massiv schien kein Ende zu nehmen. Erst nach Stunden gelangten sie an einem schroffen Berghang endlich ins Freie. Die zerklüftete Steilwand, an der sie den Fels durchbrachen, stellte nur für einen geübten Kletterer kein Problem dar. Auf vereinzelten Felsvorsprüngen im Hang siedelten sich ein paar Kiefern an, welche allerdings mehr schlecht als recht gegen die Witterung in dieser Höhe trotzten. Als Kore Drag am Ausgang ihres selbst gebohrten Lochs passierte, spürte sie deutlich dessen starke Hitze. Sie flog daher Abstand haltend auf einen Vorsprung und brachte sich mit dem Maximalus auf normale Körpergröße, während Drag ihr als flüssiges Feuer hinterher rann. Außerhalb der Forschungsstation brannte die Höhensonne im azurblauen Himmel scharf auf sie herab. Kein Wölkchen zeigte sich. Von hier oben aus besaßen sie den eindrucksvollen Ausblick auf einen riesigen Eichenhain, der Kore doch sehr bekannt vorkam. Offenbar herrschte Hochsommer, da die Bäume im vollen Saft standen und die Jahreszeit sich von den Temperaturen dort einordnen lies.

„Als ich hier weg bin, ...“ sagte Kore seufzend in der wärmenden Sonne „... da ist es hier auch Sommer gewesen. Meine Kleider sind richtig klamm von dem feuchten Gestein.“

„Das spielt für mich keine Rolle“, sagte Drag grinsend. „Ich bin ja ein einziges Kraftwerk. Aber das ist nur unser geringstes Problem. Wie wollen wir jetzt wieder zurück nach Atres kommen? Die Roboter sollten bestimmt dieses Tor bewachen. Vielleicht eben wegen jener Leute wie uns. Wenn wir gezielt vorgehen, schalten wir einen Roboter nach dem anderen aus. Dann aktivierst du das Tor mit deinem Mechanikus. Aber das wird nichts nützen, weil du nicht weist, wie man das Ding einstellt. Wir wissen zu wenig über diese Erfindung, die uns hier herbrachte."

„Stimmt", sagte Kore ratlos. „Vielleicht hilft uns der Rat weiter. Er ließ diese Station einrichten und gab sie wahrscheinlich auch in Auftrag.   Dann weis er sicher auch, wie es arbeitet."

„Ach ja? Der regiert nicht mehr, wie du vielleicht weist und außerdem, was ist mit Mc Leary? Wegen dem kamen wir doch hierher."

„Hast ja Recht. Der ist hier irgendwo. Je schneller wir ihn finden, desto besser. Weist du was? Ich schleuse mich einfach auf der Akademie ein. Dort erfahre ich bestimmt, was sich während meiner Abwesenheit tat. Vielleicht treffe ich jemanden, den ich kenne, der mir Auskunft gibt. Chausette oder zumindest ihr Vater könnte noch hier wohnen. Vielleicht sogar Adalmus."

„Das wäre möglich", stimmte Drag nachdenklich zu. „Aber wer weis, was Mc Leary bereits angestellt hat. Gut möglich, dass er schon die Macht übernahm und uns bereits beobachtet. Die Technik der Menegerit ist raffiniert."

„Das sind wir auch", schmunzelte Kore und tarnte sich mit dem Designer und dem Chamäleonstoff zu einem unsichtbaren Flugobjekt. Drag nickte ihr anerkennend zu.

„Kore, ich kann nur zu einem Ort drahten, den ich kenne. So wie du kann ich nicht fliegen. Du musst mich durch die Luft tragen", sagte Drag nachdenklich.

„Bei der Hitze, die du abgibst verkokel ich mich nur", antwortete Kore bedauernd. „Du bist mir viel zu heiß. Flüssiges Feuer kann ich nicht einfach in die Hand nehmen."

„Weißt du was? Am besten machst du mir mit dem Elementar eine Laterne und ich tarne mich darin als Feuer. So bleiben wir zusammen ohne das jemand hier was merkt", schlug Drag vor. „Außerdem verursache ich bei meiner Art der Fortbewegung einen Waldbrand. Flüssiges Feuer verträgt sich nicht mit ausgetrocknetem Holz."

„Stimmt", lächelte Kore verständnisvoll und schuf mit dem Elementar eine futuristisch anmutende Lampe in ihren Händen. Sie hielt sie ihrem dämonischen Begleiter entgegen, welcher bequem auf dem Docht Platz nahm. Er tarnte sich als kleine bläuliche Flamme, die auf ihm still und leise vor sich hinglimmte. Sein Licht wirkte grell und kalt auf den Betrachter. Mit der Lampe in der Hand hob sie ab und begann ihre Erkundungstour.

Kore orientierte sich zuerst in der Höhe, um ihren Standort zu bestimmen. Mehr als der Name der Forschungsstation Carazzi und das er im Rifgensteinmassiv lag, war auch ihr nicht geläufig. Der vor ihr liegende Eichenwald war schon einmal ein guter Ansatzpunkt für ihre Suche. Nachdem „Mystischen Krieg" betrieb General Tomps ein riesiges Aufforstungsprogramm um den ganzen Globus. Da sich der

Boden auf dieser Seite des Rifgensteinmassivs am besten für einen Eichenwald eignete, lies er die gesamte Gegend mit diesen nun riesenhaften Bäumen bepflanzen. Auf der anderen Seite der Bergkette befanden sich fruchtbare Weide- und Farmländereien, dass hin und wieder von kleinen Mischwäldchen und Flussauen unterbrochen wurde. Kore wusste daher, dass mitten durch den Wald die Hypertrasse verlief. Sie musste sie nur finden und schon wusste sie, wo genau sie waren. Während Kore grübelte, in welche Richtung sie am besten losfliegen sollte, fiel ihr in der Ferne ein bläuliches Schimmern am Horizont auf. In ihr dämmerte Böses herauf, als sie es mit ungläubigen Augen näher betrachtete. Sie kannte dieses verräterische Schimmern. Sie sah es bereits als Kind. Das praktisch jeden Tag. Immer dann, wenn sie mit Neko im Eichenhain bei der Gedächtnisstätte spielte, die an die Toten des „Mystischen Krieges" erinnerte. Dieses Mahnmal lies bereits General Tomps an der Kraftfeldkuppel errichten, auf das ein jeder einen Platz zum Trauern fand, der seine Angehörigen in dem mörderischen Konflikt verlor.

„Das kann doch nicht wahr sein", raunte Kore entsetzt. Ihr entwich dieser Satz, kaum dass ihr die Bedeutung des bläulichen Schimmerns in der Ferne bewusst wurde. Schnell flatterte sie weiter in die Höhe, um einen besseren Überblick über die Gegend zu gewinnen. Wie paralysiert sauste sie auf dieses Schimmern zu, das sich vor ihr immer deutlicher abzeichnete, je näher sie ihm kam.

„Die Kuppel steht noch? Sie ist hier? Das kann nicht sein. Das ist unmöglich", spuckte sie entsetzt. Verdattert hielt sie nach dem zweiten Ort Ausschau, der ihr ebenfalls bestens in Erinnerung blieb. Gab es ihn etwa auch? Dank der lärmenden Kinder des Waisenhauses, die gerade den sonnigen Tag mit Spiel und Spaß genossen, fand sie rasch die Stelle, die einmal ihr zu Hause war. Herrschaftlich und gut gepflegt stand das Gebäude in dem Eichenhain, als wäre es nie ein Raub der Flammen geworden.

„Das Waisenhaus steht wieder?", fragte sie sich. „Sie haben es wieder aufgebaut und in Betrieb genommen? Ich dachte, sie wollten es für immer schließen."
Aus der Höhe herunter beobachtete sie ganz deutlich die spielenden Waisenkinder im Hof. Es waren deutlich mehr als zu ihrer Zeit.
„Die Kuppel, das Waisenhaus? Wie kann das sein?", erschrak sie das Gebäude und die Barriere musternd, von dem sie glaubte, dass sie nicht mehr existieren durfte. „Sie sind alle noch hier? Das kann gar nicht sein. Das ist unmöglich."
„Kore, es gibt nur das, was es gibt", antwortete Drag aus der Lampe heraus um sie wieder zu beruhigen. „Es wird unsere erste Aufgabe sein, herauszufinden, warum das so ist. Sieh dich näher um. Vielleicht findest du einen Hinweis."

Kore sauste getarnt mit ihren Flügeln um das Waisenhaus herum. Sie sah von jeder Seite hinein. Es sah genau so aus, wie sie es aus ihrer frühesten Kindheit kannte. Nur waren jetzt viel mehr Pfleger und Kinder darin zu sehen. Sie hörte aus der Höhe die Waisen schreien und im Innenhof herumtollen. Zur Nachmittagsstunde nutzte jeder seine freie Zeit und machte, was ihm gefiel. Es war keine Illusion.

Kore setzte sich auf einen der Eichenbäume im Hof und beobachtete die Kinder eine Weile bei ihrem Spiel. Auch erspähte sie jenen Sandkasten, in dem sie und Neko einst spielten. Kore spann sich so ihre Gedanken dazu.

„Drag. Irgendwie glaub ich, dass dies nicht mein Waisenhaus ist. Es ist komisch. Es sieht zwar so aus, wie ich es in Erinnerung habe, aber ich glaube trotzdem, das ist nicht mein Waisenhaus", sagte Kore nach ihrem Gefühl urteilend.

„Warum? Liegt es an den Kindern?"

„Nein, aber da stimmt etwas nicht. Ich müsste irgendeinen Maßstab haben. Etwas, das man nicht verschieben kann ..."

Da kam Kore die Idee, um sich absolute Gewissheit ihres aufkommenden Verdachtes zu verschaffen.

„Mir fällt da was ein", sagte sie mit einem Geistesblitz und verließ ihr Versteck. Schauten die Kinder in die Höhe, fiel ihnen eine kleine Lichtreflexion auf, die sich zügig über den Hof bewegte. Rasch flog sie über das Giebeldach des Heims und folgte den schmalen Asphaltweg zum Haltepunkt der Hyperbahn hinauf. Dort herrschte um diese Zeit eine gähnende Leere. Nur der laue Wind strich über die Bahnsteige hinweg. Kores Augen suchten aus der Höhe hektisch die Plattform nach dem digitalen Fahrplan ab, den die Betreiber gut lesbar in jeder Station installierten. Kaum, dass sie ihn ausmachte, sauste sie direkt darauf zu. Schon bald bestätigte sich ihre Vermutung, denn dort stand eine Änderung des Fahrplantaktes mit Gültigkeit ab dem 01.01.202. Kore wusste, dass der digitale Fahrplan einmal im Jahr angepasst wurde und die Anzeige immer den aktuell gültigen Fahrplan abbildete.

„Moment mal", sagte Kore, als sie aufgeweckt den Plan studierte. In ihrem Gehirn verglich sie rasend schnell die Daten, welche nur einen Schluss aus dem Gelesenen zu lies. Sie hielt dabei Drags Laterne krampfhaft umklammert in der Hand, während sie die darin enthaltene Botschaft verdaute.

„Hier steht tatsächlich das Jahr 202 nach Tomps. Wir haben das Jahr 202. Sommer würde ich sagen. Ich wurde erst im Jahr 221 im Waisenhaus abgegeben. Wenn das so stimmt, dann heißt das ja, dass wir in die Vergangenheit gereist sind. Mich gibt es eigentlich noch gar nicht."

„Wir sind durch die Zeit gereist?", fragte Drag, was sich durch ein Funkeln der bläulichen Flamme äußerte.

„Das scheint zu stimmen, Kore", kommentierte Drag lapidar, als Kore die Laterne für Drag an die Anzeige hielt. „Hat Mc Leary etwa vor die Vergangenheit zu verändern?"

„Tja", seufzte Kore. „Es sieht so aus. Aber eines kannst du mir glauben. Ich finde heraus, was das Ganze bedeutet. Ich muss nach Presson und schleiche mich dort auf der Akademie ein. In der Bibliothek rufe ich das Nachrichtenportal ab. Wir müssen mit allem rechnen."

„Ist in Ordnung, aber ...", antwortete Drag nachdenklich. „... wenn das Datum stimmt, könntest du bereits Leuten begegnen, mit denen du auch in deiner Zeit zu tun haben wirst. Auch wenn das erst in 19 Jahren sein wird. Wir sollten vorsichtig vorgehen und mehr über die Umstände der Gegenwart erfahren, ehe wir weiter handeln. In Presson mit der Suche zu beginnen, halte ich auch für geschickter. Hier finden wir eh nichts, das uns hilft. Mit der Bahn würde ich nicht fahren. Du bist nicht in ihren Registern eingetragen. Wir sollten uns still verhalten."

„Hast Recht. Wenn es mich nicht gibt, könnte ich ein echtes Problem kriegen, wenn ich mich einfach so zeige. Am besten fliegen wir."

Kore wandte sich hektisch zum Abflug um, doch da stieß sie just mit einer jungen Frau zusammen, die von ihr unbemerkt geblieben die Treppe zur Station hochstieg und sie gerade passierte. Wie übersah Kore sie nur? War sie zu aufgeregt? Auf dem Flug zur Station begegnete sie niemandem. Offenbar kam sie vom Memorial. Beim Zusammenstoß mit ihr hörte Kore etwas auf dem Bahnsteig klirren. Auch spürte sie ein kurzes Brennen auf ihrer Haut, das aber dank ihrer raschen Wundheilung bald wieder verging.

„Autsch", rief die junge Frau, welche sich sofort bückte, um nach etwas auf dem Untergrund zu suchen.

„Oh, Entschuldigung", stammelte Kore verdattert. Das fehlte ihr gerade noch.

„Es ist nichts passiert", meinte die junge Dame mit unterdrücktem Schmerz und tastete den Bahnsteig ab.

„Was suchen sie denn?"

„Meine Brille", sagte die eher jungenhafte Frau mit bleichem Gesicht. Sie band ihre tiefschwarzen Haare zu einem Dutt zusammen. Kore sah das schon Mal bei jemandem. Ihr Gesicht war nun aber wesentlich glatter und vor allem viel jünger als ihr es in Erinnerung blieb.

„Mildred?", stieß sie halblaut verwundert hinaus, was ihre unverhoffte Bekanntschaft aber nicht hörte. Sie stieß tatsächlich mit ihrer künftigen Pflegerin zusammen.

„Sehen sie meine Brille?", fragte sie anstatt dessen Kore um Hilfe bittend. Sie kniff ihre Augen zu, als sie kurz zu ihr hochschaute. Doch so recht vermochte Mildred sie nicht zu erkennen. „Ihre Ränder sind aus rostfreiem Stahl."

Daher brannte sich Kore also vorhin. Wegen des Eisenanteils im Gestell. Im Gegensatz zu Mildred sah Kore die Brille klar und deutlich am Boden liegen und konnte dennoch nicht danach greifen, ohne sich daran zu verbrennen. Auch Drag war es nicht möglich ihr zu helfen.

„Könnten sie mir bitte helfen, sie zu finden? Ohne die bin ich fast blind", flehte Mildred sie hilfesuchend an.

Kore geriet in große Verlegenheit. Alle möglichen Antworten rasten durch ihren Kopf. Gerade das Naheliegendste konnte sie nicht tun. Einfach bücken, mit der Hand die Brille aufnehmen und ihr geben.

„Äh ja ...", stammelte Kore in ihrem Geist nach einer schnellen Lösung suchend. Dazu gesellte sich ein weiteres Problem. Selbst wenn sie es irgendwie schaffte, ihr die Brille zuzuschieben, dann sähe Mildred sie deutlich und es käme zu weiteren Fragen. Fragen, auf die sie liebend gerne nicht antworten wollte. Sie einfach danach suchen zu lassen und so mir nichts dir nichts zu verschwinden gefiel ihr auch nicht. Bis auf ...

„Sind sie schon immer kurzsichtig?", fragte Kore interessiert.

„Seit ich geboren bin", antwortete Mildred am Boden krabbelnd. „Ein nur schwer zu kurierender Augenfehler. Ich entschied mich lieber eine Brille zu tragen, anstatt eine Operation zu riskieren."

Die Augenmedizin machte zwar im Reich des Rates der Sechs enorme Fortschritte, doch verblieben einige Sonderfälle, die selbst mit der Nanomedizin nicht heilbar waren.

„Sehen sie sie?", fragte Mildred beschwörend und spürte kurz Kores Hand auf ihrem Hinterkopf. Ihr Blick klarte sich plötzlich, wurde schärfer, als ein Energiestoß durch ihren Schädel ging. Sie sah nun nicht nur ihre Brille ganz deutlich auf dem Bahnsteig liegen, sondern jedes auch noch so kleine Staubkorn, das sich in den Rillen des Pflasters ansammelte. Auch erkannte sie eine kleine rote Laus, die über den schmalen Stahlrand des Brillengestells krabbelte.

„Ich hab sie", rief sie jubelnd nach dem Gestell greifend. „Sie brauchen mir nicht mehr helfen."

Mit einem Handstreich nahm sie wie erlöst die Brille hoch, doch in dem Moment als sie sie aufsetzen wollte, überkam es ihr plötzlich, dass sie sie gar nicht mehr brauchte. Zum ersten Mal in ihrem Leben sah sie ihr Umfeld deutlich ohne Brille. Unverschwommen. Es verschlug ihr die Sprache. Mehr noch, ihr Blick gewann eine solche Schärfe, wie es nur die Raubvögel kannten. Näher gesagt, wie die Feenfalken, dessen Blickschärfe Kore auf Mildred mit ihrem Äskulap übertrug. Von der rätselhaften Person aber, mit der Mildred auf dem Bahnsteig zusammenstieß, sah sie weit und breit nichts mehr. Die Fremde löste sich offenbar in Luft auf. So, als ob sie nie existierte.

„Was hast du da gemacht?", fragte Drag angefressen, während Kore in luftiger Höhe der Hypertrasse in Richtung Presson folgte.

„Ihr die Brille wieder gegeben."

„Indem du ihre Kurzsichtigkeit heilst?"

„Ja, ich nutzte Jules Äskulap dafür. Als Ausbilderin beherrsche ich ihn. Ich konnte ihre Brille nicht anfassen und du auch nicht. Also sorgte ich dafür, dass sie sie von selbst findet."

„Woher kennst du die Ausführung des Äskulaps? Ipsy lehrte ihn dir nicht."

„Ich hab die Energie einer Ausbilderfee. Ich weis es von Jule. Sie zeigte ihn mir, als sie einen Wassertropfen aus ihrem See entgiftete."

„Nur, dass der Wassertropfen ihr Schädel war?"

„Ganz genau."

„Weißt du eigentlich, dass du gerade in dein Schicksal eingegriffen hast?"

„Es war die richtige Entscheidung. Ich spürte es und außerdem heißt das gar nichts", antwortete Kore beschwichtigend. Sie trat die Auswirkungen ihres Handelns nicht breiter, als sie es dafür hielt. Drag seufzte. Dass ihn etwas beunruhigte, spürte Kore sofort, jedoch fühlte sie auch, dass er sehr verunsichert wirkte, seinen Verdacht zu äußern.

Eigentlich kostete die Benutzung der Hyperbahn gar nichts. Das Einzige jedoch war, dass die Bahn durch eine automatische Personenerkennung registrierte, wer bei ihr ein und ausstieg. Dies diente dazu, im Falle eines Unglücks die Angehörigen zu benachrichtigen. Außerdem wusste die Leitzentrale sofort, wie viele Rettungs- und Bergungskräfte einzusetzen waren. Kore erlebte selbst nicht, was passierte, wenn das System eine nicht registrierte Person erkannte. Das kam bei den Angehörigen der Ors vor. Vom Rat erfuhr sie, dass diese schon länger von der Existenz der Gruppierung wussten und dass sie unter ihrer Beobachtung standen. Benutzte sie jetzt die Bahn, lenkte dies durchaus die Aufmerksamkeit des Rates auf sie. Das vermied Kore jedoch im Augenblick, zumal sie nicht wusste, wie dieser auf sie reagierte. Sie kannten sie ja noch nicht. Kore folgte daher fliegend der Hypertrasse und über die Gebirgskette des Rifgensteinmassivs hinweg. In späterer Zeit zerschnitt sie es einmal wie eine Melone. Die ganze Gegend sah zwar so aus, wie sie es in der Erinnerung behielt und doch war es nicht das Gleiche. Dieser Ort wirkte ihr mittlerweile so fremdartig, wie der Planet Atres zuvor. Nun fühlte sie sich eher dort zu Hause als hier. Zurück auf der Erde bekam sie das Gefühl völlig fehl am Platze zu sein. Als ob sie nicht hier hergehöre. Aus der Luft machte Kore sehr schnell die kreisrunde Struktur der Stadt Presson aus, welche zwei Hauptachsen in vier gleich große Teile zerschnitten. Entlang den Hauptachsen standen die öffentlichen Einrichtungen, wie Kindergärten, Mediatheken, Schulen, Messe und Tagungszentren. Im Norden lag die Akademie umgeben von dem großen Stadtpark mit seinen Wolkenkratzerruinen. Der großzügige Komplex mit seinen glänzenden weißen Steinen, der gläsernen Schwimmhalle und der gigantischen Sonnenuhr in Innenhof der Akademie. Im Osten befand sich der Versorgungsdistrikt mit dem im Zentrum gelegenen Hyperbahnhof, dem Ideenmarkt und dem Meditationszentrum, dem Wertstoffhof, dem Magistrat, der Polizei, der Feuerwehr und am äußeren Rand das Hospital neben dem Friedwald und dem Krematorium. Im Süden lag das Vergnügungs- und Wohnviertel Dails, während im Westen das reine Wohnviertel Hailwood lag. Die Stadt wirkte von oben für sie wie immer. Ruhig, in den Wohnvierteln mit freistehenden Häusern und ihren individuell gestalteten Gärten. Auf den Straßen herrschte zu dieser Zeit kaum Verkehr. Im Umland verteilten sich die Forschungszentren der verschiedenen wissenschaftlichen Sparten, in denen die Einwohner der Stadt ihren Lebensunterhalt verdienten. Auch die Kuppel, in der der Rat residierte, war deutlich in der Ferne zu erkennen.

„Dass ich dieses Bild wieder sehe", murmelte Kore in sich gekehrt, drückte doch ihr Bruder Neko die Kuppel des Rates in ihrer Zeit tief unter die Erde. Kore näherte sich dem Stadtpark mit seinen unwirklichen Betonruinen, den ehemaligen Hochhäusern; den Mahnmalen aus vergangener Zeit. Die nun zum Verrotten verdammten Wolkenkratzer. Sie berichteten von anderen Tagen. Von Zeiten, in denen die Menschen nach sich selbst suchten und bereit waren ihre Individualität aufzugeben. Egal, wie sich die Systeme damals nannten: Sie nahmen den Einzelnen die Freiheit, ohne dass diese es merkten, um sie für ihren Hunger zu instrumentalisieren. Der Rat entfernte sie nicht, obwohl dies mit der Nanotechnologie spielend möglich wäre. Ein jeder wurde für immer daran erinnert, auf welch tönernen Füßen die Freiheit balanciert. Nun überwucherten die Pflanzen des Parks diese Mauern. Sie rankten sich an deren Fassaden hoch, als ob sie sie fraßen. Irgendwann würden die Ruinen von der Zeit überholt und zersetzt sein. So wie alles, was es auf Erden gibt.

Die Fee landete auf dem abgerissenen Stockwerk jenes Hochhauses, aus dem sie später einmal mit Neko in den Fahrstuhlschacht mit dem Hypergleiter gelangte. Von dort überblickte sie nachdenklich die friedlich vor sich hinlärmende Stadt. Ihre Gedanken ließen sich nicht beschreiben. Es war eine Mischung zwischen Wehmut und ihrer selbst auferlegten Mission. War etwa ihre ganze Lebensleistung in Gefahr? Wollte Mc Leary wirklich ihre Vergangenheit verändern? Wo sollte sie nach dem Verbleib der Menegerit zu erst suchen? Die Akademie schien ihr der beste Ort zu sein, um damit anzufangen. Von hier aus war es ja nicht weit. Sie inspizierte den Stadtpark näher. Unten erkannte sie den großen Teich mit seinen zahlreichen kleinen Libellen wieder, an dem sie später einmal von Dora wegen der Wolkenkratzer gewarnt wurde. Hier oben war es nicht gut mit dem Designer ihre Tarnkleider abzulegen. Um nicht aufzufallen, war es besser die Mode dieser Epoche auszukundschaften. Zwar schneiderte man zu jener Zeit bereits individuell seine Kleider, aber auffallen wollte Kore nicht. Im Gegenteil. Daher schwebte sie zunächst in ihrer Tarnkleidung in ein üppiges Gebüsch in der Nähe des Hochhauses der Parkanlage. Aufmerksam beobachtete die Fee die Leute, die durch den Park schlenderten. Schon bald fielen ihr vier Akademiestudenten auf, die auf dem kurzgeschnittenen Rasen beim Teich ein Picknick unter einer ausladenden Eiche machten. Genau so was suchte sie. An ihren Kleidern orientierend, erschuf sie sich mithilfe ihres Staubes eine Schuluniform der Akademie. Sie stellte schließlich Drags Lampe am Boden ab, sodass ihr Begleiter ohne Probleme ausstieg.
„Und nun?", fragte sie der Dämon herausfordernd.
„Ich schleiche mich auf der Akademie ein."
„Ich würde versuchen mit denen dort drüben ins Gespräch zu kommen."
„Warum?"
„Es könnte doch sein, dass irgendetwas auf der Akademie los ist und es dir von Nutzen wäre."
„Drag, ich bin hier, um die Menegerit zu finden und nicht um mich zu verzetteln. Es gibt hier eine Fülle von Informationen, aber sie alle dienen nicht meinem Ziel."
„Mag sein, aber du kennst diese Zeit nicht."
„Na gut. Ich werde sie aushorchen, aber du bleibst zur Sicherheit hier."

Drag hatte Recht. In der Vorlesung der Geschichte wurde über die jüngste Vergangenheit nicht viel erzählt. Dazu gehörten auch die Ereignisse vor etwa vierzig Jahren. Soweit Kore in Erinnerung behielt, gab es zu dieser Zeit die letzten großen Epidemien, bei der ganze Städte vollständig von der Außenwelt abgeriegelt wurden. Die genauen Jahreszahlen der Seuche merkte sie sich nicht, aber es war möglich, dass dies einer der Hauptthemen des allgemeinen Tagesgesprächs war. Presson betraf dieses Ereignis immerhin nicht. Das erkannte sie schon daran, dass es offensichtlich kein Kontakt- und Ausgehverbot unter den Menschen hier gab. Aber wie verhalfen ihr die Akademiestudenten zur gewünschten Information? Außerdem was antwortete sie ihnen, wenn sie sie nach ihrer Herkunft fragten? Sollte sie sich als eine neue Studentin vorstellen, die erst hier anfing?

Mit ungutem Gefühl trat Kore aus dem Geäst auf den Parkweg hervor. Ein warmer Windstoß zog gerade unter den ausladenden Eichenästen hindurch und ließ das Blattwerk der Bäume rascheln. Drag wisperte ihr leise zu, dass er zunächst im Gebüsch blieb und sie beobachtete. Kore versuchte sich ihre Nervosität nicht anmerken zu lassen und ging möglichst locker auf die vier Studenten zu. Jene genossen den lauen Wind und die warme Sonne an diesem Tag. Die junge Frau saß auf der Decke, während sich ihre drei männlichen Begleiter mit breiten Hüten auf ihren Gesichtern gegen die Sonne schützten. Sie lagen ganz entspannt da. Je näher sie ihnen kam, umso seltsamer fühlte sie sich plötzlich. Ihr war es, als spürte sie die Stimmung ihrer Herzen. Es fühlte sich alles andere als entspannt an, was eher der äußere Eindruck war. Dahinter verbarg sich eine unterdrückte Angst vor irgendetwas, das sie nicht einzuordnen wusste. Hatte dies vielleicht etwas mit der Epidemie zu tun?

„Jetzt müsste ich in ihre Köpfe sehen. Dann wäre meine Gabe perfekt“, dachte Kore gerade bei sich. Moment mal. Ipsy konnte das ja. Kore blieb plötzlich stehen. Sie bekam ja Ipsys Kraft geliehen. Dann brachte sie das doch auch fertig. Aber wie machte ihre Ausbilderin das?

„Hey“, rief da ihr plötzlich jemand zu. Kore schreckte aus ihrer Überlegung auf. Die junge Frau auf der Decke bemerkte sie bereits. Sie winkte ihr fröhlich zu. Ein Signal, dass sie erwünscht war und auf sie zugehen konnte. Jetzt gab es kein Zurück mehr. Sie trat möglichst gelassen an sie heran.

„Hallo“, grüßte Kore sie leicht verhalten und begann ihr Gespräch mit einer Alltagsfloskel. „Es ist schön heute.“

„Kannste laut sagen“, lachte ihr die junge Studentin zufrieden zu.

„Ich kenn dich nicht. Bist du neu?“

„Ja“, antwortete Kore knapp.

„Ich bin Sandra, das ist Willy, Jakob und Sam“, stellte sie sich und die drei Jungs der Reihe nach vor. Kore stach deutlich Sandras Körpermaße ins Auge, die so manchen Jungen ins Schwärmen brachte. Dennoch bekam sie den Eindruck, dass die drei Burschen nicht ihre Liebhaber oder ihre Freunde waren. Sie fühlte das irgendwie auch. In welcher Beziehung standen sie dann zueinander?

„Hey Jungs. Schaut mal, was da für ein flotter Feger zu uns hereinschaut und den Kleidern nach zu urteilen auch bald auf der Akademie zu finden ist."

Jakob lüpfte kurz seinen Sonnenhut vom Gesicht und sah mit hochgezogener Braue zu Kore hinauf. Kores unübersehbare Attraktivität ließ ihn ein freudiges Seufzen aus dem Mund gleiten. Ihre Blicke trafen sich. Kores Eindruck von vorhin schien ihren Verdacht auf brutale Art und Weise zu bestätigen. Es ließ sie innerlich zusammenfahren, aber nach Außen versuchte sie, sich nichts anmerken zu lassen.
„Haste schon einen Boy?", fragte er sie ohne Umschweife. Jakob war für seine geschätzten fünfzehn Jahre erstaunlich kräftig. Seine Frage musste ja kommen. Kore bejahte sie, während er ihr dabei in die Augen sah. Kore ging gerade etwas ganz anderes durch den Kopf als Jakob.
„Schade. Hat sich schon erledigt", meinte er kurzerhand und zog wieder den Hut auf sein Gesicht zurück. Sandra grinste verschmitzt und sah nun auch Kore direkt in die Augen.
„So schnell geht das bei uns …"
Während sie das sagte, wurde es Kore plötzlich ganz anders. Sie blickte direkt in Sandras Herz hinein.
„Du bist wahrscheinlich fast fertig", fuhr Sandra unbeirrt fort. „Lange wirst du nicht mehr hier studieren. Habe ich recht?"
„Ja", sagte Kore kurz angebunden und bekam das Bedürfnis ihr Gespräch so schnell wie möglich abzubrechen.
„Wir sind in etwa zwei Jahren auch fertig. Hatten gerade unsere Zwischenprüfungen. Dann geht es in die große weite Welt", sagte Sandra zufrieden. „Wie heißt du eigentlich?"
Kore bereute schon jetzt ihren Entschluss, sie überhaupt angesprochen zu haben.
„Entschuldige mich bitte", sagte sie abwürgend und schluckte. „Ich störe euch am Besten nicht länger und wünsche euch einen schönen Tag."
Es gelang Kore nicht so recht möglichst taktvoll das Weite zu suchen, während ihr Sandra verdutzt hinterdrein schaute. Ihre drei Begleiter äugten überrascht von Kores plötzlichem Aufbruch unter ihren Hüten hervor und verfolgten mit ihren misstrauischen Blicken ihre förmliche Flucht. Kore sah mit langen Schritten zu so schnell wie möglich wegzukommen und verschwand schleunigst bei Drag im Gebüsch. Sie gab ihm mit dem Finger ein Zeichen, es sich sofort wieder in der Laterne gemütlich zu machen. Gerade rechtzeitig, denn mittlerweile standen die drei Burschen von ihrer Decke auf und befanden sich auf den Weg zu ihrem Versteck. Kore packte schnell die Lampe und schlüpfte mit ihr durch eine Fensteröffnung in das Innere der Ruine des Hochhauses hinein. Hier drin gab es sicher so was wie eine Rettungstreppe nach oben. Mit Drags Hilfe leuchtete sie ohne Probleme jede dunkle Ecke des Stockwerks aus. Sie fand schon bald die sehnsüchtig gesuchte Nottreppe in die höher liegenden Etagen der Ruine. Zu gerne wäre sie sofort die Treppe nach oben gelaufen, wenn nicht die Stadtverwaltung dort eine eiserne Gittertür eingebaut hätte. Sie sollte offenbar

Unfälle verhindern, da Dora sie als kleines Mädchen immer davor warnte, in die Wolkenkratzer hinein zu klettern. Sie fasste unachtsam an seine Stäbe, da sie sich vergewissern wollte, ob sie abgesperrt waren. Kaum, dass sie sie berührte, kam es ihr vor, als brannte ihr jemand mit glühendem Eisen auf die Finger. Kore schrie laut vor Schmerz auf. Rasch zog sie ihre Finger zurück, während sich Brandblasen an den Berührungspunkten bildeten. Aufgrund ihrer schnellen Wundheilung verschwanden sie schnell wieder.

„Mist", schimpfte sie. „Das hab ich ja vergessen. Ich kann kein Eisen anfassen."
Kore schickte den Verschwindibus auf das Gitter, wodurch es sich praktisch in Luft auflöste. Schnaubend hastete sie die morbiden Stockwerke hinauf, was gar nicht so einfach war, da hie und da ein Eisenstück aus der Wand ragte, dem sie gezielt auswich. Der trockene Schutt auf den Treppen knirschte unter ihren Füßen.

„Wie konnte ich nur so dumm sein?", knurrte Kore wütend, während sie immer höher die Ruine hinauf stieg.

„Was ist denn los?", zischte Drag leise aus der Laterne hinaus, als auch schon die erste Stimme von einem der drei Jungs von unten hörbar wurde.

„Wir wissen, dass du da drin bist. Komm lieber freiwillig raus."
Auch die Stimme Sandras wurde hörbar.

„Ich weis nicht, wie du uns enttarnt hast. Aber das war es für dich."

„Geht. Geht einfach", rief Kore als letzten Rettungsanker versuchend die drohende Konfrontation zu vermeiden hinaus. In ihrem Inneren wusste sie aber jetzt schon, dass sie ihrer Bitte nicht nachkämen.

„Der geheime Zirkel …", begann nun Kore zu Drag erklärend zu flüstern, als auch von unten schon die Antwort auf ihren Ruf kam. „Wir holen dich …"

„… ich griff voll hinein. Ich erkannte Indreen. Jakob ist Indreen. Das ist ein falscher Name …"
Von unten trappelten mehrere Beine über den staubigen Abraum im Eingangsbereich, was ein nervtötendes, weit klingendes Knirschen verursachte. Ihre Häscher liefen nach ihr suchend durch die Räume im Erdgeschoss.

„Wir kriegen dich sowieso. Hier gibt es keinen weiteren Ausgang", rief Sandra hämisch von außen zu ihr hinauf. Sie blieb offenbar vor dem Einstieg stehen, um sie abzufangen.

„Was hast du vor?" fragte Drag von Kores Handeln überrascht in seiner Lampe.

„Wir müssen weg von hier."

„Dann tarn dich. Du bist eine Fee."

„Und was ist mit dir?", fragte Kore bissig zurück. „Sie bemerken dich. Ich darf Indreen nichts antun und du auch nicht. Ich muss mir etwas einfallen lassen."
Die Geräusche der Schritte ihrer Verfolger bewegten sich schnell nach oben. Offenbar fanden auch sie die Treppe.

„Pah, was willst du dir denn einfallen lassen? Tarn dich lieber und flieg einfach weg. Wir geben uns doch nicht mit diesem primitiven Volk ab."
Plötzlich stellte sich vor Kore ein hünenhafter Schatten in den Weg. Er versperrte den Treppenaufgang. Kore erschrak fast zu Tode.

„Dein Weg ist hier zu Ende …" lachte die Silhouette im Dunkeln. Offenbar fand dieser Jemand einen schnelleren Weg nach oben als sie. Nur in dem kurzen Moment, als Drag hastig ein grelles Licht auf die feixende Mine ihres Verfolgers aufblitzte, erkannte Kore ihn als Jakob. Der falsche Name von Indreen. Das kurze Aufleuchten von Drags Licht, blieb auch das Letzte, was Jakob alias Indreen sah. Denn prompt verpasste ihm die Fee eine Illusion, die seine Wirkung nicht verfehlte. Indreen hielt sich just wie verwandelt krampfhaft die Hände vor seine Augen.

„Nein", stieß er laut aus. Dem folgte ein gurgelndes Geräusch. „Nein", erklang es wieder, doch dieses Mal so, als drückte ihm jemand dabei den Hals zu.

Sogleich verbog er sich und krümmte seinen Oberkörper wie eine Schlange. Er ging in die Knie. Kore schlüpfte ungehindert an dem taumelnden Jakob vorbei, der prompt das Gleichgewicht verlor und an ihr vorbei die düstere Treppe nach unten fiel. Es polterte hinter ihnen, bis ein dumpfes Geräusch von seinem endenden Fall kündete. Es klang, als ob Jakob im Sturz gegen einen weiteren Körper in der Dunkelheit stieß. Unterdessen rannte Kore weiter mit Drag nach oben. Ihr dämonischer Begleiter fragte sie neugierig: „Was hast du mit ihm gemacht?"

„Ich sah in sein Herz, als du ihn blenden wolltest. Seine größte Angst ist es, zu ertrinken …"

„Was? Du hast ihn ertrinken lassen? Im Trocknen?"

„… in einem Meer von Blut."

„Oh", stieß Drag hämisch aus. „Brutal würde ich sagen."

Kore erreichte schließlich wieder das Dach des Wolkenkratzers. Erst jetzt tarnte sie sich und fuhr ihre Flügel aus.

„Auf der Akademie gibt es Zirkel der Ors. Ich sah in Sandras Herzen, dass sie sogar sehr erfolgreich waren. Dennoch trug sie ihre Angst bei sich, dass sie auffliegen, wenn sie an den oder die Falsche geraten. Nämlich an so eine wie mich."

„Warum sind sie dir gefolgt?"

„Ich glaube, sie spürte etwas und wollte kein Risiko eingehen. Sie ist der Kopf des Zirkels."

„Na dann sind sie eine Weile beschäftigt. Lass uns lieber gleich zur Akademie gehen."

„Nein", sagte Kore nun wütend geworden. „Mit denen bin ich noch nicht fertig."

Sie flog in den Park hinab und verwandelte sich kurzerhand wieder in die Akademiestudentin zurück. Sandra stand unverrückt vor dem Einstieg des verfallenden Hochhauses und starrte zu ihren Bluthunden hoch. Hektische Schreie kamen aus den Ruinen. Kore fühlte, dass sie verunsichert war, was das Ganze bedeuten sollte. Ihre Handlanger riefen, dass Jakob die Treppe hinab stürzte und man einen Krankenkopter holen sollte. Wie gebannt starrte Sandra die brüchige Hausfassade hinauf. Kore fühlte die wachsende Unruhe in ihrem Herzen, als sie direkt neben ihr erschien.

„Wie gewonnen, so zerronnen", zischte die Fee zornig mit beißendem Blick, was Sandra erschrocken aus ihrer Erstarrung riss. Sie blickte entsetzt auf Kore. Woher kam sie so schnell? Ehe sie reagierte, drang Kores Staub in ihr Gehirn ein, wovon die Anführerin die nackte Panik bekam. Sie riss schreiend ihre Augen auf und rannte wie eine Besessene davon. Kore blickte ihr mit Genugtuung nach und ging zügig in den Park zurück. Sie schritt den Weg weiter, was Drag nutzte, um sie auszuhorchen.

„Und was hast du jetzt mit ihr gemacht?"

„Sie wird eine Weile beschäftigt sein."

„In wie fern?"

„Sie hetzt doch gern ihre Bluthunde auf wehrlose Häschen."

„Äh, ja?"

„Nun …", sagte Kore grimmig. „… sie ist jetzt das Häschen."

Drag funkelte mit schelmischem Gelächter in seiner Laterne auf.

„An dir ging wirklich ein Dämon verloren. Dass du so böse sein kannst, traute ich dir gar nicht zu."

„In mir steckt eben beides."

Die Leute, denen Kore ansonsten im Park begegnete, schenkten ihr keine Beachtung. Sie gingen kurz guten Tag sagend an ihr vorbei und redeten ansonsten über kulturelle Angebote auf dem Ideenmarkt oder über die letzten Sportmeisterschaften der Akademien. Vom Tagesgeschehen schnappte sie nichts Bemerkenswertes auf. Auch nicht von einer Epidemie, die vielleicht gerade wüteten. Kore hoffte auch sonst irgendwelche nützliche Informationen von ihren Gesprächen aufzuschnappen, aber es war vergeblich. Wenn man an Informationen über die aktuellen Geschehnisse kommen wollte, war der beste Weg der zu einer Datenbank. Genau zu einer solchen, wie sie die multimediale Bibliothek der Akademie beherbergte. An diesem warmen Tag im Sommer war auf der Akademie selbst nicht viel los. Die meisten Studenten nutzten die Zeit, um sich ihre frei wählbare Erholungzeit in den Sommer zu verlegen. Dann verbrachten sie mehrere Wochen damit um den Globus mit der Hypergleitbahn zu reisen, um sich zu erholen. Hierzu ging man in jede klimatische Zone seiner Entspannung nach. Am Beliebtesten war aber der Ferienort De las Casas. Genau dort trafen sich viele Studenten im Sommer. Sie verbrachten ihre Erholung an den langen weißen Stränden, des Themenparks, in den zahllosen kleinen Cafés oder Restaurants, die dort als besondere Spezialität frischen Fisch aus dem Meer zubereiteten. Auch nachts ließ der weithin bekannte Ferienort nichts aus. Im Zentrum kam man in den Diskotheken, den Theatern oder den Kinokomplexen auf seine Kosten. Wenn jemand Ruhe suchte, fand er das Glück an den ebenfalls reichlich vorhandenen ruhigen Buchten, an denen der Entspannungssuchende ohne vom hektischen Treiben belästigt zu werden, die Wellen des Meeres brechen hörte. Kore erreichte den Vorplatz der Akademie. Auf dem Campus liefen ihr höchstens ein paar Dozenten über den Weg, die für die wenigen Studierenden zurückblieben und ihre

Vorlesungen hielten. Es gab gute Gründe gerade zu dieser Zeit hier zu lernen. Man hatte einfach Ruhe und genoss trotz allem in den Parks die Stille.

„Günstiger kommt es für mich nicht", dachte Kore bei sich. Die Flautezeit schien sich perfekt für ihre Mission zu eignen. „Niemand bemerkt mich, wenn ich mich in der Bibliothek ein wenig umsehe."

Die Fee ging zwischen den zwei prächtigen ausladenden Springbrunnen hindurch, die am Eingang des Wissenshortes vor sich hinplätscherten. Sie veränderten sich in all der Zeit nicht.

„Drag", sagte sie leise zu ihrem Begleiter. „Warte hier auf mich. Ich komme gleich wieder. Als Feuer fällst du hier drin erst recht auf. Außerdem löst du vielleicht die Sprinkleranlage aus. Das kann ich jetzt nicht brauchen."

„In Ordnung", sagte der Dämon folgsam. „Ich bleibe so unauffällig, wie möglich. Versteck deine Lampe, damit mich niemand sieht."

Kore stellte die Laterne etwas versteckt hinter einer Kübelpflanze am Eingang ab und stieg die kurze breite Treppe zur herrschaftlichen Pforte empor. Vorsichtig spitzte sie in die Aula hinein. Alles schien in der breiten Halle wie immer zu sein. Doch irgendetwas fehlte hier. Als Kore zur Decke schaute, fiel es ihr auf. Es gab kein Glasdach.

„Das ist ja eigenartig", überlegte sie in Gedanken. Zu ihrer Zeit war ein ungetrübter Blick in den Himmel möglich. Hatte Dr. Silius, der Dekan zu ihrer Zeit sie erst nachträglich anbringen lassen? Ohne weiter daran einen Gedanken zu verschwenden, trat Kore in die Aula hinein. Bewusst einen Fuß vor den anderen setzend, ging sie auf einen jungen Mann zu, der aus irgendeinem Grunde mit dem Rücken zu ihr stand. Er sah aus als dachte er über irgendetwas nach. Kores Instinkt wusste sich nicht anders zu helfen und sprach ihn nach Feenart unversehens an.

„Was tust du hier?"

Aufgeschreckt wandte sich die Person ihr zu. Sie musterte Kore interessiert. Kore bemerkte ebenso, dass es sich nicht um einen Studenten handelte. Dazu war er doch zu alt. Sie fühlte irgendwie auch, dass er auch kein Auditor war. Als sich ihre Blicke trafen, wusste sie sofort, wer da vor ihr stand.

„Das ist eine gute Frage", sagte der Mann überrascht, während Kore direkt in sein Herz sah.

„Ich bin der neue Dekan dieser Akademie."

„Und doch bist du es nicht gerne."

„An diesem Tag schon. Da ist nicht viel los."

„Warum fürchtest du die Menschen?"

„Weil mir dann ist, als ob so viele Strömungen auf mich einwirken. Es überfordert und verwirrt mich. Dann bin ich wie zugeschnürt. Die Pressonakademie ist schon eine große Nummer unter den Lehranstalten. Manchmal frage ich mich, ob ich eigentlich der Richtige für diese Aufgabe bin."

„Das bist du."

Der junge Mann zog überrascht beide Augenbrauen hoch. Deutlich erkannte Kore, dass er sich fragte, woher sie das wusste.

„Das sagst du so leicht. Tagsüber herrscht hier ansonsten ein emsiges Treiben. Ein Dekan, der Menschenscheu ist, ist kein guter Dekan. Der bei Anlässen hier in der Versammlungshalle vor großem Publikum Reden halten muss. Ich nehme sogar Drogen, um das halbwegs zu schaffen. Ich glaube meine Vorgänger stellten sich etwas Besseres vor als mich. Ich bin ihrer nicht würdig."

Dabei starrte Dr. Silius verdächtig zur Decke empor. Kore fühlte, dass sein Vorgänger verstarb und er glaubte, dass er ihm von dort oben zusah.

„Sie sehen dich nicht."

„Wieso?"

„Das Dach über uns. Man kann nicht zu den Sternen sehen und daher können sich auch dich nicht sehen. Warum lässt du das Licht der Sterne nicht hier in die Halle hinein?"

„Der Aula ein Glasdach aufsetzen? Wieso das denn?"

„Damit die Sterne dir nachts zusehen."

„Nachts? Dazu müsste ich aber …" Dr. Silius stockte. „… nachts meine Runden drehen anstatt unter Tags. Na klar. Warum nicht?"

„Deine Vorgänger können dann immer auf dich sehen und du zu ihnen. Sie werden dir die Kraft für dein weiteres Leben geben."

„Und Kraft finde ich in der Stille. Nachts. Das ist eine gute Idee. Tagsüber braucht mich hier eh keiner. Das bringt mich auf etwas. Ich werde die Portraits meiner Vorgänger ihnen zu Ehren in der Galerie aufhängen. Dann sind sie immer hier. Vielleicht auch Portraits von Vorbildern für unsere Gesellschaft. Damit die Studenten wissen, wofür es sich lohnt, hier zu lernen."

„Wie die Preisträger? ", schob Kore aus einem Gefühl heraus nach. „Auch sie sind auch da oben und sehen uns zu."

„Die Preisträger, die der Rat auszeichnet? Hmm."

Dr. Silius wurde still und dachte kurz darüber nach. In seinem Kopf ratterte es. Kore fühlte das deutlich.

„Ich denke, das lässt sich einrichten, aber ich werde vorher den Rat fragen, um die Persönlichkeitsrechte zu wahren …" meinte er wesentlich entspannter und sagte zum Abschied. „Danke für deine Anregung. Entschuldige mich bitte, ich muss darüber alleine weiter nachdenken. Dir einen schönen Lerntag."

Dr. Silius ging davon. Genau in die entgegengesetzte Richtung in die Kore hin wollte. Kore dachte bei sich nur ein einziges Wort: „Hochsensibel. Wer hätte das gedacht, dass Dr. Silius in seinen jungen Jahren ein so schüchterner Kerl war. Aber irgendwie ist er ganz nett. Würde mir gefallen."

Nun kehrte unheimliche Stille in die Halle ein. Die im Augenblick dämmrige Aula, die ansonsten für Feiern oder Kundgebungen genutzt wurde und in der sonst immer jemand herumstand, wirkte wieder wie ausgestorben. In Kore kribbelte es voller Unbehagen. Ihr Gefühl sagte ihr, dass es hier einfach viel zu ruhig war.

„Es wird wegen des Sommers sein", redete sie sich mutmachend ein. „Der Tag ist heiß und die Studenten sind weg. Kein Wunder, wenn ich niemanden hier sehe", dachte sie zu sich und ging den Aufgang zur Universalbibliothek hinauf. Ihr Weg führte sie quer über den feinen Fliesenboden des Raumes. Links und rechts der Galerie zur Bibliothek standen auf der Treppe blühende Kübelpflanzen und Statuen von nackten Menschen, die sich in sportlichen Posen zeigten. Nie zuvor sah sie hier Pflanzen als Dekoration, geschweige denn solche freizügigen Statuen in dem Akademiegebäude herumstehen. Dr. Silius Vorgänger legte offenbar auf ganz andere Dinge Wert. Dazwischen hingen mehrere Portraits von Persönlichkeiten, mit denen sie absolut nichts anzufangen wusste. Von den Namen, die unter den Bildern prangten, war ihr einer unbekannter als der andere.

„Ich dachte immer, ich kenne die hier", sagte sie kurz die Portraits musternd. Um nicht weiter unnötige Zeit zuverlieren, ging sie den Aufgang weiter.

Kore erreichte letztlich den Eingang zur Bibliothek. Sie hoffte, dass sie der Gehilfe am Empfang beim Eingang nicht aufhalten und sie mit peinlichen Fragen bombardiert. Zu ihrem Glück war er gerade damit beschäftigt, den Bibliothekscomputer mit Daten zu füttern. Er sah nicht einmal von seinem Terminal auf, als Kore lautlos an ihm vorbei huschte. Unbeschwert schlich sie sich durch die Reihen, in denen Manuskripte von Doktorarbeiten auf Universaldatenträgern lagen, bis sie zu jenen Pulten kam, an denen sie später einmal nach den Feen nachforschte. Die medialen Lernpulte wirkten auf den ersten Blick veraltet. Kore setzte sich erst einmal auf den Halbschalensessel vor einem der 3D Lerntische und musterte nach Hinweisen der Benutzung suchend die Bedienoberfläche. Bis auf ein paar Kleinigkeiten war alles wie immer. Ihre Hände wanderten über den Kontaktpunkt, sodass der Projektor wie gewünscht aufleuchtete. Vor ihr baute sich in Sekundenbruchteilen ein dreidimensionales Bild mit dem Hauptmenü auf. Spannungsgeladen suchte sie in dem Verzeichnis nach dem Ordner für das aktuelle Tagesgeschehen. Nach nur wenigen Sekunden aktivierte sie ihn und der Computer listete ihr alle Meldungen aus den städtischen Medienabteilungen der letzten vierundzwanzig Stunden auf. Kore stöhnte, als sie die Vielzahl der globalen Mitteilungen sah. Wo sollte sie unter der Fülle an Informationen das finden, was sie suchte? Mehrere Möglichkeiten kamen ihr in den Sinn. Den Computer nach Carazzi fragen, oder sich die Zeit nehmen, alle Meldungen der Reihe nach durchzugehen. Das dauerte gut und gerne den ganzen Tag. Sie malte sich den Zeitverlust erst gar nicht aus. Solange sie hier nach Auskünften suchte, stellte Mc Leary wer weis was an. Sie fand immerhin eine Rubrik, die sich mit der letzten Virenepidemie beschäftigte. Demnach war dieser Ausbruch gar nicht so lange her. Vor gut einem Jahr suchte die Seuche die Siedlung Herford heim. Fast alle Bewohner starben an dem Virus. Es gelang immerhin, ein paar Dutzend der Infizierten vor dem Tod zu bewahren. Aus dem gefundenen Eintrag gingen keine Einzelheiten des Ereignisses hervor, aber es hieß für sie, dass der Rat derzeit keine Quarantäne angeordnet und sie sich frei bewegen konnte.

„Entschuldige bitte", fragte der junge Bibliotheksgehilfe, der wie aus dem Nichts hinter ihr erschien. Kore ächzte vor Schreck auf. Glaubte sie doch, ungestört bei ihrer Aktion zu bleiben.

„Der auch noch. So ein Mist", schimpfte sie unhörbar in sich hinein. „Das hat mir gerade noch gefehlt."

„Kann ich dir helfen? Ich hab gerade Zeit und da sonst niemand hier ist, denke ich …"

Ungünstiger konnte es kaum kommen. Gerade als sie dabei war, sich einzulesen. Die Fassung bewahrend drehte sich Kore vorsichtig zu ihm um und sah ihm ihre wahren Gefühle verbergend in die Augen. Irgendetwas kam ihr eigenartig an ihm vor. Als Fee spürte sie so etwas. Es wirkte wie eine Überraschung ihres Gegenübers, dass er sie hier antraf.

„Danke dir. Aber ich komme schon alleine zu Recht …", wollte sie sagen, aber es war das Letzte, was Kore aus dem Mund kam. Sie spürte nicht einmal einen kleinen Stich, als sie von einem urplötzlichen Gefühl der Kraftlosigkeit gepackt müde in sich zusammensackte und betreten wegkippte.

Tiefe Dunkelheit breitete sich jäh in ihr aus und es kam ihr vor, als schlief sie ewig. Die Zeit schien unendlich lang zu werden. Schwummrig war ihr erst, als ihr von außen wohl bekannte Stimmen durch die Ohren drangen. Die Tonlagen fragen sie nach ihrem Namen. Schwerfällig öffnete sie Ihre Lider und fand sich vor der Wohnhöhle des Rates der Sechs wieder, der sich im Kreis um sie versammelte. Ihre Gesichter wirkten eigenartigerweise nicht überrascht. Sie begutachteten sie mit ihrer typischen Art der Informationsaufnahme. Die sechs Ratsmitglieder sahen wie verändert aus. Ganz anders, als es Kore im Gedächtnis behielt. Polites befand sich zu diesem Zeitpunkt im besten Mannesalter mit einem rauschenden schwarzen Bart. Kassandra erkannte Kore nur an ihren rötlichen Schopf wieder. Ansonsten prägten sehr kindliche Züge im Profil. Ihr Alter mochte nur knapp über vierzehn Jahre sein. Zitra selbst trug bereits graue zerzauste Haare und ein faltiges Gesicht. Sie ging schon schwer gebeugt. In ihren Augen aber glänzte die Lebenskraft und strahlte voller Energie. Rohn hingegen machte auf Kore einen recht stämmigen Eindruck. Er schien ein ähnliches Alter wie Polites zu haben. Cryia und Esmil hingegen standen offenbar kurz vor der Pubertät. Sie alle sahen mit einer wenig aufzulösenden Gesichtsmimik auf Kore herab, die man auf einer Bahre direkt zu ihnen unter die Kuppel brachte.

„Ugh", stöhnte Kore mit wehem Kopf. Sie fasste sich an die Stirn. „Ihr seid es. Ich dachte schon …"

„Du kennst uns also", sagte Esmil auf seine ruhige Art. „Du warst doch schon mal hier. Genau, wie wir vermuteten. So wie du dich fortbewegt hast, ist dir alles hier bestens vertraut", schlussfolgerte Kassandra messerscharf. Unweigerlich wurde Kore wieder bewusst, dass man dem Rat besser nichts vorspielte. Genau analysierten sie jedes einzelne Wort und glichen sie haarklein mit ihren Informationen ab. Daraus zogen sie ihre Erkenntnisse, welche ihre künftigen Handlungen maßgeblich beeinflussten. Kore sah ihnen in die Augen und merkte gleich, dass in den Ratsmitgliedern eine Mischung aus Skepsis aber auch Hoffnung lag.

„Hast du auch einen Namen", fragte Polites mit ernster Gestik.

„Ihr kennt mich wirklich nicht?", fragte Kore überrascht. „Ich bin Kore. Kore Tomps."

„Es gibt keinen Tomps, der diesen Namen trägt. Jedenfalls noch nicht", antwortete Cryia still. „Vielleicht wird es künftig einmal passieren, dass jemand diesen Namen bekommt."

„Nicht nur vielleicht", wandte Rohn treffend ein. „Das wird es ganz bestimmt. Ein eigenartiges Wesen bist du. Flink, schnell, gelenkig und es kennt sich hier aus. Du stammst von hier und dann doch wieder nicht. Genau so wie die Spinnenwesen, die vor ein paar Monaten durch das Energietor kamen", fuhr Rohn stimmig fort.

„Sie ist diesen Wesen bestimmt gefolgt", bemerkte die gealterte Zitra mit ihrer betagten Stimme. „Und was begehrt sie hier? Will sie etwa auch eines unserer Kinder entführen?"

„Schön. Ihr kennt mich nicht ...", antwortete Kore gefasst. „... aber ich kenne euch. Ihr seid der Rat der Sechs. Ich werde euch einigen Jahrzehnten wieder sehen."

„So, so", horchte Kassandra auf und legte ihre junge Stirn in Falten. „Dann bewahrheitet sich unsere Befürchtung also."

„Das Energietor bringt bloß Ärger und doch müssen wir es erdulden", antwortete Zitra mit erregtem Mund.

„Wir werden dich einmal kennen lernen, Kore, wenn wir dich so nennen dürfen. Da sind wir uns sicher. Nicht heute, aber irgendwann in der Zukunft. Du bestätigst mit deinem Erscheinen, was wir schon annahmen. Leider bist du eine der Folgen, vor denen uns seinerzeit Carazzi nach der Entdeckung des Energietors warnte", meinte Polites seufzend und wandte sich wieder direkt an Kore. Er schien ihre Gedanken zu erraten. „So wie du mich ansiehst, weist du nicht, wer dieser Carazzi ist. Hab ich recht?"

„Ich kenne diesen Namen nicht wirklich", gestand Kore. „Wir sprachen nie auf der Akademie darüber. Er besaß offenbar keine große Bedeutung."

„Das wundert uns nicht. Wie sollte man auch einen Namen kennen, der auf die Menschheitsgeschichte bisher nie Einfluss nahm, oder sollte ich besser sagen, erst noch Einfluss haben wird. Zu Lebzeiten von Carazzi nahmen seine Zeitgenossen kaum Notiz von ihm, bestimmte sich sein Projekt doch erst für die künftigen Generationen. Erst sie, du beweist uns das, werden mit der Entdeckung seines Teams und seinen unausweichlichen Folgen konfrontiert. Wir klären dich über ihn auf, damit du verstehst in welcher Situation wir uns deswegen befinden", antwortete Kassandra verständnisvoll für Kores Unwissenheit. „Giacomo Carazzi war ein Experte der Implosionstechnik. Auch heute gibt es auf der Akademie nur wenige, die das überhaupt erlernen, da sie nicht zur Anwendung kommt. Er bekam vor gut hundert Jahren von uns den Auftrag ein oberirdisches Personenbeförderungssystem zu entwickeln. Die Hyperbahn, das bisherige Beförderungssystem sollte damit abgelöst werden. Die kennst du ja bereits und so weist du auch, dass man sogar für eine Erdumrundung einen ganzen Tag braucht. Der Personenverkehr sollte damit beschleunigt werden. Den Warentransport lösten wir bereits durch die Vorortproduktion mit der Nanotechnik."

Polites setzte nun ein: „Mr. Carazzi war der Koordinator und Chefentwickler dieses Projektes. Ein ruhiger und besonnener Mann. Nicht ehrgeizig oder ruhmversessen. Aus diesem Grund bestimmten wir ihn dazu, diese scheinbar unspektakuläre Aufgabe zu bewältigen. Er holte sich die klügsten Köpfe aus seinem Fachgebiet in sein Team, hoffte er doch, dass er dadurch seiner Passion zum Durchbruch verhalf. Hierfür richtete er sowohl im Rifgensteinmassiv, als auch in den Anden auf der anderen Seite der Erde eine Forschungsstation ein. Sie beide tragen auch heute noch seinen Namen."

„Um es kurz zu machen ...", unterschlug Rohn einen Großteil der Geschichte. „... er entwickelte ein Energietor, dass das Reisen jedweder Entfernung binnen kürzester Zeit ermöglicht. Um es zu benutzen, sind allerdings gewaltige Energiemengen erforderlich, da der Reisende davon förmlich eingesaugt wird. Man erzeugt einen Energiesog und reist damit innerhalb weniger Sekunden um den halben Globus. Jedenfalls war das die eigentliche Zielvorgabe für dieses Projekt."

„Aber er kam stattdessen einem Paradoxon des Universums auf die Spur", fuhr Cryia nüchtern fort. „Etwas, dass es eigentlich nicht geben darf und wovon du eine Folge bist. Leider stellte die Menschheit oft fest, dass das Vokabular „unmöglich" auf das Universum nicht anwendbar ist."

„Ihr meint die Zeitreise?", fragte Kore, wie wenn sie es schon ahnte. „Meint ihr, er erfand unbeabsichtigt eine Zeitmaschine?"

„Entdeckt wäre treffender, Kore, wenn wir dich so nennen dürfen. Wir erkannten im Laufe der Jahre immer wieder, dass nichts erfunden wird, sondern dass die Gesetzmäßigkeiten der sogenannten Erfindung schon immer vorhanden sind. Wir Menschen enträtseln lediglich diese unbekannten Gesetze und machen sie nutzbar. Das Wort Erfindung klingt so, wie aus der Luft geholt. In diesem Falle zeigte es uns das Carazziprojekt erneut deutlich und auch warum wir bisher gut daran taten, der Implosionstechnik nicht allzugroße Aufmerksamkeit zu widmen. Sie zog erneut mehrere schwerwiegende Konsequenzen nach sich. Damit meine ich auch dich", bemerkte Polites ergänzend. „Carazzi fand heraus, dass sich mit der Entfernung des einen Energietors zum andern auch die Dauer der Reise in die Vergangenheit verändert. Denn je weiter ein Tor zu einem Anderen entfernt steht, umso weiter reist die Person in die Vergangenheit zurück. Er glaubte, dass es mit der Überlichtgeschwindigkeit zu tun hat, der der Reisende ausgesetzt wird. So schlug er uns vor das Projekt sofort abzubrechen. Keinesfalls wollte er in die Geschichte als der Mann eingehen, der an der eigenen Vernichtung arbeitete."

„Wieso sollte das zur Vernichtung der Menschen führen? Da komme ich nicht mit", unterbrach Kore irritiert.

Die Ratsmitglieder sahen bedächtig in die Luft. Sie merkten, dass das Wesen vor ihnen zwar über unergründliche Kräfte verfügte, aber nicht über die nötige Reife die Konsequenzen des Energietors zu überblicken.

„Lass uns die Geschichte weiter erzählen, dann verstehst du es vielleicht. Wir stimmten seinem Vorschlag zu, die Ergebnisse seiner Forschung nicht laut in die Welt hinauszuverkünden und das Projekt einzustellen", merkte Rohn andächtig an.

Cryia fuhr mit ihrer kindlichen Stimme fort: „Es wurde still und leise im Fachblatt der Naturwissenschaften auf der letzten Seite zwischen den Kleinanzeigen in knappen Worten veröffentlicht."

„Das Energietor verschwand damals von der Bildfläche", erklärte Rohn wieder.

„Wie es leider scheint, nicht für immer. Wir schlossen die Forschungsstationen, vernichteten aber die beiden Energietore nicht, da wir hierfür Unmengen an weiterer Energie aufwenden müssten. Diese unnötige Aktion treibt nur unsere globale Energiewirtschaft in den Ruin. Also ließen wir davon ab und seither stehen die Tore verlassen in den ehemaligen Forschungsstollen. Sie sind quasi Relikte einer Arbeit, die über das Ziel der eigentlichen Absicht hinausging. Und leider der Implosionstechnik selbst."

„Warum fürchtet ihr euch so davor? Warum soll diese Technologie so schädlich für euch und auch eurer Bürger sein?"

„Kore. Die Technologie selbst ist nicht das Problem. Das Problem besteht darin, was die Menschen aus ihr machen. Die Implosion ist die Antriebstechnik der Naturgewalten. Hurrikans, Tornados, Windhosen, Wasserstrudel, Tsunamis, die Gezeiten, die Gravitation des Planeten, sogar der Lauf der Erde um das Zentralgestirn. Wenn nicht gar des gesamten Universums selbst. Auch der Energiesog des Tores gehört zu dieser Technik. Also praktisch alles, was auf der Sogwirkung durch einen Druckausgleich basiert. Wenn man dieses Prinzip in den Alltag integriert, ergeben sich erstaunliche Möglichkeiten. Man kann damit Flugscheiben bauen, die sich schneller als jede Rakete nahezu mühelos in die Höhe erheben, Autos fahren lassen, die fast keine Verschleißteile brauchen. Boote und Schiffe antreiben und mit ihnen Geschwindigkeiten über das Wasser erreichen, wovon man nur träumen kann. Energiegeneratoren bauen, die autonom arbeiten und rund um die Uhr Strom liefern. Eine Energiegewinnungsform fast ohne Treibstoff und doch blieb uns auf Grund unserer Erfahrungen mit der Implosionstechnik nichts anderes übrig, als sie aus dem Gedächtnis der Gesellschaft verschwinden zu lassen."

„Das verstehe ich erst recht nicht."

„In der Geschichte ist das nichts Ungewöhnliches. Viele Erfindungen der Menschheit besaßen die Eigenschaft, dass sie ihrer Zeit weiter voraus waren, als der Geist ihrer Anwender. Ihre Bedeutung ist oft größer, als zur Zeit ihrer

Entdeckung. Eigentlich gab es in der Antike bereits hoch entwickelte Techniken, die entsprechend eingesetzt, der Geschichte einen anderen Verlauf gegeben hätten. Aber den damaligen Herrschern war der gesellschaftliche Friede zur Sicherung ihrer Pfründe wichtiger, als eine Weiterentwicklung ihrer Gesellschaft. Mit ihrem Einsatz wäre ein Heer von Menschen arbeitslos geworden, was nur zu Unruhen und einer Gefährdung ihres Machtanspruches geführt hätte. Diesem Denken schließen wir uns an, denn wir glauben, dass wir Menschen für diese Art von Wissen nicht soweit sind. Andererseits lies es das Schicksal zu, dass wir die Erkenntnis darüber gewannen. So bringt uns alleine das Wissen darüber in große Schwierigkeiten. Mit dem Wissen, Kore, wächst die Verantwortung."

„Niemand von uns hätte an dem Energietor weitere Gedanken verschwendet ...", fuhr Zitra mit ihrer altersschwachen Stimme fort. „... wenn nicht diese Spinnenmonster aus ihm gekommen wären und jetzt auch noch du."

„Fürchtet ihr euch vor mir?", versuchte Kore ihre Gefühle zu ergründen. „Nein, Kore, wenn ich dich so nennen darf, denn das Carazziprojekt ist für uns der Beweis einer Tatsache, die viele Menschen nicht ganz verstanden haben."

„Beweis für was?", fragte Kore allmählich begreifend nach. Sie ahnte bereits, dass sich der Rat zu dieser Problematik schon ausführliche Gedanken machte und seine eigene Konsequenz daraus schloss. Wenn der Rat sich für einen Weg entschied, dann ging er ihn ohne Wenn und Aber zu Ende. Etwas, dass die Bürger schätzten, weil sie immer wussten, woran sie bei ihnen waren.

„Vor Carazzi glaubten die Menschen, dass man für das eigene Schicksal selbst verantwortlich und dessen Verlauf nicht vorherbestimmt ist", erklärte Kassandra eindringlich die bisherige Lehrmeinung über den Sinn des Lebens.

„Nach Carazzi ..." fuhr Polites wie selbstredend fort." ... ist dies ganz anders zu sehen. Wenn man nämlich früher, als man in das Tor hineingeht, wieder auf der anderen Seite herauskommt, dann heißt das, dass das Schicksal das Ich bestimmt und nicht umgekehrt."

„Die alte philosophische Frage der Menschheit dürfte mit der Entdeckung des Energietors gelöst sein, die da lautete: Schafft der Künstler das Werk oder das Werk den Künstler?", führte Rohn scharf aus.

„Wir, Kore, und das ist es, was man erst einmal für sich begreifen muss, können uns unserem Schicksal nicht verwehren. Was viele alte Kulturen in der Vergangenheit bereits erahnten, ist leider wahr. Im Laufe der Geschichte gab es viele Meinungen dazu. Sie prägten die Kultur und Zivilisationen entscheidend. Die Einen sagten, man ist es doch selbst, der das Heft des Handelns in der Hand hält und über sein eigenes Leben gebietet. Das Schicksal wäre offen. Mit der Folge, dass sich der Ausbeutung des Einzelnen Tür und Tor öffnete. Wer es im Leben zu nichts bringt, verdient es, in der Gosse zu enden. Das wäre eben sein Schicksal. Wer aber rücksichtslos Reichtümer anhäuft, der zählte zu den Gewinnern in dieser Art der Denke. Die Anderen sagten, das Schicksal bestimmte sich vom Zufall. Mal gewinnt man, mal verliert man. Was die Folge hat, dass eben jene Leute mit einer Gleichgültigkeit durch das Leben gehen, um so dem skrupellosen und machtversessenen Mitmenschen über sich gebieten zu lassen, wie wenn es eine Selbstverständlichkeit wäre. Das Schicksal gleiche einem Würfelspiel. Mal hat man eine Glückssträhne, dann mal wieder eine Pechphase mit unterschiedlicher Dauer."

Kassandra übernahm nun das Wort: „Mr. Carazzi erbrachte mit dem Energietor den wissenschaftlichen Beweis dafür, was man im Altertum bereits über das Wesen des Schicksals erahnte und lieferte zugleich den Grund dafür es nicht in die Öffentlichkeit hinein zu tragen. Wüssten die Menschen nämlich, dass sie ihrem vorherbestimmten Schicksal nicht entkommen, hören sie auf, für ihre Freiheit zu kämpfen. Aber das ist es nicht, was das Schicksal will. Es gibt ein Gleichgewicht der Kräfte. Es muss gewahrt bleiben, um die eine Seite nicht mächtiger werden zu lassen als die Andre. Denn es ist bereits Schicksal, dass man sich damit nicht abfinden will. Die Triebfeder des Schicksals ist die Freiheit des einzelnen Individuums. Das ist unsere Sicht der Dinge und so denken wir auch, dass es eben dein Schicksal war, durch das Tor zu gehen und damit in die Vergangenheit. Genau hierher zu uns. Du wirst also hier dein weiteres Schicksal finden. Wir glauben zu wissen, was du hier begehrst und warum du gekommen bist."
„Die Spinnenwesen. Wohin sind sie gegangen?", fragte Kore ernst.
„Der Feind unseres Feindes ist unser Freund", sagte Kassandra. „So sagte man früher. Es gilt auch für uns noch heute. Die Wesen, die du suchst, befinden sich auf der Insel Zyperion. Unweit des Strandurlaubsortes De las Casas. Allerdings warnen wir dich vor ihnen. Sie verfügen über Techniken, die den Unsrigen weit überlegen sind. Sobald wir versuchen die Insel aus der Nähe auszuspionieren, versagen alle Drohnen. Keinesfalls wollen wir unsere Kinder in Gefahr bringen. Wie du weist Kore, unterhalten wir kein Militär, weil es zu viele Ressourcen bindet. Wir beobachten die Insel vom All aus mit unseren Spionagesatelliten sehr genau und wissen dennoch nicht, was sie vorhaben. Sie stören mit einer uns unbekannten Technik unsere optischen Aufnahmen. Unsere Vermutung ist es jedoch, dass es mit unserem Kind zu tun hat, das sie in ihre Gewalt brachten, auch wenn es unser Kind nicht als eine Entführung erkennt."
„Sie entführten jemanden? Wen?", fragte Kore die wertvollen Informationen aufsaugend.
„Du könntest ihn kennen. Sein Name ist Adalmus Tomps. Weil er heiratete, heißt er jetzt mit dem Nachnamen Bonpland."
„Adalmus? Sagtet ihr gerade Adalmus?", schreckte Kore auf. Der Mann blieb Kore noch so gut in Erinnerung als war es erst gestern. Neko brachte sie zu ihm, als sie die Hermesbrüder zusammenschlugen. Durch ihn bekam Kore ihre Feenflügel. Er baute Godje und pflegte mit Miss Conners ein heimliches Liebschaftsverhältnis.
„So. So. Du kennst ihn? So ein komischer Zufall. Oder ist es vielleicht gar kein Zufall? Ich glaube, du beginnst nun unsere Sorge mit dem Energietor zu verstehen", fragte Rohn, wie wenn er es bereits ahnte, was in ihr vorging.

„Sie entführten Adalmus?", jagte es Kore durch den Kopf. „Mc Leary hat
Adalmus entführt", keuchte sie wiederholend. „Aber warum?"
„Adalmus ist nicht irgendwer, Kore", merkte Zitra an.
„Adalmus ist ein sehr kluger Kopf. Äußerst talentiert", bemerkte Cryia kindhaft.
„Kreativ und strebsam. Aus diesem Grund übernahmen wir für ihn die
Vormundschaft, damit er auf der Akademie studieren kann. Talente sind ein
unentbehrlicher Rohstoff, den man nicht verschwendet. Nur äußerst fähige Tomps
bekommen das Privileg studieren zu dürfen. Adalmus war einer von ihnen."
„Aus ihm wäre ein brillanter Techniker geworden. Wahrscheinlich hätten wir ihn
im nanotechnischen Bereich eingesetzt", warf Polites andächtig ein. „Wie es im
Leben oft ist, oder sollte ich seit Carazzis Entdeckung sagen, so zu geschehen
bestimmt war."
„Er verliebte sich in eine Studentin, die dort wie er lernte. Er schrieb sich in die
Fachbereiche ein, in der auch sie ging. Sie wollte Medizinerin werden", sagte
Kassandra wieder. „Daher lernte auch er Medizin. Beide heirateten jung.
Ungewöhnlich für unsere Zeit, aber die beiden taten das."
„Sagt dir das Wort Infinity irgendetwas, Kore", schob Esmil dazwischen, der
ihnen bis jetzt still und leise zuhörte.
„Nein", sagte sie und zuckte ratlos mit den Schultern.
„Das heißt für uns, dass es in deiner Zeit das tödliche Virus nicht mehr gibt. Aber
für uns ist es bittere Realität", bemerkte Cryia piepselig. Kore erinnerte sich wieder
an ihr lückenhaftes Wissen aus der jüngsten Vergangenheit.
„Virus? Redet ihr etwa von den schlimmen Epidemien, die vor vielen Jahrzehnten
ganze Städte aussterben ließen?", horchte Kore neugierig auf.
„Genau von denen", lächelte Polites gehässig. „Du hörtest also von ihnen und
redest über diese Ereignisse als seien sie weit weg. Aus der Zukunftsperspektive
eignet man sich eben eine lockere Sicht auf die Probleme der Vergangenheit an."
Esmil räusperte sich: „Sogar Phileas traf in seiner Amtszeit weitreichende
Entscheidungen wegen des Virus, die heute noch spürbar sind. Als zu seinerzeit
eine Infinityepidemie ausbrach, da hatte er keine andere Wahl als die Quarantäne
zu verordnen, was für die Eingeschlossenen den sicheren Tod bedeutete. Er ließ
den Virus im abgeriegelten Bereich förmlich Tod laufen. Zu Beginn seiner
Herrschaft stand er der Implosionstechnik offener gegenüber, als wir. Da nach
dem „Mystischen Krieg" die zentrale Energieversorgung zusammenbrach, setzte er
auf die Implosionsgeneratoren zur Stromerzeugung, die praktisch jeder Haushalt
ohne großen Aufwand bei sich einbaute. Auf Grund des Ausbruchs bereute er
diese Entscheidung bald. Und zwar in dem Moment, als einige der
Eingeschlossenen versuchten sich mit dieser Technik der Quarantäne zu
entziehen. Sie verbauten ihre Implosionsgeneratoren einfach auf Flugscheiben und
trugen somit den Virus aus dem abgeriegelten Bereich hinaus. Da riss auch bei
Phileas der Geduldsfaden. Weil er nicht zuließ, dass der Virus auch die übrigen
Siedlungen befällt, gab er Befehl die Flüchtenden abzuschießen. Aus dieser
Erfahrung heraus entzog Phileas allen Haushalten die Implosionsgeräte und ließ

die Technologie aus dem Gedächtnis seiner Bürger verschwinden. Die Virusepidemie zu seiner Zeit prägte seine spätere Siedlungspolitik. Nicht ohne Grund sind alle Orte auf dem Planeten so angelegt, dass sie bei einem epidemischen Ausbruch vollständig und vor allem schnell abgeriegelt werden können. Auch wir begegnen dem Virus nicht anders als er und übernahmen seine Pandemiegesetze. Leider ist auch in unserer Zeit diese Viruserkrankung von damals nicht heilbar. Wie es aussieht, wird es zu deiner Zeit einmal anders sein."

„Was macht er mit den Infizierten? Ich meine was macht den Virus so gefährlich?"

„Der Infinityvirus ist grausam, Kore. Er lässt die Opfer von innen heraus verfaulen. Die Frau von Adalmus erkrankte daran", warf Polites unverhohlen dazwischen.

„Starb sie etwa?", schluckte Kore verdattert. Doch Kore erhielt anstatt einer Antwort darauf eine Reaktion, für die der Rat berüchtigt war.

„Wir maßen uns kein abschließendes Urteil dazu an", antwortete Rohn so einschneidend, dass Kore zusammenzuckte. „Wir überlassen jeden Selbst, was er darüber denkt oder denken wird und erzählen nur das, was passiert ist. Das sag ich nur, damit du unsere Antwort und unsere Haltung darauf richtig verstehst."

„Adalmus forschte wie ein Besessener gegen das Virus und er hat, so muss man ihm neidlos anerkennen, etwas das jeder Forscher zuvor als unmöglich bezeichnete, möglich gemacht. Er stand unter immensen Zeitdruck. Der Virus lässt nicht viel Zeit zu Handeln", erklärte Kassandra.

„Ihm gelang es tatsächlich das Virus zu stoppen", erzählte Polites andächtig weiter. „Was war aber der Preis dafür? Wir sagen, er war sehr sehr hoch."

Kore blickte betreten in die Runde, als alle Ratsmitglieder eine lange Pause machten. In ihren Minen spiegelte sich mit einem Male entsetzliche Trauer und Ergriffenheit wieder. Die Sache mit dem Infinityvirus zerrte sichtlich an ihnen.

„Die mit seinem Mittel behandelten Patienten ...", so zerriss endlich Kassandra andächtig die Stille, " ... sind nur noch leblose Hüllen. Sie lachen nicht mehr, sie weinen nicht mehr. Sie empfinden keinen Schmerz, zeigen keinen Antrieb, keine Reaktion. Kalte Marionetten wurden sie. Aller Gefühle und Empathien beraubt."

Zitra setzte mit ihrer zittrigen Stimme fort: „Daran arbeitet unser Kind derzeit, Kore. Er will den Infizierten wieder ihre Seele zurückgeben. Nur aus diesem Grund verbrachten wir alle von dem Virus Versehrten auf der Insel Zyperion in einem Sanatorium unter. Schon alleine, weil wir ausschließen wollten, dass sich wieder jemand mit dem Virus infiziert. Wir glauben, dass er es schafft, sie zu heilen. Wenn nicht er, dann schafft es niemand. Er besitzt einfach die besten Aussichten und das Wissen für den Erfolg. Aus diesem Grund ließen wir Adalmus alle Unterstützung zu teil. Solange, bis diese Wesen kamen. Unsere Ansicht ist trotz allem, was wir für Adalmus tun, dass ein Mensch in Würde gehen sollte, bevor er zum teilnahmslosen Leben verdammt ist. Weil wir daran glauben, dass er es schafft, ließen wir den Patienten keine Sterbehilfe zu teil. Jetzt fristen sie ein teilnahmsloses Leben auf der Insel. Die Erkrankten sollen Adalmus bei seiner Arbeit helfen."

Eisige Stille kehrte zwischen ihnen ein. Nicht einmal Kore wagte es den Mund aufzutun, um sie zu brechen.

„Unsere Entscheidungen werden immer umstritten bleiben, Kore", fuhr Zitra klapprig fort. „Daran gewöhnten wir uns in all den Jahren. Wir glauben, dass ein zielgerechtes Handeln besser ist, als schwierige Probleme auszusitzen. Probleme wachsen auch durch Untätigkeit an, bis sie über einen zusammenschlagen und keine andere Wahl mehr übrig bleibt, als die Notbremse zu ziehen."

„Seit einigen Wochen sind wir sehr beunruhigt. Wir wissen nicht, was gerade auf Zyperion vor sich geht und wagen es nicht einmal Spione dort hinzusenden, da wir befürchten, sie nicht wieder zu sehen. Unsere Technik ist der ihren nicht gewachsen. So kommst du uns wie gerufen. Ein Wesen wie du dürfte sich dort unerkannt einschmuggeln und die Insel ausspionieren. Egal, was du hier begehrst …", grinste Esmil gefällig und antwortete, wie ein Seher auf das was Kore bevorstand", … du wirst dein Schiff so lenken, dass du wieder durch das Energietor gehst. Davon sind wir überzeugt und deshalb darfst du jetzt gehen. Für uns bedeutet dein Erscheinen jedoch, dass sich unser Problem mit dem Energietor ganz von selbst erledigt. Allein durch dich. Daher sind wir dir sehr dankbar."
Kore fiel in diesem Augenblick ein Stein vom Herzen, dass es ihr so einfach gelang mit dem Rat in Kontakt zu treten und seine Hilfe zu bekommen. Aber irgendetwas gefiel ihr dabei nicht. Sie fühlte, dass im Hintergrund eine düstere Konsequenz darauf lauerte, welche sie nicht ansatzweise erfasste.

„Zuvor allerdings etwas zur Klarstellung", sagte Polites mit einem gefälligen Lächeln. „Wir beobachteten dich von dem Augenblick mit unseren Spezialkameras in der unterirdischen Station, als du durch das Energietor kamst. Wir wissen zwar nicht, was du mit den zwei Akademiestudenten machtest, die unsere Sanitäter im Stadtpark einsammelten, aber du jagtest ihnen einen gehörigen Schrecken ein. Die eine will ständig weglaufen, während der andere nur seine Hände auf die Augen legt und wie ein Fisch nach Luft schnappt. Es sieht so aus, als ob die Beiden für längere Zeit eine Therapie brauchen. Die Pflanzen in der Galerie der Akademie verströmen einen unmerklichen Duft, der jeden Organismus nach ein paar Minuten einschläfert. So nahmen wir dich gefangen, ohne dass du etwas merktest. Und da ist noch etwas Wichtiges: Du brauchst einen Tarnnamen. Schon alleine, damit du hier Geschäfte tätigen kannst. Unser Überwachungssystem, das die Netzhaut aller Bürger scannt, wird sonst deine Identität nicht erkennen und setzt nur unnötig die Ordnungskräfte auf dich an. Hast du irgendein Spezialgebiet während deiner Ausbildung erhalten?"
„Kosmologie", nannte Kore ihr Lieblingsfach. „Ich lernte dies auf der Akademie."
„Dann ist alles klar. Gehe nun zur Schleuse. Auf der anderen Seite erhältst du von unseren Mitarbeitern deinen Tarnnamen und eine neue Identität mit einer Lebensvita. Lies dir die Unterlagen gut durch und präge sie dir ein", sagte Cryia. „Wir können dir bei deinem Vorhaben leider keine weitere Hilfe geben. Wir entwickeln erst eine Strategie gegen sie und wissen selbst nicht, wie wir ihnen beikommen."

„Ich danke euch für eure Hilfe“, sagte Kore aufrichtig, was der Rat wohlwollend mit einem Lächeln zur Kenntnis nahm.

„Ist schon in Ordnung“, antwortete Polites beruhigend und verabschiedete sich in der für den Rat eigentümlichen Art. „Wir wünschen dir viel Glück und alles Gute.“ Kore wandte sich, um zu gehen, doch drehte sie sich irritiert zu ihnen zurück. „Ihr wisst genau, dass ich aus der Zukunft komme und auch, dass ich euer Schicksal kenne. Warum wollt ihr nichts darüber erfahren?“

Kassandra stand langsam von ihren Blumen auf und ging zu Kore hinüber. Sie begegnete Kore mit einem breiten Lächeln und antwortete ihr: „Wenn man den Lebensweg als das eigentliche Ziel des Seins betrachtet, dann stellt sich die Frage nach der eigenen Zukunft nicht. Wir haben genauso unsere vorherbestimmte Zeit, wie auch du sie haben wirst. Warum wollten wir etwas über unser unausweichliches Ende wissen? Lieber genießen wir den Augenblick. Es ist der Moment, in dem gefühlt, gelacht und geweint wird. Nur wer den Augenblick versteht wahrzunehmen, der kann trefflich behaupten, wirklich gelebt zu haben. Egal wie lange dieser Moment andauert.“

„Ich verstehe“, schluckte Kore in sich gehend und wandte sich ihres Weges um.

Sie schritt von der Wohnhöhle des Rates zum Ausgang der Kuppel und wandelte auf dem Steg aus Lärchenbohlen durch die Anlage, die ein eigenes autarkes Ökosystem war. Ihr Blick glitt über die wilde Landschaft, die der Pfad durchschnitt. Dort hörte sie ein Bächlein rauschen, dann das Zwitschern von Vögeln aus dem kleinen Wäldchen unter der Kuppel. Ein Ort, der im Detail chaotisch wirkte und doch insgesamt eine Ordnung aufwies. Sie war in ihrem Herzen erleichtert darüber, dass ihr der Rat bei ihrer Mission sehr entgegen kam. Er versorgte sie bereitwillig mit allen nötigen Informationen, die sie für ihre Absicht brauchte, Mc Leary zu verfolgen. Und dennoch wurde ihr erst jetzt so nach und nach bewusst, welch hohen Preis sie für ihre Besessenheit zahlte, um hinter die Gründe des Verschwindens der Menegerit zu kommen. Ähnlich wie Adalmus, der wie verhext das Mittel gegen den tödlichen Virus sucht. Entsetzt fühlte sie nun das, worüber sie wegen ihrer Versessenheit Mc Leary das Handwerk zu legen, nicht zu denken kam.

„Lysander, Jule“, überkam es ihr wie ein Paukenschlag. Sie blieb stehen. Ihre Augen füllten sich alsbald mit schweren Tränen.

„Ich sehe sie nie wieder“, überkam es ihr mitgenommen. Es wurde in ihrem Herzen unbändig schwer. Blitzschnell machte sie sich ein Tuch aus ihrem Feenstaub und blieb getroffen auf dem Bohlenweg stehen.

„Warum nur? So ein Mist“, schimpfte sie kurzerhand zornig. Nur für einen kurzen Moment hielt sie ihr Glück in den Händen. Ihr Bruder Neko gab Lysander das Leben wieder, nur damit er ihr durch ihre eigene Schwäche erneut entrissen wurde. Kore ärgerte sich verbissen deswegen. Sie war so wütend auf sich. Das Schicksal schien ihr einfach nicht gnädig gesonnen zu sein.

„Neko sagte mir, dass es viele Dinge im Universum gibt, die niemand versteht und die auch niemals verstanden werden. Wenn sogar die Ewigkeit nicht die Zusammenhänge kennt, wer dann?“, fragte sich Kore verzweifelt.
Sie stolperte gedankenverloren den Weg entlang. In ihr arbeitete es gewaltig. Ihre Gefühle mischten sich zwischen Zorn und Hass, Trauer und Wut. Sie hörte die Vögel um sich herum nicht mehr zwitschern. Weder hörte sie jetzt den Bach rauschen oder spürte den leichten Wind auf ihrer Haut, der unter der Kuppel blies. Jedwede beruhigende Stimmung wich einem undefinierbaren Gefühlsbrei, der sie unbarmherzig zu mästen schien. Unmerklich stand sie bald vor der Schleuse in die Außenwelt. Die überschlagenden Ereignisse ließen ihr keine Zeit darüber nachzudenken, was sie nun tun sollte. Sollte sie wieder zum Rat zurückkehren und mit ihnen darüber reden? Wenn sie die Menegerit zur Strecke brachte, musste er ihr wieder helfen, nach Atres zu gelangen. Doch dann fiel ihr ein, dass Zeitreisen technisch noch nicht möglich waren. Selbst wenn es ihr gelänge, das Energietor in Gang zu setzen, wüsste sie nicht, wo sie rauskäme. War es das einzige Tor oder gab es sogar mehrere? Dann ging ihr durch den Kopf, dass sie Jule bitten könnte, ihr zu helfen. Sie befand sich ja in den Rocky Bergen. Kore wusste genau, wo sie sich aufhielt. Sie zu finden dürfte kein Problem sein.
„Ja, das wäre ein Weg“, ging ihr mit aufkommender Hoffnung durch den Schädel. Das Kuppelpersonal lies Kore ohne weiteres die Schleuse nach draußen passieren. Auf der anderen Seite wartete bereits eine Abordnung des Rates, um Kore den angekündigten Briefumschlag mit der Tarnidentität zu übergeben. Sie nahm ihn emotionslos entgegen. Darin befand sich alles Wissenswerte mit Lebenslauf und einigen privaten Details. Aber kein Bild.
„Ihre Unterlagen, Miss Conners“, sagte die Abordnung freundlich zu ihr. Das Kuppelpersonal benutzte sogleich ihren Tarnnamen, wie wenn sie ihn schon immer besäße.
„Wie?“, japste Kore entsetzt, als sie diesen Namen hörte. Das setzte dem Ganzen die Krone auf. Bedeutete dies, dass sich ihr Plan Jule um Hilfe zu bitten zerschlug.
„Das ist doch ihr Name?“, fragte das Kuppelpersonal nach. „Elisabeth Conners.“

Als Kassandra sich wieder den Blumen im Steingarten widmete und sich die alte Zitra auf der Bank vor der Höhle niederließ, um sich auszuruhen, sagte Polites zu ihr: „Das Universum wird wohl niemals verstanden werden.“
„Unsere Gehirne sind dafür auch nicht konstruiert“, fügte Zitra nickend hinzu.
„Das stimmt“, antwortete Kassandra nachdenklich. „Vielleicht ist es gerade das, was unser Leben erst so faszinierend macht.“

Kapitel 4

Juliet

Die Augen glänzten nicht. Obwohl Adalmus tief in die Pupillen seiner Geliebten blickte, erkannte er sein Spiegelbild darin nicht.

„Bald wirst du wieder leuchten", sagte er beruhigend zu ihr und ergriff die kraftlose Hand seiner Frau, die ohne jegliche Regung auf der Seinen lag.

„Wirst schon sehen", meinte er zuversichtlich zu ihr und küsste seinem Ein und Alles auf die Stirn. „Wirst schon sehen."

Wie es in seiner Erinnerung gegenwärtig war, drückte er ihren Kopf auf seine Brust und wog sie darin. Sein Herz wog schwer und dennoch glaubte er an die bald bevorstehende Genesung. In Momenten wie diesen erinnerte sich Adalmus gut daran, wie er zum ersten Mal in seinem Leben ihr einen tiefen Blick in die Augen schenkte. Dem Tor zur Seele. Erneut überkam ihm die Unbeholfenheit ihres ersten Zusammentreffens wieder. Sie durchfuhr ihn so schockartig, als das Schicksal ihre Wege auf der Pressonakademie kreuzen lies. Kreuzen traf es eher nicht. Das Wort Kollision beschrieb ihre erste Begegnung besser. Voller Tatendrang und in eine Idee vertieft eilte er damals durch die Galerie der Akademie und passte auf nichts und niemandem auf. Im Kopf ging Adalmus alles Mögliche seiner Vision umher, nur nicht der Moment, den er mit langen Schritten durchflog. Er dachte an die Lesungen zur Nanotechnik. Dann an die Diskussionen mit seinem Physikdozenten und letztlich dem Forschungsprojekt, dem er sich annehmen wollte. Der prompte Zusammenstoß mit Juliet auf dem Korridor riss ihn so ruckartig aus seinem Tun, sodass die Schmerzen, die durch seinen Schädel dröhnten, ihn wieder auf den Boden der Gegenwart zurückbrachten. Flüche wanderten zunächst durch seine Nervenbahnen, doch als er die junge Studentin ansah, die ebenso schmerzverzerrt, wie er auf den Boden lag, da geschah es um ihn. Von Anfang an fühlte er, dass sich sein Leben für immer veränderte. Verdattert und den eigenen Schmerz unterdrückend half er ihr hoch und huschte eine Entschuldigung über seine Lippen. Dabei geschah es, dass sich zum ersten Mal ihre Blicke trafen. Tief in ihre Seele. Da war er. Der Glanz seiner Juliet. Sie war ein Traum von einer Frau. Seidiges Haar. Weiches Gesicht. Und natürlich ihre klaren Augen. Ein strahlendes helles Blau. Gleich dem Morgenhimmel. Dazu ihr zarter Mund, der ihn an Erdbeeren erinnerte. Auch sie empfand zunächst Wut über den rüden Zusammenstoß mit ihm, doch offenbar schlug sich auch ihr Herz nach ihm aus. Dieser Moment schien still zu stehen. Wie eingefroren. Adalmus lud sie zur Entschädigung zum Essen ein und so begann die ungewöhnliche Liebe zwischen Juliet und ihm. Von diesem Tag an studierten sie gemeinsam, verbrachten zusammen ihre freie Zeit auf der Akademie. Verliebt reisten sie während ihres Studienurlaubes um die ganze Welt. Sie erkundeten die entlegensten Winkel des Planeten, erstiegen in den Rocky Bergen die höchsten Berge, liefen gemeinsam an den feinen Stränden mit perlweisem Sand entlang. Auch in De las Casas, der nur unweit seines gegenwärtigen Standortes entfernt lag. Zu gut wusste Adalmus den Tag, wie sie einander das Jawort im städtischen Magistrat gaben. Die ausladende Hochzeitsfeier auf dem Ideenmarkt und der lange Tanz am Abend. Ja, daran erinnerte er sich. In ihrer gemeinsamen Nacht nach der Zeremonie hielt er sie wie in diesem Moment fest. Ihren Kopf auf seiner Brust. Juliets anschmiegsamer Körper, ihr angenehmer Geruch betörte Adalmus so sehr, dass er um sich herum die Zeit vergaß. Niemals mochte er je wieder ihre Nähe missen. Niemals mehr ohne sie sein.

Nichts von alledem blieb mehr übrig. Juliets Haare verloren nach ihrer Infizierung mit dem Virus schnell ihre Geschmeidigkeit und das Volumen. Sie fielen ihr nach und nach aus. Jetzt hafteten nur noch einzelne Büschel an ihrem Schädel. Ihr einst rosiges Antlitz nahm die Blässe des Vollmondes in der Nacht an. Auch von den würdevollen Augen strahlte kein morgendlicher Glanz mehr auf den Betrachter zurück. Jetzt wirkten sie matt und leer. Kalt und empfindungslos. Und dennoch hoffte ihr Geliebter. Trotz allem, was war. Ein nur kurzes Glück war ihnen gemeinsam gegönnt. Pläne hatten sie. Gemeinsam wollten sie Kinder erziehen und eine Familie haben. Adalmus dachte mit Schrecken an den Tag, an dem in seinem Labor ein Ratsbote erschien. Die Ratsboten schickte der Rat der Sechs direkt und sie bedeuteten meistens nichts Gutes für den Empfänger. Ein grausiger Schock durchfuhr seine Glieder, als er die Nachricht von ihm bekam. Juliet besuchte ihre Eltern in Herford. Dort brach zu diesem Zeitpunkt der gefürchtete Infinityvirus aus. Von diesem Keim wusste Adalmus damals nur, dass er sich über die Luft übertrug und dass es weder einen brauchbaren Impfstoff oder ein wirksames Heilmittel gab. Doch mit diesem Tage wurde der Erreger zu seiner Passion. Der Virus tauchte wie aus dem Nichts auf und verbreitete sich rasch unter den Bewohnern der Stadt. Der Rat reagierte schnell und riegelte Herford innerhalb weniger Stunden vollständig ab. Nichts durfte mehr rein. Nichts durfte mehr raus. Etwas, dass einem sicheren Todesurteil der Eingeschlossenen gleichkam. Adalmus wollte nicht wahrhaben, dass die Sicherheitsleute ihn nicht zu seiner Frau in die Stadt ließen. Seine Verzweiflung, seine Hilflosigkeit von damals verdrängt er. Es glich einem Wunder, dass es ihm gelang dem Virus zu stoppen, in dem er sich in Windeseile an die Entwicklung eines Heilmittels machte. Einen Impfstoff schloss er von vornherein aus, da die Nebenwirkungen der Begleitstoffe auf die Geimpften verheerend sein konnten. Die Betroffenen sollten von dem Virus befreit und nicht nachhaltig geschädigt werden. Er schloss Kontakt zu den Größen der damaligen Virologen. Adalmus erkannte bald, dass sie alle mit ihren Ansätzen scheiterten, weil sie nach der Vernichtung des Keims strebten. Was aber wäre, wenn man dem Virus das Lebensumfeld entzieht, in dem er gedeihen kann? Mit diesem Grundgedanken machte er sich an die Erschaffung eines Gegenmittels und er überzeugte den Rat, sein Serum an den Befallenen zu testen. Immerhin. Den Infizierten, darunter auch seiner Juliet, blieb das sonst übliche Schicksal eines Infinityopfer erspart. Einmal von ihm befallen, läutete der Keim den Zerfallsprozess des Körpers ein. Das hieß, er verfaulte von innen heraus. Hier setzte Adalmus an. Beim Stoppen des Verfalls. Dazu entwarf er eine Art Cocktail aus Pflanzengiften, die basisch wirkten und hochkonzentriert wie ein Gegenfeuer fungierte. Adalmus glaubte fest daran, dass, wenn es ihm einmal gelang den Virus aufzuhalten, dass sich auch die Nachwirkung seines Gegenserums bekämpfen ließe. Voller Hoffnung wagte er sich an die schier unüberwindbar erscheinende Aufgabe, die auftretenden Nebenwirkungen zu beseitigen. Der Rat genehmigte sein Ansinnen und gab ihm alle Mittel, die er dafür brauchte. Er lies auf der zuvor unerschlossenen Insel Zyperion unweit des Ferienortes De las Casas und der Nachbarinsel La Laguna ein stattliches Sanatorium errichten. Den mehrstöckigen Komplex umsäumte ein Palmengarten mit einer gepflegten Gartenanlage. Hier zog sich Adalmus zurück und unternahm zahllose Experimente. Anfängliche Rückschläge während dieser Zeit nahm er stoisch hin. Adalmus wusste, dass er in einer ganzen Reihe von Wissenschaftlern der Letzte war, der sich vergeblich an dem Virus abmühte. Seine Vorgänger erforschten zwar akribisch die Infizierung, die Verbreitung und den Krankheitsverlauf, fanden aber nichts, mit was sich der Virus wirksam eindämmen ließe. Trotz allem brach sich seine Zuversicht nicht. Wie ein Verrückter arbeitete er emsig an einer Medizin, die sein Heilmittel gegen den Virus verbesserte. Vor seinem ersten Treffen mit dem Anführer der Spinnenmenschen, wie er sie nannte, geriet er in Zweifel eine Lösung seines Problems zu finden. Sein „Lebensgift", wie er sein Serum nannte, stoppte zwar die Ausbreitung des Virus im befallenen Körper, half aber seiner Juliet nicht aus ihrem Dilemma. Erst als er die fein abgestimmte Verzögerung eines Antiserums einbaute, war der Prototyp eines Antiinfinityserums entwickelt. Als Mc Leary erschien, brachte ihn dieser mit den ungeheuren Datenmengen seiner Forschung deutlich voran. Seither war er wieder bester Dinge und glaubte endlich, die Lösung für das Virenproblem in den Händen zu halten. Einen Zellentauscher. Jeden Tag besuchte er seine Frau auf ihrer Station im Sanatorium und hielt ihre Hand. Kuschelte mit ihr und schob sie in die Sonne, damit sie wieder den Himmel sah. Nachdem das Personal vor Mc Learys unheimlicher Mannschaft floh, versorgte er sie selber mit einer Sonde. An dieses düstere Kapitel ihrer gemeinsamen Zeit dachte er nicht, wenn er sie in seinen Armen hielt. Vielmehr erinnerte er sich an ihre gemeinsamen Unternehmungen. An ihr Lachen, an ihren Geruch, an all die schöne Zeit.

Aus ihrem Munde ran Spucke über das Kinn. Sie nahm sich nicht einmal mehr die Kraft, ihren Speichel zu schlucken. Adalmus Stimmung trübte dies ganz und gar nicht.

„Du wirst wieder lachen. Ich freue mich so sehr darauf, wieder deine Stimme zu hören. Wir werden wieder tanzen gehen. So wie früher. Weist du, wie wir gemeinsam den Strand entlang gerannt sind?", fragte er sie voller Zuversicht. „Über uns die leuchtende Sonne, das blaue Meer und der weiche warme Sand dazu. Weist du das noch?", fragte er sie appellierend an die schönen gemeinsamen Tage in ihre teilnahmslosen Augen blickend und erntete keine erhoffte Reaktion. Nur einen leeren glanzlosen Blick. Die ausdruckslose Mimik ihres Gesichtes. In seinem Herzen wusste Adalmus, dass sie es kannte. Dass irgendwo in ihr ein fühlendes Herz schlug, selbst wenn er es nicht sah. Nicht einmal Trauer oder Bitternis erkannte er in ihrem Gesicht, obwohl seine Seele nach irgendetwas wie einer Emotion schrie. Und wenn es nur eine Träne wäre, die ihr über die Wange lief. Ja, sogar ein wütendes Toben wäre ihm allemal lieber. Aber nicht einmal das kam von ihr zurück. Adalmus legte Juliets Kopf wieder auf seine Brust und wogte ihn voller Fürsorge. Juliet blieb in seinen Händen regungslos. Wie eine farblose Pappschachtel. In dem jungen stämmigen Mann rumorte es: „Sie haben die Mittel und ich das Wissen dazu. Ich werde dich dank ihnen endlich heilen. Lange musste ich darauf warten", erzählte er ihr, in dem Glauben sie höre wenigstens seine Stimme. Selbst wenn sie nicht verstand, was er sagte. Seine Stimme sollte sie wenigstens hören.

Durch die Gänge des Hospitals klackten metallene Schläge, als er sie an sich drückte. Die penetranten Geräusche erinnerten an das Stechen einer Gabel auf einem Porzellanteller. Ihre Lautstärke nahm zu und machte letztlich vor ihrer Stationstüre halt.
„Bald ist es soweit. Ich schwöre es dir", murmelte Adalmus und lies sie los. Er sah sie mit Wohlwollen auf ihrem Rollstuhl sitzen. Obwohl sie seinem aufmunternden Blick nicht erwiderte, glaubte Adalmus fest daran, ihr die Seele wieder zu geben und neues Licht in ihr Herz zu bringen.
„Ich komme bald wieder. Sie wollen mich jetzt sprechen und alles für deine Heilung vorbereiten", verabschiedete er sich von ihr mit einem Kuss auf die Stirn und verlies mit einem kurzen Abschiedswink das Zimmer. „Ich bleib nicht lange weg. Versprochen."
Kaum war er auf den Flur getreten, sah er sich seinem Gönner gegenüber, der ihm die Heilung seiner Geliebten in greifbare Nähe brachte.
„Dr. Bonpland, ich hoffe, ihrer Frau geht es gut", fragte die bereits angeschlagene Stimme des ehemaligen Kommandeurs der Weltraummission der Menegerit. Sie klang zwar besorgt, aber wenn Adalmus genauer hinhörte, wäre ihm die kalte Nüchternheit der Akademiker auf die menschlichen Gefühlsregungen aufgefallen.
„Mc Leary … ", sagte Adalmus zu dem hünenhaften Spinnenwesen, dessen monströse stählerne Beine einen jeden das Fürchten lehrten. „… ich weis nicht, wie ich ihnen danken kann. Ich wüsste nicht, was ich täte, wenn sie mir nicht ihre Daten für meine Forschung zugänglich machten. Dank ihnen wird es möglich sein, all die Infizierten hier wieder das Leben zurückzugeben. Dank Ihnen fand ich zwar ein weiteres Mittel gegen den Virus, aber das müsste man zuvor an einen Infinityerkrankten ausprobieren, der nicht mein erstes Gegenserum erhielt. Ehe ich mich von meiner Theorie überzeugen kann, muss ich diesen Test durchführen."
„Ihre erste Entwicklung brauchen sie nun nicht mehr. Unsere Spezies ist eben in der Molekularforschung viel weiter als ihre Rasse. Wir verfügen über keine

Techniker mehr, die das Wissen umsetzen können. Sie wissen, dass ich ihnen daher nur die Daten liefern kann, mit der sie ihre Vision verwirklichen. "

„Einen Jungbrunnen", lachte Adalmus euphorisch. „Ein Jungbrunnen, der jede Zelle austauscht und erneuert. Das ist wie ein Resetknopf für Menschen. Es gibt einen Neuanfang, auch wenn der Patient kein Säugling mehr ist. Er wird wieder leben und die Welt neu entdecken."

„Das ist nicht ganz korrekt so, Dr. Bonpland. Es ist ein Resetknopf für Menschen. Ihre Frau wird wieder neu geboren. Und vor allem, wenn sie unsere technische Entwicklungen dabei berücksichtigen, vielleicht sogar gesundheitlich stabiler."

„Organische Materie. Genau. Das ist die ultimative Verbesserung der lebenden Zelle. Niemals mehr anfällig für Krankheiten oder offene Wunden. Keine Bakterien oder Viren mehr, die sich im Körper unkontrolliert ausbreiten und vermehren."

„So ist es und sie machen diese Vision wahr. Sie allein haben es in der Hand, Dr. Bonpland. Ihr Ruhm besteht über Generationen fort und macht sie unsterblich."

„Ruhm bedeutet mir nichts. Alles was ich will, ist meine Frau und die anderen Kranken hier das Leben zurückzugeben. Im Augenblick sind wir noch nicht ganz am Ziel angelangt und ich ruhe erst, wenn ich ihre Augen wieder zum Leuchten bringe. Sie wissen, dass ich dazu dringend Blutplasma für den Zellenumkehrer brauche. Hier auf Zyperion wird so was nicht bevorratet und wir können es hier nicht künstlich herstellen."

„Aber auf dem Festland gibt es welches, Dr. Bonpland. Im Medizinzentrum von De las Casas. Sie gehen einfach dorthin und holen es ab", bemerkte Mc Leary treffend. Der Spinnenführer wusste, dass niemand der Erdenregierung es wagte, Dr. Bonpland aufzuhalten. Zum einen hatten die Menegerit für diesen Fall immer etwas in petto und zum anderen band eine "Entführung", des Doktors ihn nur stärker an die Menegerit.

„Ja, das werde ich tun", sagte Adalmus zuversichtlich. „Ich werde mir alles holen, was ich dafür brauche."

„Beeilen sie sich bitte, wenn sie es holen. Sie sollten ihre Frau hier nicht lange alleine lassen und unnötig Zeit mit Belanglosigkeiten vergeuden. Wir richten derweil alles für den Regenerationsprozess in dem Zellenumkehrer her und erwarten sie spätestens gegen Mitternacht wieder hier."

„Ich lasse meine Juliet nicht warten. Verlassen sie sich drauf", antwortete Adalmus nickend und nahm einen silbernen Isolierkoffer, in dem gewöhnlich zerbrechliche Ampullen stoßsicher und wärmekonserviert transportiert wurden. Zuversichtlich verließ er das Stockwerk und eilte die langen lichtdurchfluteten Gänge des Sanatoriums entlang. In den kahlen Korridoren herrschte am frühen Nachmittag eine gespenstische Ruhe. Der Doktor passierte ungehindert den großen Empfangsbereich der Einrichtung, in dem ansonsten wegen der an- und abreisenden Patienten ein reger Betrieb herrschte. Heute aber war es hier genauso verdächtig still, wie im Rest des Hospitals. Erst im großzügigen Palmengarten vor dem Hospital nahm der Arzt wieder Geräusche des Alltags wahr. Die

Sprinkleranlagen bewässerten gemächlich den Rasen, während eine Kolonne von Gärtnerroboter die Rosen und Gebüsche mit ihren Lichtmessern stutzten. Die Sonne sank bereits von ihrem höchsten Punkt am Horizont ab, als der Arzt den Landungssteg seines Motorboots erreichte. Einsam vertaut wartete es auf ihn.

Voller Verblendung über den absehbaren Erfolg merkte Adalmus nicht einmal, dass auf der Insel kein weiteres Personal des Hospitals mehr arbeitete. Ja sogar, dass weder Besucher oder Personal ankam oder ging. Die Angestellten flohen alle vor Angst, als die unheimlichen Spinnenwesen aus dem Meer wie die Krebse krabbelten und sie auf Zyperion überraschten. Mc Leary suchte Adalmus in seinem Labor auf und machte dem überrumpelten Doktor ein verführerisches Angebot, das er nicht ablehnte. Die Heilung seiner Frau, die er über alles auf der Welt liebte. Es auszuschlagen, kam dem Forscher nicht in den Sinn. Selbst als Mc Leary keine besondere Gegenleistung dafür verlangte, schöpfte er keinen Verdacht, dass die Menegerit, wie sie sich nannten, einen teuflischen Plan auszuführen gedachten. Mc Leary erklärte, dass es lediglich seine Absicht war, den Verfall der ihnen verbliebenen organischen Körperteile verhindern, da auch diese vor dem Alterungsprozess nicht gefeit waren. Auf Atres gab es bis zu dem Zeitpunkt, als Neko seine Kräfte wieder zurückholte, das Vergreisen nicht. Zwar schirmten sich die Menegerit hermetisch von der Außenwelt des Planeten ab, aber die Verseuchung der Unsterblichkeit bedachte auch sie, zu ihrem Glück, mit dem ewigen Leben. Nun aber waren sie wieder gewöhnliche Sterbliche, die sich nur durch ihren technischen Fortschritt und den ersetzten Körperteilen von den übrigen Atresbewohnern unterschieden. Die Menegerit verloren alle Techniker, die das auf Atres gewonnene Wissen umsetzen konnten. Kores Zündung der Neutronenbombe trug dazu nicht unwesentlich bei. Da die Wirkung der Waffe lange genug anhielt, sodass Nekos fliegende Schlangenhelfer ihnen die Unsterblichkeit förmlich aus den Körpern hinaus saugten. Daher entschied der Kommandeur sich, das von der Erde mitgebrachte Energietor mit Materie seiner Basis zu füttern, um so zur Erde zurückzugelangen. Alles mit dem Ziel eine neue Expedition nach Atres auszurüsten.

Entsetzt stellte auch Mc Leary fest, dass sie alle mit dem Tor durch die Zeit zurückreisten. Die Wächterroboter, die seine Vorhut in der Forschungsbasis Carazzi antraf, setzten die Menegerit mithilfe der Störtechnik, die auch ihnen schon auf Atres gute Dienste leistete, vorübergehend außer Funktion. Die Aufzeichnung in den Datenbanken ihrer Zivilisation enthielt für diese Zeitepoche nur einen einzigen Menschen, der das technische Können und Wissen besaß, ihre wahre Absicht den Planeten zu beherrschen überhaupt möglich zu machen. Und jener hieß Dr. Adalmus Bonpland, welcher auf der Hospizinsel Zyperion zu finden war. Rücksichtslos bahnte Mc Leary nach dieser Feststellung sich mit seinen verbliebenen Untergebenen den Weg quer über die Erdoberfläche direkt auf Zyperion zu Dr. Bonpland. Auf ihrem Weg durch das Land hinterließen sie eine unübersehbare Spur der Verwüstung, als wütete ein schrecklicher Tornado darüber. Auf diese Weise wurde dem Rat unmissverständlich gezeigt, dass ihre Zeit bald ablief und dass neue Herren auf der Erde landeten. Adalmus besaß hingegen nur Augen für seine kranke Frau und schenkte seinem direkten Umfeld keine Beachtung.

Der Doktor schöpfte nicht den geringsten Verdacht, dass er eigentlich ein Gefangener war, auch wenn er frei an Land gehen durfte, um die Dinge zu besorgen, die er für seine Forschung brauchte. Er floh nicht. War er doch voller Liebe und Hoffnung. War er doch bereit einen Pakt mit dem Teufel einzugehen, um seinem Herz wieder das Leben zurückzugeben. Mc Leary lies ihn wie an jedem Morgen seinen Jogginglauf am Strand der Hospizinsel machen und ihn anschließend wieder in seinem Labor arbeiten. Ihm assistierten die eigenartigen Spinnenwesen bei seiner Arbeit. Am Anfang kamen Adalmus die Wesen sehr befremdlich vor, doch Mc Leary versicherte, dass er nur beste Absichten für die Menschheit hatte. Adalmus sollte es nur schaffen Zellen und Materie zu einer regenerativen Einheit zu kombinieren. Nie vergas Adalmus den Lösungsansatz des Menegerit Mc Leary bei ihrem ersten Zusammentreffen. Selbst wenn er ihn nur zu seiner eigenen Theorie ergänzte.
„Stellen sie sich vor", warb Mc Leary bei ihm um seine Vision. „Sie hauen in ein Stück Holz eine Kerbe. Die Kerbe bleibt, weil das Holz Tod ist. Wenn dieses Stück Holz nun lebt, dann verheilt diese Kerbe. Stellen sie sich nun vor, sie konstruieren ein Stück Holz, das sich von selbst repariert und nun, dass dies auch mit Metall möglich ist. Na, was sagen sie dazu? Könnte es nicht mit dieser Technik gelingen, ihre Frau zurück ins Leben zu holen? Ein sich selbst reparierender Organismus, der sich aus Energie speist." Adalmus faszinierte diese Idee. Damit kam er seinem Herzenswunsch näher. Hörig nahm er das Angebot des Spinnenführers an und versprach ihn seinen Plan des „Jungbrunnens" zu unterstützen. Voller Zuversicht startete Adalmus den Fusionsmotor seines Bootes, dass ihn in etwa einer Stunde zum Erholungsort De las Casas mit dem Medizinzentrum brachte. Im dortigen Hospital kannte er die Leute, die ihm das Plasma für seine Arbeit aushändigen würden.

Die Sonne schickte sich an, wie am Ende eines jeden Tages, sich in ein tiefes Rot zu verfärben. Sie tat das immer, bevor sie hinter dem scheinbar endlosen Horizont verschwand. Ihre warmen Farbtöne röteten den Himmel harmonisch und einem jeden, der ihrem Niedergang mit dem Herzen beiwohnte, machte sie bewusst, sich auf die unausweichliche Nacht vorzubereiten. Dieses Farbenspiel hätte sogar Kore gefallen, wenn sie nicht mit ihrem Herzen wo anders wäre. Wie gelähmt verharrte die junge Frau nun schon seit gut einer Stunde in ein von ihr wahllos ausgesuchten Strandcafé des Ferienortes De las Casas und blickte auf das ruhig vor sich hinwogende Meer hinaus. Draußen auf dem weiten Meer dümpelten zu dieser Stunde stattliche Jachten umher, dessen Passagiere sich aufgrund der bis zu ihr hinüber tönenden Musik scheinbar trefflich amüsierten. Die Menschen dort machten die bunte Deckbeleuchtung ihrer schwimmenden Gefährte an, sodass es aus der Ferne wirkte, als sei dort ein Volksfest im Gange. Neben ihr standen eine Tasse mit tiefschwarzem Kaffee und eine Wachskerze, die sich durch einen automatischen Anzünder bei Abenddämmerung wie von Geisterhand selbst entflammte. Schenkte man der Frau mehr Beachtung, was angesichts des hektischen Trubels um Kore nicht passierte, dann entginge dem Betrachter nicht, dass sie hin und wieder mit der Kerze auf dem Tisch ein paar Worte wechselte. Dieses doch recht eigenartige Gespräch mutete für den Normalsterblichen suspekt an. Wer aber die Geschichte von Kore kannte, empfand ihre bewegte Gefühlslage gut nach. Wie entgeistert lief Kore, nachdem sie ihre Unterlagen von den Adjutanten des Rates entgegen nahm, durch ihre ehemalige Heimatstadt Presson. Auf der Suche nach Drag kam sie wieder an die Akademie zurück. Derweil machte sich in dessen Aula bereits ein Nanotekt daran, das Dach auszutauschen. Zuerst dachte sie, dass es nur ein dummer Zufall war, den gleichen Namen wie ihre Ziehmutter vom Rat bekommen zu haben. Was sagte sie nur der echten Elisabeth, wenn Kore ihr tatsächlich begegnete? Wenn es Mrs. Conners schon gäbe, müsste sie in etwa in ihrem Alter sein. Doch dann wurde ihr schnell klar, dass sich ihr Weg mit dem von Elisabeth nie kreuzte. Sie war ein und dieselbe Person. Allmählich verstand sie nun, warum Miss Conners nie über ihre eigene Jugend erzählte. Verschwieg sie ihr etwa bewusst etwas oder kannte sie sie einfach nicht? Kore schüttete sie als kleines Mädchen mit Fragen darüber nur so zu und jedes Mal, wenn sie etwas über die Vergangenheit ihrer Ziehmutter wissen wollte, dann gerieten ihre Antworten darüber äußerst vage und ausweichend. Was sie aber erfuhr, deckte sich aber haarklein mit dem, was Kore aus den Unterlagen zu ihrer Tarnidentität entnahm.

Sie fand Drags Lampe unversehrt hinter jener Kübelpflanze am Eingang der Akademie stehen und suchte mit ihm jeden Ort ihrer Kindheit auf. Sie erkannte nichts mehr wieder. Das Haus der Berrys stand zu diesem Zeitpunkt nicht. An diesem Ort befand sich eine leere Parzelle, bei der ein Schild darauf hinwies, dass sie zur Bebauung freigegeben war. Ja sogar zum Waisenhaus fuhr sie nach ihrem Rundgang mit der Hyperbahn hinaus. Dabei sprach sie der Zugbegleiter sogar mit ihrem neuen Namen an. Ein Name, der ihr den Aufenthalt in dieser fremden Zeit erst möglich machte. Als sie an der Station Presson/Memorial ankam, haderte sie mit sich, ob sie tatsächlich aussteigen sollte. Was wollte sie hier eigentlich? Es gab keinen Grund hier zu sein. So blieb sie in der Hyperbahn sitzen und fuhr weiter nach Cherson, wo sie Neko einmal in das dortige Waisenhaus brachte. Folgte sie der Trasse weiter, käme sie direkt in die Rocky Berge. Dort, wo die Fee Jule über den schwarzen See wachte. Kore spielte zunächst mit dem Gedanken, sie zu suchen, aber da fiel ihr ein, was ihr die Ausbilder einst über die Zusammenkunft von Feen erklärten. Feen trafen sich erst miteinander, wenn es ihnen bestimmt ist, sich zu treffen. Sie als Fee fühlte das deutlich. Gerade jetzt aber fühlte sie, dass es keine Bestimmung dazu gab. Sie sähe Jule bei ihrem jetzigen Aufenthalt nicht. So komisch es klang, diese Jule an dem See hatte nichts mit ihrer gegenwärtigen Mission zu tun. Also ließ Kore ihre Absicht fallen und entschloss sich in Cherson auf eine andere Hyperbahnlinie umzusteigen und die Trasse nach Süden, zu dem Ferienort De las Casas zu nehmen. Sie erreichte ihn am späten Nachmittag. Während der Fahrt erinnerte sie sich im Geiste an ihren ersten Aufenthalt dort zurück. Im Alter von zehn Jahren besuchte sie diesen Ort schon einmal mit ihren Pflegeeltern und verbrachte mit ihnen einen geruhsamen Badeurlaub. Jetzt saß sie wieder hier. Als erwachsene Frau in einem Strandlokal. Verunsichert über das, was da auf sie zukam. Dank der digitalen Erfassung der Netzhaut, die sich bei jedem Menschen unterschiedlich ausprägte, sprach sie sogar der Ober des Strandcafés mit dem neuen Nachnamen Conners an. So schnell presste sie das Schicksal in eine neue Rolle hinein. Was hatte es nur mit ihr vor?

„Haben sie noch einen Wunsch, Miss Conners", fragte der Kellner diensteifrig alle paar Minuten, nur um von der jungen Dame ein „Nein Danke" zu hören.

Kore nippte nur kurz an ihren mittlerweile kalt gewordenen Kaffee. Obwohl ihre Zunge eine kühle Bitternis umfloss, schmeckte sie sie nicht, weil dieser Geschmack ihrer augenblicklichen Gemütsverfassung wohl am Nächsten kam. Regungslos, ja wie paralysiert saß sie nur da und es sprudelten ihr hin und wieder einige Sätze über ihre Lippen zu der Kerze. Sie schien ihr sogar mit einem Flackern jedes Mal zu antworten. Wie es in ihr aussah, fasste man kaum in Worte. Ihre neue Identität verkam nur zum Kleinsten der beiden Schicksalsschläge, die ihren Lebensweg heimsuchten. Der Größte nagte viel tiefer in ihr. Sie verlor ihre Geliebten Lysander und Jule. Eine gemeinsame Zukunft mit ihnen. Sie war so weit weg. Nun mehr viele Jahre.

„Ich entkomme meinem Schicksal nicht. Im Turm auf Durvin fragte ich die Seherin, ob es eine zweite Fee gibt, die bereits die neue Entwicklung vorbereitet. Diese Fee bin ich. Ich bin es selbst, Drag. Was mir in der Zukunft widerfahren wird, das wird von mir selbst erschaffen. Genau jetzt, in diesem Moment."

„Wie kommst du darauf?"

„Mildred auf dem Bahnsteig. Ich gab ihr die Seekraft, mit der sie das Mal Nekos auf dem Hinterkopf erkennen wird und auch meine Narben auf dem Rücken. Und Indreen im Park. Erinnerst du dich? Ich sprengte den Zirkel der Ors auf der Akademie und sorgte dafür, dass er einmal Pfleger im Waisenhaus wird. Dr. Silius. Ich inspirierte ihn ein Glasdach in der Akademie einzubauen, die Bilder der Preisträger in der Galerie aufzuhängen und ihn nachts seinen Rundgang durch die Akademie gehen zu lassen. Dadurch rettete ich ihm das Leben vor den Ors. Der Rat. Er gab mir eine neue Identität, die zufällig meine künftige Pflegemutter im Waisenhaus sein wird. Ich erziehe mich praktisch selbst. All die Jahre. Die Erinnerung. Sie war die Fee, die in mein Leben eingriff, ohne dass ich je merkte, dass sie eine Fee war. An dem Tag, als ich Neko aus der Bar holte, fand nicht mein erstes Treffen mit dem Rat statt. Dieses Treffen war heute. Damals erwartete er mich regelrecht. Ich meine, er wird mich erwarten."

„Das kann nicht sein", antwortete Drag. „Du verlierst deine Kraft, weil du dein Versprechen mit Ipsy gebrochen hast."

„Ein Versprechen, das erst stattfindet", warf Kore ein. „Ich kann Ipsys Versprechen nicht brechen, weil ich es ihr noch nicht gab. Darum werde ich meine Kraft behalten. Bis zum Ende meines Weges."

„Da komme ich nicht mit. Das musst du mir erklären."

„Ich gab ihr dieses Versprechen erst in der Zukunft. Nun aber reisten wir in der Zeit zurück. Diese Ipsy, der ich dieses Versprechen einmal geben werde, existiert erst in der Zukunft. Nicht jetzt. Ich werde erst schwächer, wenn der Zeitpunkt dafür gekommen ist. Dieser liegt aber noch Jahre hinaus vor mir. Wenn er überhaupt kommt."

„Ich hoffe, dass das stimmt. Wenn nicht, droht ein vollständiger Verlust deiner ausgeliehenen Kraft", knisterte Drag vom Docht aus zurück. „Wenn es so ist, wie du vermutest und schon weist, wie es endet, dann kennst du doch schon den nächsten Schritt. Was müssen wir tun?"

„Das ist es ja. Genau das weis ich eben nicht. Egal was ich jetzt anstelle, mich wird es ohnehin einholen. Weist du Drag, was schlimmer ist? Ich weis nicht nur, wie es ausgehen wird. Ich kenne sogar die Art und Weise meines Todes und was danach mit mir geschieht. All das jetzt zu kennen ist einfach furchtbar. Für mich ist es so, als ob ich nichts mehr über mich zu entscheiden habe. An mir liegt es nur, ob ich das Tempo bestimme oder ob ich es mir bestimmen lasse. Das ist alles, was ich jetzt noch tun kann. Das Tempo bestimmen. Mehr nicht."

Nur aus diesem Grund fuhr Kore nach De las Casas. Keine Begeisterung, keine Versessenheit trieb sie mehr dazu, Mc Leary das Handwerk zu legen. Das Ende kannte sie bereits. Alles kam zusammen und brachte sie dahin, wie es ihr seit ewiger Zeit bestimmt war. Die Aussage des Rates vorhin. Sie ging eines Tages wieder durch das Energietor. Der Rat meinte damit nicht sie selbst, sondern ihr Ich in der Zukunft. Er wusste von ihr. Das schon immer. Allein aus diesem Grund trat er ihr bei ihrem ersten Treffen so gelassen entgegen. Sie erwarteten Kore damals bereits und sie wussten, dass dies nicht ihr erstes Zusammentreffen mit dem Rat war. Nur sie tappte blind wie ein Huhn durch die Zeit, die sie nach Lust und Laune hin und her schob, wie der Einsatz auf einem Spieltisch. Wie sie zu Adalmus auf die Insel Zyperion kam, war ihr im Moment schleierhaft, zumal sie die Verteidigungsstrategie der Spinnenwesen bestens kannte. Im Gefühl hatte sie nur, dass sich dieses Problem ganz bestimmt von selbst löste, auch wenn sie nicht wusste, wie. Diese Sorge allerdings plante sie erst am nächsten Tag anzugehen. Denn wenn Kore etwas lernte, dann das, dass man sich die nötige Zeit dafür nahm, sich vorzubereiten. Ihr war nun nicht mehr danach, die Ereignisse zu beschleunigen, zumal man sein Schicksal nicht suchen durfte, sondern es einfach passieren ließ.

Kore ging im Gedanken auf Miss Conners zurück. An ihre Zeit im Waisenhaus. Nie sprach ihre Ziehmutter mit ihr über ihre eigene Kindheit oder erwähnte auch nur den Namen Adalmus in ihrer Gegenwart. Kore erfuhr erst bei ihrer Verwandlung zur Fee von Adalmus und dass Elisabeth und er sich seit vielen Jahren bestens kannten. Aber wozu? Etwa wegen des bevorstehenden Ereignisses? Welche Rolle spielte Elisabeth dabei? Zwangsläufig spekulierte sie darüber und je mehr sie darüber nachdachte umso mehr Verwirrung kam in ihr auf. Warum erzog sie sich selbst? Dabei lag alles mittlerweile so offensichtlich vor ihr. Kore las das Buch ihres Schicksals fast durch. Sie kannte den Anfang und den Schluss. Nur der Mittelteil entzog sich. Sie gelangte als Baby deswegen das Pressonwaisenhaus, weil sie selbst dort die Leiterin war. Von Anfang an wurde sie auf ihre künftige Aufgabe vorbereitet, ohne dass sie es als eine Vorbereitung empfand. War sie denn nur ein Wesen, das das Schicksal lenkt und verwaltet? Je nachdem wie es ihm gefiel? Erklärte ihr Ipsy nicht, dass eine Fee nicht führt, sondern geführt wird? Auch wurde ihr zunehmend klar, dass sie selbst die Fee war, die den neuen Zyklus in der Menschheitsgeschichte einleitet, welcher erst mit der Lahmlegung der Verteidigung der Huangdi auf Atres sein Ende fand. Die Weichen für diese Entwicklung stellte sie lange vor ihrer Aufnahme im Tompswaisenhaus. Das bevorstehende Ereignis schien den Schlussstein, wenn nicht gar die Brücke für diese künftige Entwicklung zu setzen.

Nekos Sätze im verbotenen See fielen ihr wieder ein. Er sagte, dass sie ihre Brüdern und Schwestern wieder sah. Auch ihren Lieblingspfleger Indreen und Miss Conners. Dass sie ausgerechnet selbst jene Miss Conners war, verschlug ihr allerdings die Sprache.

„Die Seherin hatte recht", schluckte Kore schwer und blickte über das weite Meer, dessen leichte Wellen die Boote auf ihm zum Schaukeln brachten.

„Ich werde sterben und ich räche meinen Tod selbst. Aber von welchem mächtigen Feind ist dann in meiner Prophezeiung die Rede? Bisher glaubte ich immer, es sei etwas anderes damit gemeint und jetzt passt nichts mehr so recht zusammen. Was kommt da alles? Wer ist der mächtige Feind? Die Ors? Die Menegerit? Die Angst vor dem Tod? Und jetzt? Egal. Ich denke, es war Absicht, dass ich weis, dass ich gewinne. Aber warum? Warum will das Schicksal, dass ich weis, wie es endet?"

Kore erinnerte sich an Jule. Jene Fee, deren Entscheidungen in der Vergangenheit so viele Dinge auf der Welt beeinflussten. Die globale Energiekrise, der Durchbruch in der Fusionsreaktorforschung, das Attentat auf Präsident Sellerfield, welches den „Mystischen Krieg" auslöste. Wieder spielte sie mit dem Gedanken, dass sie Jule in den Rockys aufsuchte. Doch diesen Einfall verwarf sie schnell wieder.

„Da muss ich selbst durch", sagte sie zu sich und strich diese Überlegung endgültig. „Jule wird mich auf der Bergspitze finden und nicht anderswo."

„Darf ich mich zu Ihnen setzen?", lenkte eine junge frische männliche Stimme Kore von ihren spekulativen Gedanken ab. Kore schreckte auf und blickte überrascht die sportliche Gestalt an, die mit einem silbernen Kühlkoffer in der Hand neben dem freien Stuhl ihres Tisches stand.

„Ich hoffe, ich bin nicht aufdringlich ...", sagte der junge Mann etwas schüchtern, „... aber ich sehe auch so gerne wie sie auf das Meer hinaus."

„Meinetwegen", antwortete Kore mit sich hadernd. „Vielleicht tut mir etwas Gesellschaft gut."

Und so setzte sich der junge Mann neben sie. Den Koffer stellte er unter ihrem Tisch ab. Sogleich kam der Kellner herbei und begrüßte den Neuankömmling mit seinem Namen: „Dr. Bonpland, schön sie wieder hier an ihrem Stammtisch zu begrüßen."

„Danke", antwortete der Doktor erfreut. „Von hier hat man einen guten Blick auf das Meer. Bringen sie mir bitte einen Milchkaffee ohne Zucker", bedankte er sich und schob seinen Koffer mit der Fußspitze direkt an das Tischbein heran.

„Ich liebe das Meer", sagte Dr. Bonpland schwärmerisch zu Kore und reichte ihr die Hand zum Gruß. „Meinen Namen haben Sie jetzt schon gehört. Gestatten Dr. Adalmus Bonpland und darf ich ihren Namen erfahren?"

Kore zuckte zusammen. Unversehens landete sie einen Volltreffer. Der Mann, zu dem sie wollte, saß nun direkt neben ihr. War dies wirklich ein Zufall? Der näher liegende Verdacht, dass sie eher ein Getriebener des Schicksals war und nicht die Bestimmende verhärtete sich nur mehr in ihr. Doch sie besaß keine Zeit, darüber weiter im Stillen zu philosophieren. Reflexartig reichte sie ihm ihre Hand und sagte beinahe ihren richtigen Namen.

„K ...", lag ihr bereits auf den Lippen, doch dann sagte sie dennoch ihren Tarnnamen. „Conners. Elisabeth Conners."

„Sehr erfreut", antwortete Adalmus glücklich und strahlte sie gut gelaunt an. Obwohl die Gelegenheit günstig war, traute sich Kore zu erst nicht ihm in die Augen zu sehen. War es die Furcht vor dem, was kam? Sie schluckte und zwang sich dazu einen tiefen Blick zu riskieren. Auch wenn der Augenkontakt nur einen kurzen Sekundenbruchteil lang andauerte, flutete Adalmus Innenleben direkt in Kores Seele hinein. Es versteinerte sie fast.

„Sind sie zum Urlaub machen hier?", schob Adalmus rasch fragend nach und versuchte den Augenkontakt mit ihr zu halten, was Kore aufgrund der von ihr aufgenommenen Informationen nicht gelang.

„Nein", antwortete Kore verunsichert und mit sich hadernd, wie sie diese einmalige Situation für sich nutzen sollte. Vor lauter Irritation gab sie nicht auf ihre Antwort Acht.

„Nicht zum Urlaub machen?", bemerkte Adalmus verwundert. Erst in diesem Moment wurde Kore klar, dass sie vor lauter Aufregung einen gefährlichen Schnitzer machte. De las Casas war schlechthin der Urlaubsort am Meer. Es wäre verräterisch, wenn jemand nicht deswegen hier herkommt. Daher war Adalmus Frage hinterher umso Berechtigter.

„Entschuldigen sie, aber wenn sie nicht zum Urlaub machen hier sind, was wollen sie dann hier?“

Kore wandte ihrem Blick wieder auf das Meer hinaus. In ihrem Kopf raste eine Fülle von möglichen Antworten hindurch. Doch keine schien ihr so recht zu passen. Wahllos griff sie sich eine hinaus, auch wenn sie mehr als nur seltsam klang. Daneben versuchte ihr Verstand, das soeben Gesehene einzuordnen.

„Ich wollte nur das Meer sehen“, sagte sie verstört und hielt kurz inne. „Mir war grad danach.“

Adalmus seufzte. Er empfand ihr diese Sehnsucht nach, weil auch er eine tiefe Erinnerung mit diesem Ort verband.

„Ja, das verstehe ich. Die Menschen lieben das Meer. Schon seit jeher“, sagte Adalmus zustimmend und tat es ihr nach. „Aus diesem Grund baute man auch das Hospital auf Zyperion, in dem ich gerade arbeite. Auch von dort hat man einen guten Blick auf das Meer. Man schmeckt die salzige Luft und hört das Brechen der Wellen an den vorgelagerten Felsen. Es beruhigt die Sinne und die Nerven. So, wie wenn sie auf ihre eigene Vergangenheit zurückblicken. Es gibt ihnen das Gefühl von Beständigkeit. Wussten sie, dass das Leben seinen Ursprung im Meer hat? Dort bildeten sich die ersten Lebewesen, bevor sie an Land gingen, die Lüfte eroberten …“

„… und den Weltraum“, fügte Kore etwas abwesend seinen Worten hinzu.

„… und den Weltraum“, stimmte Adalmus ihr nickend zu. „Und das alles begann mit einer kleinen Zelle. Aus Mineralien, die sich zusammenfanden und ein kleines Kraftwerk mit einer Zellmembran bildeten. In einer basischen Umgebung. Ein Wunderwerk der Natur. Auch die Föten wachsen im Mutterleib wie in einem Urmeer heran, um durch Geburt als Baby an Land zu gleiten. Was machen sie eigentlich beruflich, wenn ich fragen darf?“

Kore beantwortete ihm diese Frage mit dem, was sie aus den Unterlagen über Miss Conners vom Rat entnahm. Ihre Tarnung musste sie unter allen Umständen wahren.

„Ich bin Kosmologin. Dozentin an der Presson Akademie.“

„So was aber auch“, antwortete Adalmus belustigt. „Ich bin das genaue Gegenteil von ihnen. Ich bin Molekularbiologe. Auf der Akademie studierte ich zunächst Teilchenphysik und Nanotechnik. Ich las mich zwar in die Implosion ein, gab das aber nach einem Unfall auf …“

„So. So. Unfall nennst du das“, dachte Kore bei sich. Sie sah genau, dass jener Zusammenstoß mit seiner späteren Ehefrau Juliet auf der Akademie diese Unterbrechung hervorrief. Kore wollte ihn nicht in seinem Redefluss abwürgen und ließ ihn weiter plaudern.

„Sie erforschen das Allergrößte und ich das Allerkleinste. Dann wissen sie sicher, dass viele Gesetze, die im Mikrokosmos gelten, auch in gewisser Art auf das Universum ihre Anwendung finden", fachsimpelte Dr. Bonpland ungeniert mit ihr.

„Ja, das stimmt. Die Quantenphysik und die Relativitätstheorie bereicherten die Anschauung des Kosmos und machten völlig neue Wege der Technik möglich", gab Kore ihm Recht.

„Das Universum ist riesig, genauso wie seine Möglichkeiten …", sagte Adalmus wieder. „… und es ist für uns eher eine Chance, anstatt eine Bedrohung. Auch wenn der ewige Raum da draußen lebensfeindlich ist. Der Rat stellt sich gegen bemannte Weltraumprogramme. Er fürchtet zu Recht die starke Neutronenstrahlung dort. Die elektromagnetische Strahlung durchdringen Haut und Knochen. Lange kann man sich in diesem Ort nicht aufhalten. Ganz zu schweigen von der Technik, die dem Dauerbeschuss der Teilchen nicht gewachsen ist. Nicht selten fällt ein Satellit aus und man muss Neue in die Umlaufbahn bringen. Der Sonnenwind, der Neutronensturm der Sonne, ist tückisch. Wir Menschen, sagt der Rat, sind nicht dafür geschaffen diese Erde zu verlassen und außerdem sind kosmische Entfernungen nicht innerhalb weniger Sekunden zu überbrücken."

„Mit einem Energietor geht das aber", entfuhr es Kore unaufmerksam.

„Das Carazziprojekt meinen Sie sicher. Ich las darüber, als ich mich mit der Implosion beschäftigte", bemerkte Adalmus. Kore dachte sich das schon und prüfte ihn mit dieser Frage. Das Adalmus davon wusste, war eigentlich nichts Ungewöhnliches. Die Fee erfuhr ja vom Rat, dass Adalmus ein technisches Genie war und durchaus über das Wissen darüber verfügte.

„Ich las es im Fachlexikon der Physik nach, auch wenn sie das Wort Implosion in dem Zusammenhang nicht erwähnten. Das Energietorprojekt wurde vor etwa hundert Jahren eingestellt. Macht auch wenig Sinn es weiter zu verfolgen. Schon der erste Testlauf sprengte fast den gesamten Energiehaushalt des Planeten. Dafür wird einfach zu viel Energie benötigt. Die müsste man erst einmal produzieren und für einen Testlauf zwischenspeichern. Da reichen sogar alle Fusionsreaktoren der Erde nicht aus."

Der Kellner brachte in diesem Augenblick Adalmus den Milchkaffee und fragte Kore nach einem Wunsch, was diese wiederum dankend ablehnte. Adalmus nahm einen tiefen Schluck des Getränkes zu sich und sagte schließlich zufrieden: „Kurioses, bleibt eben Kurioses. Die Implosionstechnik ist das allemal. Wissen sie übrigens, dass ich ebenfalls einen Teil von Kuriosem in diesem Koffer bei mir habe?"

Kore wusste, was Adalmus in seinem Koffer mit sich führte. Sie sah bereits mehr als genug, als sie bei ihrem Augenkontakt tief in sein Herz hinein blickte. Sie war sich unschlüssig darüber, wie sie mit der gewonnenen Information umgehen sollte.

„Was haben sie denn da drin?", fragte Kore ihn dennoch, um Zeit zu gewinnen. Natürlich gab sie acht, möglichst interessiert dabei zu klingen.

„Es ist Blutplasma und Teil einer medizinischen Revolution, Miss Conners. Oder darf ich sie Elisabeth nennen?“

„Meinetwegen“, antwortete Kore ein wenig unwohl bei der Vorstellung, die Rolle ihrer Ziehmutter einzunehmen. Sie wusste aber, dass Miss Conners immer resolut auftrat. Schnell stecke sie das Schicksal in ihre neue Rolle hinein, weil es ihr Umfeld nicht anders zu lies.

„Also gut Elisabeth. Nehmen wir einmal an, sie würden altern …“

„Ja …“, folgte Kore aufmerksam seinen Ausführungen. In ihr kam ein widerlicher Argwohn hoch, denn der Drang nach Unsterblichkeit und der selbstmörderische Konflikt der Völker auf Atres hafteten ihr bestens im Gedächtnis nach.

„… dann wäre die beste Medizin dagegen ein Austausch der Körperzellen. Eine vollständige Rundumerneuerung“, fuhr Adalmus begeistert fort.

„Und daran arbeiten sie etwa gerade?“, fragte Kore mit einem Ton der verriet, dass sie sich schon so etwas dachte.

„So ist es. Es ist eine Art Jungbrunnen. Den Stein der Weisen könnte man sagen. Etwas, dass die Menschheit schon ewig sucht, um alle Krankheiten und Leiden aus dieser Welt zu schaffen. Stellen sie sich vor, wenn der Alterungsprozess gestoppt würde und was besser kommt: Man heilt nicht nur alle genetisch bedingten Krankheiten oder ersetzt Organe damit, sondern bekämpft auch diese tückischen Epidemien, für die es im Moment kein Gegenmittel gibt.“

„Wie das Infinityvirus“, schlussfolgerte Kore messerscharf.

„Ja, genau. Wie den Virus. Sie wissen davon?“, schmunzelte Adalmus begeistert. Er erfreute ihn, dass sich seine Gesprächspartnerin als äußerst gebildet erwies.

„Zyperion, die Insel, die sie vorhin erwähnten, ist der Ort, wo man die Infizierten der letzten Epidemie hinbrachte“, erklärte Kore knapp.

„Nein, das ist nicht richtig, Elisabeth“, sagte Adalmus bestens gelaunt. „Sie sind nicht mehr mit dem Virus infiziert. Ich befreite sie bereits von dem Befall. Aber sie sind nicht vollständig genesen. Mein erstes Mittel bremste das Virus aus, doch es hat empfindliche Nebenwirkungen.“

„Stimmt“, dachte Kore bei sich im Stillen. „So kann man es nennen. Nebenwirkungen. Es wäre besser, er ließe sie sterben.“

Sie ließ Adalmus den Gedanken zu Ende führen.

„Das Blutplasma in meinem Koffer hilft mir, den Heilungsprozess abzuschließen.“

„Ich hörte von den seltsamen Wesen, die sich dort einnisteten“, schnitt Kore nun deutlicher das Thema an, auch wenn sie damit bewusst einen Konflikt mit ihrem Gesprächspartner provozierte.

„Sie meinen die Außerirdischen? Die Dinge sprechen sich wirklich schnell rum. Es gibt keinen Grund zur Panik. Ihre Gestalt ist skurril, das gebe ich gerne zu. Weltraumreisende sind sie, sagten sie mir. Sie kommen aus einer anderen Zivilisation. Einer Zivilisation, die sich wie die unsere entwickelte. Nur auf einem anderen Planeten. Aber sie wollen ihre Technologie mit der Unseren teilen. Sie bringen uns das Wissen und wir müssen ihre Erkenntnisse nur nachbauen. Sehen sie, unsere Forschung bräuchte Jahrzehnte, um den gleichen Standard wie die ihre zu bekommen. Wenn wir die Chance nicht nutzen, vertrödeln wir nur zu viel Zeit. Zeit, die den Patienten auf Zyperion fehlt.“

Kore rechnete damit, dass Adalmus alles tat, um ihre Bedenken zu zerstreuen.

„Und was verfolgen diese Wesen hier? Stellten sie keine Bedingungen für ihre selbstlose Hilfe?“, hakte Kore misstrauisch nach.

„Sie interessieren sich auch für die Herstellung des Heilungsmittels zur Zellerneuerung. Das stimmt. Aber sie brauchen es für ihre eigene Erneuerung, da ein Teil ihres Wesens organisch ist und altert“, erklärte Adalmus nüchtern.

„Ich traue ihnen nicht. Man plaudert doch nicht aus reiner Nächstenliebe jemandem sein erforschtes Wissen aus? Da steckt mehr dahinter“, mutmaßte die neugebackene Miss Conners mit misstrauischem Blick.

Adalmus riss provoziert die Augen auf und schüttelte verständnislos den Kopf. Dass seine gute Laune, so missmutig von ihr angegriffen wurde, missfiel ihm.

„Das sagte der Rat auch. Er traute diesen Wesen auch nicht. Aber wenn dieses Wissen hilft, die Überlebenden der letzten Infinityepidemie auszukurieren, dann ist es mir egal, von wem die Quelle stammt“, bemerkte der Doktor nun wesentlich härter. Seine Stimmung war nun nicht mehr so offen und herzlich wie zu Beginn des Gespräches. Adalmus wollte es keinesfalls weiter hinnehmen sein Lebenswerk von einer Fremden zerreden zu lassen.

„Sie würden sogar einen Pakt mit dem Teufel dafür schließen, wenn es sein müsste, nicht wahr“, sagte Kore engstirnig. In ihr brodelte es gefährlich. Ihre Eigenschaften als Fee schlugen sich durch ihre Bestimmtheit durch. Heuchelei verabscheuten die Feen wie die Pest.

„Was verstehen sie schon davon?“, fuhr Adalmus sie nun schärfer an. „Meine Frau ist unter den Kranken. Ich will sie wieder lachen sehen.“

„Kranke?“, sagte Kore nun deutlicher und machte Adalmus unweigerlich auf die Wortwahl während seines Zorns aufmerksam. „Sie sagten es gerade. Die Menschen auf Zyperion sind Kranke und keine Überlebenden. Kein Mittel ist es wert von irgendwelchen Außerirdischen oder Weltraumfahrern, deren Absichten man nicht kennt, angenommen zu werden. Kein Bauplan, keine Technologie. Schnell richtet sich das Schwert gegen einen, mit dem man seinen Feind besiegen will. Selbst wenn es sich dabei um einen Virus handelt.“

Diese letzte Bemerkung konnte vom Rat der Sechs stammen. Sie vertraten auch die gleiche Meinung wie Kore.

„Sie wissen wohl alles besser, was? Was würden sie denn tun? Sie sind kein Virologe und wissen nichts von der Gefährlichkeit des Infekts“, entgegnete Adalmus gereizt.

„Nein, das weis ich nicht, aber ich bin immer noch Mensch“, antwortete ihm die Fee, auch wenn dies nicht ganz stimmte. Hier kam es Kore auf den richtigen moralischen Zusammenhang an.

„Ich gebe meine Juliet nicht auf“, schrie Adalmus Kore nun außer sich vor Wut an. Es reichte ihn. Er stand entschlossen auf und packte hastig seinen Koffer.

87

„Ich weis, dass ich sie heilen werde. So kurz vor dem Ziel lasse ich mir meine Arbeit nicht von einer dahergelaufenen Kosmologin zerreden.“
Die ersten Leute im Café unterbrachen ihre Gespräche und blickten entsetzt auf die zwei Gäste, die sich nun bedrohlich anfeindeten.
„Es ist besser, man geht in Würde, anstatt vor sich hinzuvegetieren, bis einen der Tod abholt. So wie es das Recht auf ein Leben gibt, gibt es auch das Recht auf ein Sterben in Frieden“, antwortete Kore bitter, während sich Tränen in ihren Augen bildeten. Ihre eigenen Erfahrungen zu diesem Thema sah sie deutlich vor ihrem inneren Auge wieder.
„Sie haben wohl nie geliebt, was“, grollte Adalmus aufgebracht wie eine Gewitterwolke. In Kores Gesicht mischten sich Tränen hinein.
„Ich weis, was es heißt zu lieben“, sagte sie nun deutlich lauter. Die Leute an den übrigen Tischen sahen voller Verwunderung zu dem laut streitenden Paar hinüber, sodass es ganz still im Lokal wurde. Ein jeder wollte von dem Inhalt des Streits nichts verpassen.
„Ich verlor meine Geliebten für immer. Ich verlor sie genau in dem Moment, als ich unendlich glücklich war. Aber ich besaß keine andere Wahl. Ich musste sie gehen lassen, damit meine Liebe zu ihnen nicht zu einem Gefängnis wird. Ich stelle mich nicht gegen mein Schicksal. Es ist mir sogar bestimmt, dass ich jetzt hier bin und mit ihnen streite. Und dennoch erinnere ich mich zu jeder Zeit an meinen Geliebten und freue mich über die wenigen Stunden, die wir gemeinsam verbrachten. Ich freue mich, dass sie überhaupt gewesen sind. Unser ganzes Leben ist ein kurzer Augenblick. Nichts wird auf dieser Welt festgehalten.“
„Tun sie was sie wollen“, knurrte Adalmus wütend und wandte sich um zum Gehen.
„Niemals lasse ich meine Juliet fallen. Sie stecken mit dem Rat unter einer Decke. Sie sehen nicht in die Zukunft, sie sehen nur in die Vergangenheit. Wer nur nach hinten sieht, stolpert irgendwann. Wer keine Visionen hat, der wird auch nie Geschichte schreiben. Ich prophezeie ihnen schon heute, dass der Rat genauso wie sie darüber stolpert. Leben sie wohl.“

Daraufhin ging er forschen Schrittes aus dem Lokal und lies die tränenbehaftete Kore hinter sich. Die Fee traf empfindlich den wunden Punkt von Adalmus und das, weil sie das Ende bereits kannte. Auch Adalmus behielt tatsächlich Recht, was seine Prophezeiung anging. Der Rat fiel über seine eigene Haltung. In genau siebenunddreißig Jahren. Wie sich allerdings ihr gemeinsames Schicksal erfüllte, kam Kore jetzt noch rätselhafter vor. Elisabeth und Adalmus liebten sich. Er erschuf ihr Godje, den Würfelroboter, mit dessen Hilfe sie den Kindern die Naturgesetze im Unterricht erklärte. Ein Wunderwerk der Nanotechnik, voller Liebe und Hingabe mit jedem einzelnen Partikel zusammengefügt. Ein unersetzbares Geschenk, das von Hochachtung und Zuneigung sprach. Jetzt sah es eher danach aus, als fänden die Beiden wohl nie zueinander.

„Und nun?", fragte Drag leise, als sich die Gäste wieder ihren Gesprächen und den eigenen Problemen zuwandten.

„Wir folgen ihm. Als Fee und Dämon natürlich", schnaubte Kore von dem Gespräch mitgenommen.

„Oh, Mann", kicherte Drag vergnügt. „Das klingt nach Action. Wurde auch Zeit, dass wir unsere Stärken ausspielen. Hier sind wir Zwei denen haushoch überlegen."

„Aber nicht gegenüber Mc Leary. Erinnerst du dich an die Huangdi? Mich wundert nicht, wenn die so was Ähnliches auch auf Zyperion installiert haben. Ich glaube, sie dachten an alles. Wir müssen sehr vorsichtig sein und unser Handeln gut überlegt verfolgen. Solange Mc Leary nicht weis, dass ich und du hier sind, haben wir auch das Überraschungsmoment auf unserer Seite. Den geben wir nicht aus der Hand."

„Verstehe. Also dann undercover. Inkognito", flüsterte Drag zustimmend.

„So ist es. Meine Tarnidentität hilft mir dabei", sagte Kore entschlossen.

Die Fee haderte mit sich, ob sie die richtige Schlussfolgerung aus den Informationen zog, die ihr der Blick in Adalmus Herz bescherte. Der Doktor kettete sich unrettbar an seine große Liebe Juliet fest. Ein Gefängnis ohne Mauern. Wie wirkte sie als Fee darin ein? Wollte sie das überhaupt? Sollte er nicht lieber deswegen leiden? Aber sie wusste, ließe sie Adalmus zu seiner Geliebten nach Zyperion gelangen, dann triumphierten die Menegerit. Aus gutem Grund traute sie ihnen nicht über den Weg. Auf der Huangdi, als sie Mc Leary Auge in Auge gegenüberstand, sah sie nicht nur, ja fühlte sie förmlich den großen Hunger, der in den Menegerit brannte. Kore wurde zunehmend klar, dass dieses Leiden von ihr ausgehen musste. An ihr lag es, Adalmus die Zeichen zu senden, sein Vorhaben Juliet zu retten aufzugeben. Aber wie stellte sie das an? Hier im Strandcafé zu bleiben half auf alle Fälle nicht weiter. Darum schnappte sie sich die Laterne mit Drag und eilte aus dem Strandcafé hinaus. Wegen des Bezahlens der Kaffeerechnung zerbrach sich Kore sich nicht den Kopf. Durch die Netzhautscannung jedes einzelnen Gastes kannten die Inhaber die Personalien und buchten sich automatisch von dessen Geldkonto ab. Instinktiv wusste Kore, dass sie als Fee Adalmus wesentlich besser beschattete, wie wenn sie ihm ungetarnt in voller Lebensgröße hinterherlief. Ausgerechnet der Chamäleonstoff, den Adalmus selbst entwickelte und den er ihr erst siebenunddreißig Jahre später gab, erwies sich bei ihrer Verfolgung als sehr hilfreich.

Zu dieser frühen Abendstunde flanierten auf der Strandpromenade ganze Horden von Urlaubern umher. Unschwer erkannte man sie an ihrer bunten luftigen Kleidung, die deutlich machte, dass man Erholung und vor allem Zerstreuung suchte. Zwischen ihnen huschten mit geradezu beängstigender Geschwindigkeit Rollerskater hindurch. Sie scherten sich nicht um die langsam vor sich hinschlendernden „Hindernisse". Vereinzelt stellten Jongleure, Portraitmaler ihr Können zur Schau, was Trauben an Zuschauern bei ihnen bildete. Souveniranbieter stellten mit ihren Auslagen auf der Promenade ebenso einen Publikumsmagneten dar, wie Eisverkäufer und andere Snackanbieter. Dazwischen standen kastenförmige Nanomaten herum, aus denen sich die Badegäste untertags ihre Strandutensilien beschafften. Das reichte vom Handtuch über Badebekleidung bis hinzu Strandmatten und Sonnenschirmen. Nach Gebrauch entsorgten die Erholungssuchenden sie einfach, in dem sie ihre Utensilien in einen großen Trichter warfen. Dann zerlegten Nanoroboter die Gegenstände in das Granulat, das Andertags wiederum sich in eine Schwimmflosse oder einen Schnorchel verwandelte. Kore suchte in diesem emsigen Treiben nach dem davoneilenden Adalmus. Hoffentlich gab sie ihm nicht genug Vorsprung durch ihr kurzes Zögern. Zu diesem Zweck stellte sie sich leicht erhöht auf einen Betonblock, den die Verwaltung als Bremse für die Skater und Radler vereinzelt auf der Promenade hinterlies. Außerdem erwies sich Kores Körpergröße in diesem Moment mehr als nützlich. So fand sie ihn ziemlich schnell in der hastenden Menge. Zufall? Sie eilte ihm nach, was nur dazu diente, an ihm dran zu bleiben. Mitten in der Menge war er Kore nicht möglich sich in eine Fee zu verwandeln. Sie hielt nach einem geeigneten Sichtschutz Ausschau.

„Drag", keuchte Kore während ihres Laufs durch die Menge zu ihrem dämonischen Helfer. „Wenn ich mich in eine Fee verwandle, kann ich dich nicht durch die Luft tragen. Sie werden dich sehen. Du musst aussteigen …"
Von der Flamme vernahm sie ein verständnisloses Seufzen.
„Schon mal an den Körperwandler gedacht?", schob Drag unvermittelt dazwischen. „Verwandle dich in einen Körper, der viel kräftiger und schneller ist als jetzt."
Natürlich. Das erleichterte ihr die Verwandlung.
„Aber ja", sagte Kore und stellte sich hinter eine Fotowand mit Gesichtsausschnitt, die das Motiv eines ausgewachsenen Braunbären mit seinem Dompteur zeigte. Offenbar sprach das Motiv nicht die Besucher nicht, weswegen sich dahinter gerade niemand verbarg. Das reichte Kore aus, um in Indreens Körper zu schlüpfen. Ihr ehemaliger Pfleger besaß riesige Kräfte und lief tausend Meter in Nullkommanichts. Kaum, dass sie in seiner Haut steckte, schloss sie mit ihrem Spurt rasch zu Adalmus auf.

Jener lief, ohne dass er es im Entferntesten ahnte, wer ihn da folgte, zügig aber merklich entspannter den Promenadenweg entlang. Sein Ärger legte sich etwas. Diese Mission war auch zu wichtig, um sich mit dieser kleinkarierten emotionalen Befindlichkeit herumzuschlagen. Er rechnete auch nicht mit Kores baldigem Wiedersehen und hielt sie für eine jener Frauen, denen man nur einmal im Leben begegnete und ein paar Worte tauschte. Näher wollte Adalmus auch nicht mit ihr zu tun haben. Dennoch hallte diese unverhoffte Konfrontation in seinem Lieblingsstrandlokal nach. Gerade wo er kurz vor dem Durchbruch stand, sollte so eine unverfrorene Person nicht seine Moral untergraben. Welcher Mensch auf der Welt täte nicht alles dafür seine Liebsten zu retten? Wie sähe die Welt aus, wenn nur ein jeder auf sein eigenes Wohl aus wäre? Wäre man denn glücklich, wenn man sich nur mit sich selbst herumschlug? Wo gäbe es Anerkennung? Wo gäbe es Nähe? Wo gäbe es Liebe, wenn sie nicht auf Gegenseitigkeit beruhte? Juliet täte dasselbe auch für ihn. Da war sich Adalmus sicher. Und dann kam eine solche Person wie diese Elisabeth daher und versuchte ihn einreden, dass das Leben nur für den Moment bestimmt sei. Dies hieße doch für ihn nichts anderes, als seine Juliet aufzugeben. Genau das ließ Adalmus nicht zu. Schon, weil er an seinen Erfolg glaubte. Also lenkte er seine Schritte entschlossen die Strandpromenade zum Jachthafen entlang.

In der beginnenden Abenddämmerung verwandelte sich die belebte Fußgängerzone in ein buntes Lichtermeer. Bunte Leuchtreklamen und Schilder flackerten auf, welche die Passanten auf die jeweilige Lokalität aufmerksam machten. An der geschäftigen Promenade versammelten sich Urlauber vom ganzen Globus, um am pulsierenden Nachtleben des Ortes teilzuhaben. Dort gab es Themenrestaurants, dessen Schauküchen dem vorüberflanierenden Besucher einen verführerischen Duft in die Nase trieben. Man bereitete frisch die Nahrung unter den Augen der Gäste zu, die sich wie auf einer Grillparty am reichhaltigen Büffet bedienten. Dann gab es da Bars mit den langen Theken mit einer reichhaltigen Auswahl an Getränken, die ein Nanomixer perfekt auf den Nutzer abstimmte. Gerade zur beginnenden Nacht florierten die Geschäfte dort mit ihren extravaganten Cocktails und anderen exotischen Drinks. Natürlich speiste man wesentlich preiswerter mithilfe der Nanotecgeräte, aber hier in De las Casas war es die Spezialität nur frische und naturgewachsene Zutaten für die Getränke und den Nahrungsmitteln zu verwenden. Eine Tatsache, weswegen das Ferienparadies weithin geschätzt wurde. Der Ort selbst entstand ähnlich wie das Rocky Ressort auf Anweisung des Rates und diente von Anfang an zur Entspannung und der Erholung. Sein Name ging auf Bartolomé de las Casas zurück. Einem Dominikanermönch, der sich im sechzehnten Jahrhundert nach christlicher Zeitrechnung für die Rechte der indigenen Bevölkerung Amerikas einsetzte. Eine Namensgebung für einen Ort, welche typisch für diese Zeitepoche war. Der Rat pflegte meist nur Namen zu verwenden, die entweder nichtssagend oder von Leuten handelten, die uneigennützig ihr Leben gestalteten. Zu Beginn umfasste der Ort lediglich einen kleinen Jachthafen und eine luxuriöse Feriensiedlung. Aufgrund der zunehmenden Beliebtheit genehmigte der Rat den weiteren Ausbau, welche sich in der Infrastruktur widerspiegelte. Heute ging man kilometerlang an dem weißen Sandstrand entlang, ohne das dem Besucher die Feriendomizile, die man kreativ in die Landschaft einarbeitete, je von der Seite wichen.

Aus der Ferne beobachtete Kore, wie ihr Zielobjekt vor einem Eismann mit seinem Kühlwagen stehen blieb. Er schien kurz über etwas nachzudenken. Offenbar bekam er Lust sich eine Kugel Speiseeis zu gönnen. Kore näherte sich ihm sachte in Gestalt von Indreen von hinten. Er sollte sie keinesfalls zu sehen kriegen. In ihrem Kopf raste es. Was ist als Nächstes zu tun? Wie sollte sie Adalmus leiden lassen? Doch das Handeln ihres Ziels ließ ihr kaum Zeit für eine durchdachte Entscheidung. Adalmus wandte sich an den Mann hinter dem Eistresen und bestellte sich eine große Kugel Grünteeeis. Es klingelte in ihr.

„Grünteeeis?", huschte es verdächtig über ihre Lippen. Sofort dachte sie an den Nuaventee, den Ipsy ihr ausschenkte. Die Worte Ipsys dazu klangen ihr wieder durch Kopf.

„Er entzieht allen Nichtfeen ihre Kräfte. Für kurze Zeit jedenfalls", sagte sie. Und unterrichtete Jule nicht ihren Kindern auf Atres, dass die Nuave zur Betäubung eingesetzt wurde? Sie musste eine Möglichkeit finden, das Eis unbemerkt auszutauschen. Kore blieb dazu nicht im Körper von Indreen, da der Körperwandler ihre Feenkraft einschränkte. Wegen der einsetzenden Dämmerung herrschten zu ihrem Glück an diesem Ort diffuse Lichtverhältnisse. Kore riskierte daher ihren Körper ohne Deckung zurück zu verwandeln, während Adalmus von dem Eisverkäufer sein Eis auf einer Waffel überreicht bekam und daher abgelenkt war. Just als er sich umwandte, standen sich wiederum beide Auge in Auge gegenüber. Dass es so schnell ging, überrumpelte die Fee.

„Warum verfolgen sie mich?", fuhr Adalmus sie unvermittelt an und stierte ihr argwöhnisch in die Augen.

„Wir haben nur den gleichen Weg", antwortete Kore scharf zurückblickend, während Feenstaub dabei aus ihrer linken Hand zu dem Eis schoss. Adalmus fixierte sich zu sehr auf ihre Augen, sodass er ihre Hände außer Acht ließ. Der Feenstaub traf die Eiskugel.

„Wohnen sie etwa nicht hier in De Las Casas?", zischte Adalmus ungehalten.

In Kore raste es eine Fülle von Antworten durch den Schädel. Sollte sie ihm die Wahrheit sagen? Das half nichts, denn der Doktor war fest entschlossen, nach Zyperion zurückzukehren. Das sah sie viel zu deutlich in seiner Seele. Sie kannte aber De Las Casas aus ihren früheren Reisen mit ihren Eltern. Auch hörte sie einmal von einer vorgelagerten Ferieninsel in der Nähe von Zyperion. Dort gab es auch Quartiere.

„Ich wohne auf La Laguna", entkam es ihr spontan, ohne zu wissen, auf welches Glatteis sie sich damit begab.

„So eine sind sie also?" fuhr es aus Adalmus verständlicherweise heraus und sah sich ihren Körper von oben bis unten näher an. „Das hätte ich mir fast denken können. Egal, was sie auch vorhaben. Schminken sie sich eine Liaison mit mir ab. Da haben sie keine Chance. Die Typen da interessieren mich nicht. Die machen dort aber gute Cocktails. Ich gebe ihnen einen guten Rat: Bleiben sie mir von der Pelle."

Sie wieder ignorierend schlüpfte Adalmus zügig an ihr vorbei und wandte sich wieder seinem ursprünglichen Ziel, dem Jachthafen zu. Kore sah ihm gespannt nach und hoffte, dass ihr Plan aufging, ihn zu stoppen. Sie ging ihm einige Meter langsam nach. Misstrauisch geworden wandte sich Adalmus mit dem Eis in der Hand kurz nach ihr um. Mürrisch sah er nach ihr zurück und lenkte seine Aufmerksamkeit nicht auf die Schritte, die er vorantat.

„Warum leckt er nicht dran?“, fragte Kore rätselnd, als Adalmus auch schon mit einem Skater zusammenstieß, der auf Rollen zwischen den Flanierenden die Strandpromenade entlang sauste. Offenbar ließ sein Misstrauen gegenüber Kore ihn unachtsam werden. Adalmus Eiskugel landete von der Kollision direkt im Gesicht des Skaters. Krachend fielen beide auf das harte Pflaster.

„Passen sie doch auf“, herrschte Adalmus nun ungehalten den Rollerblader an und hielt sich dabei den rechten Arm. Der Skater blieb regungslos am Boden liegen und reagierte auf nichts. Offenbar bekam er die von Kore präparierte Eiskugel mit dem Nuaventee ab.

„Oh nein“, entfuhr es Kore entsetzt. Das gehörte nicht zum Plan. Sie eilte zu ihnen hin. Schnell kniete sie sich zu dem verunfallten Skater hin und sah nach ihm. So sollte das nicht passieren.

„Haben sie sich was getan?“, stammelte sie betroffen. Es nagte in ihr, während sie dem Skater an die Wange fasste. Er trug zum Schutz einen Helm, sodass sie sein Gesicht sofort nicht sah. Mit ihrer Berührung belebte sie ihn wieder durch den Äskulap und heilte seine inneren Verletzungen. Die Fee fühlte sich nicht gut. Unbeteiligte durften nicht wegen ihres Vorhabens leiden. Ähnlich wie bei Mildred legte sie zur Wiedergutmachung etwas nach, indem sie ihm außerordentlich starke Knochen und ein ungewöhnlich scharfsinniges Gehirn verpasste. Schon bald kam er wieder zu sich.

„Ich muss kurz weg gewesen sein“, stammelte der Skater mit einem verräterischen Slang und schüttelte sich erst einmal. Die Eisreste des Grünteeeis schmolzen in seinem Gesicht. Es zerlief von der Körperwärme. „Mir geht es gut. Ich scheine mir nichts gebrochen zu haben.“

Kore erschrak. Sie erkannte diesen Tonfall sofort und sah sich nun den Rollerfahrer genauer an. Sollte das wirklich wahr sein? Seine asiatischen Züge verrieten ihr, wen sie da vor sich hatte.

„Mr. Onaka“, dachte sie unterdrückt.

„Das ist alles ihre Schuld“, fuhr Adalmus Kore wütend an, während er sich aufrichtete und sich den Schmutz von seiner Kleidung kopfte. „Warum verfolgen sie mich?“

„Ich sagte ihnen doch schon, dass ich auf La Laguna wohne. Wir haben den gleichen Weg. Sie sind mit dem armen Mann zusammengestoßen. Nicht ich.“

„Doch nur weil sie mich verfolgen. Ich verliere hier nur meine Zeit.“

Adalmus hielt sich noch immer den rechten Arm, während er sich nach seinem Isolierkoffer umsah. Der Rollerblader setzte sich auf dem Pflaster hin und nahm seinen Helm ab. Er rieb sich die Eisreste aus den Augen.

„Wie fühlen sie sich?“, fragte ihn Kore besorgt und sah kurz in seine Augen.

„Gut“, antwortete er dankend. Kore erkannte in seinem Blick große Anerkennung für ihre Fürsorge. Sie sah tief in sein Herz hinein, was sie ihn versöhnlich anlächeln lies.

„Joritomo", kam es plötzlich, als eine junge Frau ebenfalls auf Rollschuhen zu ihnen stieß. „Du bist mir einfach zu schnell. Ich glaube, wir sollten diesen Sport aufgeben. Es ist dir in letzter Zeit einfach zu viel passiert."
Sie hielt direkt vor Kore an, die sie nun sprachlos ansah. Das war Chausettes Mutter. Ihrer besten Freundin. Chausette erzählte ihr das, was sie von ihrem Vater über sie wusste und ihrem großen Bedauern sie nie selbst kennengelernt zu haben, weil sie bei ihrer Geburt starb. Sollte Kore von ihrer Tochter grüßen? Ihre Mutter würde es nicht verstehen. Die Fee lies es daher auf sich beruhen.
„Schwimmen", sagte Kore impulsiv zu ihr. „Ich glaube, dieser Sport ist wesentlich besser für sie."
„Warum nicht", antwortete Mrs. Onaka, während ihr Mann ihr nickend beipflichtete.
„Das ist eine gute Idee."
Es brannte auf Kores Oberschenkel. Drag gab ihr mit einem Funken ein deutliches Zeichen. Schon bald merkte sie warum. Adalmus schnappte sich inzwischen wieder seinen Koffer und befand sich auf dem Weg zum Hafen.
„Entschuldigen sie bitte …", sagte Kore bedauernd sich wieder auf den Weg machen zu müssen. „… aber ich muss diesen Mann mit dem Koffer einholen."
„Oh, ich verstehe", schmunzelte Chausettes Mutter verständnisvoll und rief ihr gönnend nach. „Viel Glück."
Sie eilte Adalmus nach, während sich ihre Schlussfolgerung im Strandcafé nur umso mehr verstärkte. Indem, dass sie handelte, stellte sie die Weichen für ihr späteres Schicksal. Chausettes Schwimmambitionen entsprangen diesem Zusammenstoß auf der Promenade und somit führte diese Szene letztlich auch zu ihrem Entschluss, der Mädchenschwimmstaffel auf der Akademie beizutreten.

Kore erreichte keuchend den Hafen und sah den Doktor, wie er in ein kleines Motorboot stieg. Sie verlor mit den Onakas zu viel Zeit. Adalmus Gesichtsausdruck wirkte wütender als zuvor. Unverändert hielt er sich seinen rechten Arm. Sicher empfing er sie nicht mit offenen Armen. Während sie zu ihm eilte, ging sie alle möglichen Szenarien durch, die passieren könnten. Sie musste ihn irgendwie dazu bringen, sich ihr zuzuwenden. Sie erreichte die Ablegestelle.
„Ich möchte mich bei ihnen entschuldigen", stieß Kore als letzte Hoffnung aus, ihn am Wegfahren zu hindern. Unvermittelt trat sie an ihn heran, worauf sie von Adalmus einen unversöhnlichen Blick erntete.
„Wofür?", giftete er sie an.
„Der Zusammenstoß. Sie haben da etwas mit ihrem Arm. Hoffentlich ist ihnen nichts passiert."
„Es geht schon."
„Nein. Da ist etwas mit ihrem Arm. Ich verstehe etwas von Heilkunst."
Adalmus lachte laut auf. Er glaubte, nicht recht zu hören.
„Ich auch. Schließlich bin ich Arzt. Außerdem wüsste ich nicht, wie eine Kosmologin etwas von Heilung versteht."

„Wer sagt denn, dass ich mich nur mit Planeten und Sterne befasst habe? Lassen sie mich bitte ihren Arm ansehen.“

„Sie geben keine Ruhe was? Außerdem wie wollen sie mich denn heilen? Einfach die Hand auflegen? Sie haben kein Gerät oder ein Medikit bei sich. Lassen sie es gut sein. Auf Zyperion gibt es bessere Heilapparate als in der hiesigen Klinik.“

Adalmus startete schließlich den Motor mit einem Drucksensor, während Kore unterdrückt fluchte. Nichts schien Adalmus auf die leichte Tour stoppen zu können. Was sollte sie nur tun? Während Adalmus vor ihren Augen die Leinen löste, verließ Staub Kores Hände. Er drang in den Fusionsmotor des Bootes ein. Kurz darauf drang ein verdächtiges Husten aus ihm und das leise Surren verstarb.

„Mist. So komme ich nie vor Mitternacht nach Zyperion“, schimpfte Adalmus ungehalten und versuchte erneut das Gerät mit dem Drucksensor zu starten. Natürlich ohne Erfolg, denn Kores Mechanikus setzte den Motor zuverlässig außer Dienst. Im Gesicht des Doktors machte sich Ärger breit. Diese andauernden Verzögerungen strapazierten seine Nerven sichtlich. Er suchte nach einer Lösung.

„Haben sie ein Boot?“, fragte Adalmus mürrisch Kore. Es fiel ihm sichtlich schwer, den folgenden Satz zu sagen: „Wenn sie sowieso nach La Laguna müssen, dann könnten sie mich ein Stück mit ihrem Boot mitnehmen. Zyperion liegt ja nicht weit weg davon.“

„Heißt das, dass sie meine Entschuldigung annehmen?“

Adalmus atmete tief durch. Man sah an, dass ihn die reine Not dazu zwang, das Angebot der Fee anzunehmen.

„Ja. Aber keine Liaison mit mir.“

„Bestimmt nicht“, antwortete Kore erleichtert. Vielleicht gelang es ihr ja doch, ihn zu stoppen.

Adalmus stieg von seinem Boot auf den Landungssteg zurück, während Kore ihm die Hand zur Hilfe reichte. Doch Adalmus ergriff sie nicht und gelangte ohne ihre Hilfe auf den Steg. Ein Zeichen des Misstrauens.

Kaum hatte er wieder festen Boden unter den Füßen, sah sich Kore dennoch seinen rechten Arm genauer an. Adalmus seufzte. Diese Frau gab einfach keine Ruhe. Er zog sich eine leichte Prellung von dem Zusammenstoß mit dem Skater zu. Sollte Kore dies zu ihrem Vorteil nutzen?

„Es ist etwas angeschwollen. Zum Glück kein Bruch“, entfuhr es ihr. „Wissen sie was? Ich trage ihren Koffer. So schonen sie ihren Arm.“

„Es widerstrebt mir, ihnen meinen Koffer anzuvertrauen. Sie glauben nicht an meine Vision.“

„Mag sein, aber ich nehme sie trotzdem mit nach La Laguna.“

„Wo ist ihr Boot denn? Etwa hier im Hafen?“

„Äh nein“ stammelte Kore überfahren. Daran dachte sie in ihrem Plan nicht. „Im anderen Hafen. Wir müssen nur ein kurzes Stück gehen. Das Boot ist nicht sehr groß.“

„Das war meines auch nicht."

Kaum dass beide sich auf den Weg machten, rief zu ihnen eine weibliche Stimme herüber, die der Doktor mit Freuden aufnahm.
„Hey Doktor", drang es auch durch Kores Ohr. Sie veranlasste Adalmus, wieder den Koffer an sich zu nehmen.
„Tina, Sara", rief er freudig aus. Er drehte sich zu zwei jungen adretten Damen um, die auf ihrer Minijacht in der Fahrrinne des Hafens bei ihnen Halt machten. Adalmus kannte die Beiden. Aber woher?
„Das nenne ich Glück. Mein Boot ist defekt. Könntet ihr mich mitnehmen?"
„Na klar. Wir sind sowieso auf den Weg nach La Laguna", kam es von den beiden Schiffsschönheiten wie aus einem Mund herüber. Kore musterte wiederum unterdrückt fluchend ihren unverhofften Besuch. Das Schicksal machte ihr laufend einen Strich durch die Rechnung. Die beiden Bootsfahrerrinnen waren kaum älter als sie, sportlich, gut gebaut und energiegeladen. Tina, die am Steuer stand, trug ein blaues Matrosenhemd und eine Kapitänsmütze auf dem Kopf. Kore fiel vor allem bei ihr die eher männliche Frisur der radikalgekürzten schwarzen Haare auf. Ihre Partnerin Sara hingegen nannte lockig blonde Haare ihr Eigen, die bis zu ihren Schultern reichten. An irgendjemanden erinnerte Kore jene Sara. Sie sah sie schon einmal. Aber wo bloß? Vor allem stach ihre knallig bunte Kleidung heraus, die an das bunte Gefieder eines Vogels erinnerte. Sie war eher hager und hochgewachsen. So ähnlich wie sie. Genauso wie die Person die Kore auf den Bildern sah, als ihr jüngeres Ich bei Adalmus...
„Ich brauche ihre Hilfe nicht mehr. Mrs. Conners. Meine zwei Grazien werden mich nach Zyperion bringen", unterbrach Adalmus Kores Gedankengang. Tina warf ihm mit einem Augenzwinkern die Leine zu. Um sie zu fangen, stellte Adalmus den Koffer auf dem Bootssteg ab. In Kore raste der Kopf. Was sollte sie tun? Adalmus brauchte den Koffer ganz dringend. Die Gelegenheit war günstig ihn einfach zu stehlen oder ihn verschwinden zu lassen. Aber irgendwie konnte sie das nicht. Zu groß war der Gerechtigkeitssinn in ihr, der ihr das verbat. Sie konnte nicht anders, als ihn stehen zu lassen, was aber nicht hieß, untätig zu bleiben. In ihr funkte eine verwegene Idee, die sie in den Staub legte, der nun ihre Finger verließ. Er nebelte den Koffer ein. Inständig hoffte sie, die richtige Entscheidung getroffen zu haben. Dennoch herrschte weiteres Unbehagen in ihr fort. Die Ereignisse der letzten Minuten trugen erheblich dazu bei, ihre ursprüngliche Strategie zu ändern.
„Ich hätte eine bescheidene Frage", warf Kore plötzlich zu den beiden Bootsführerinnen hinüber. „Könntet ihr mich nach La Laguna mitnehmen?"
„Ich dachte, sie hätten ein Boot?", fragte Adalmus überrascht.
„So geht es schneller für mich."
„Na meinetwegen", antwortete Tina grinsend. „Willkommen an Bord. Wir sollten zusehen, dass wir hier wegkommen. Ich will nicht in die Regenfront kommen, die das Wetterportal für heute Nacht angekündigt hat."

Nun half Kore Adalmus, mit der Leine das Boot zu sich an den Steg heranzuziehen. Schließlich stiegen beide auf das Deck.

„Ich bin Tina, das ist meine Schwester Sara", stellte sich die Dame mit der Kapitänsmütze vor. Erst als Kore ihnen näher kam, fiel ihr ein Anhänger um ihren Hals auf, dessen Emblem bisher im Hemd verborgen lag.

„Ich bin Elisabeth", stellte sich Kore mit einem Blick in ihre Augen vor.

„Toll", entfuhr es ihr begeistert. „Ich werde dich Lisa nennen. Kurz und bündig."

„Hallo Lisa", grüßte Sara sie freudig und umarmte ihre neue Bootinsassin herzlich zur Begrüßung. Kore bemerkte auch bei ihr einen Anhänger um den Hals, sah aber das Emblem nicht. Saras Blick fiel auf ihre Laterne.

„Warum nimmst du dieses klobige Ding mit?"

„Sie ist mein Glücksbringer", antwortete Kore wohlwissend, dass dies eine weitere Frage nach sich zog.

„Ein ziemlich ungewöhnlicher Glücksbringer. Feuer an Bord ist nicht gut."

„Vertraut mir. Bisher half er mir immer in brenzligen Situationen."

„Du siehst mir fast ähnlich", bemerkte Sara verblüfft und tastete Kore mit ihren Blicken genauer ab. „Wir haben fast die gleiche Größe und den Körperbau. Auch unsere Haare sind beinahe identisch ..."

„Aber ja. Die Frau auf dem Bild in Adalmus Wohnung. Warum will das Schicksal, dass ich das weis?", dachte Kore bei sich im Stillen. Auf was lief das schon wieder hinaus?

„Wir beeilen uns besser", warf Tina in ihr Gespräch dazwischen und unterbrach Kore in ihren Gedanken. Adalmus setzte sich für die rasante Fahrt hin und hielt sich fest.

„In der Ferne ziehen schon die Wolken der Wetterfront auf. Es konnte schon in einer Stunde regnen."

Sara zog ihr Universalboard hervor und zeigte ihnen auf seinem großen Display ein Satellitenbild, auf dem sich ihnen eine große Wolkenfront näherte.

„Da möchte ich jedenfalls nicht reinkommen. Wenn wir uns beeilen, erreichen wir La Laguna rechtzeitig."

Kapitel 5

Tina und Sara

Kore setzte sich neben Adalmus, was dieser nur beiläufig mit einem Nicken quittierte. Tina ging wieder an das Steuerrad zurück und setzte mit einem Wisch über den Sensor den Fusionsmotor in Gang. Zügig fuhren die Vier durch das Hafenbecken und schließlich auf das offene Meer hinaus. Die Wellen gingen wegen der bevorstehenden Regenfront etwas stärker und vor allem höher. Sie peitschten nach einer Weile nur so über das Deck und besprühten Kore und Adalmus fein mit Meerwasser. Der Fahrtwind ließen die längeren Haare von Sara und Kore aufwallen.

„Ihr Glücksbringer …", spottete Adalmus über die Lampe, während er sich an einen Haltegriff klammerte. Seinen Koffer klemmte er zwischen seine Beine fest. „Es gibt Leute, die haben eine Hasenpfote oder ein vierblättriges Kleeblatt. Sie aber schleppen eine klobige Lampe mit. Warum halten sie so vehement daran fest?"

„Ich glaube, das beruht auf Gegenseitigkeit", konterte Kore zurück. „Was ihnen ihr Koffer ist, das ist meine Lampe."

„Bei mir geht es um Leben und Tod."

„Bei mir auch."

„Bei dem Wetter brauchen wir wirklich Glück. Ich wollte vor Mitternacht auf Zyperion ankommen."

„Das will ich doch schwer hoffen", murmelte Kore unterdrückt, während ein feiner Staubregen aus ihrem Finger in die Richtung der Wetterfront ging.

„Der Wind wird stärker", rief Tina ihnen zu. „Vielleicht solltet ihr sicherheitshalber unter Deck gehen …"

Plötzlich lies der Wind nach und der Seegang beruhigte sich. Das Boot fuhr nun wesentlich ruhiger durch die abflauenden Wellen. Sara starrte irritiert auf ihr Universalboard. Es sah vorhin stark nach einem Regenschauer aus. Die Wolkenfront löste sich tatsächlich auf.

„Das ist ja …", meinte sie verdattert. „So etwas habe ich noch nie erlebt. Ich fahre schon, seit ich Fünf bin, auf dem Meer herum, aber das …"

„Glück muss man haben", antwortete Kore mit Genugtuung auf ihre Laterne starrend. Auch Tina blickte überrascht drein und gab erst einmal ordentlich Gas. Ihr Boot beschleunigte sich wieder deutlich.

„Auch recht. Na dann …", meinte sie kurzerhand. „… wird das mit ihrem Zeitplan ja doch was, Doktor."

Doch da setzte mit einem leicht dröhnenden Geräusch der Fusionsmotor aus. Die vier Bootsfahrer spürten keinen Schub mehr von der Maschine. Schon bald glitten sie nur noch von der Restenergie getrieben über die sanften Wellen des mittlerweile beruhigten Ozeans. Ein leichter schwarzer Qualm drang anstatt dessen durch ihre Nasen, der aus dem hinteren Bereich des Bootes kam.

„Och Mist", schimpfte Tina und rückte ihre Mütze zurecht. Sie stapfte missmutig zum Motor im Heck des Bootes. Von dort drang der verräterische Rauch unter einer Haube heraus.

„Glücksbringer", spottete Adalmus wieder über Kores Lampe. „Dass ich nicht lache."

Kore grollte. Sie stand auf und ging zu Tina, die mittlerweile die Abdeckung zum Fusionsmotor entfernte. Sie wedelte mit ihrer Kapitänsmütze den Rauch zur Seite. „Die zwei Zünder sind durchgebrannt. Wir müssen Hilfe holen, wenn wir nicht rudern wollen", meinte sie mit einem kurzen Blick auf den Schaden. „Wenigstens ist die See ruhig."

Sie sah bedauernd zu Kores Gesicht hoch, deren Mine sich nicht regte. Vielmehr verließ ein kurzer Staubschwall ihre Hände.

„Sieh noch einmal hin", sagte sie.

„Du kannst mir das glauben. Ich kenne mich da aus. Die Zünder sind zerschmort ...", unterstrich Tina abermals, als sie ihren Blick wieder auf den Motor warf, doch plötzlich stockte ihr das Wort im Mund. Sie glaubte, zu träumen.

„Das gibt's doch nicht."

„Was ist?", fragte Sara, als sie von hinten neugierig geworden zu ihnen stieß.

„Äh, nichts", sagte Tina abwürgend über die seltsamen Dinge nachdenkend, die hier vorgingen. Sie schloss rasch die Motorhaube. „Ich glaube, wir fahren einfach weiter."

Tina grinste mit einer aufgesetzten Mine und begab sich wieder ans Steuer des Bootes. Sie startete den Motor anstandslos, während sich Kore erneut mit einem gefälligen Lächeln zu Adalmus setzte.

„Was war denn los?"

„Nichts", antwortete Kore möglichst gelassen. Doch in der Fee kochte es empfindlich. Weitere solche Pannen und die Drei glaubten nicht mehr an einen bloßen Zufall. Wie könnte sie dann den Schein einer normalen jungen Frau wahren?

Das Boot gewann wieder deutlich an Fahrt und jagte über die mittlerweile ruhige See. Die Sonne verschwand nun vollständig hinter dem Horizont. Ihre letzten Strahlen erlaubten immerhin einen dämmrigen Blick über das Meer. In der Ferne erkannten sie ein paar Lichter.

„Ist das da vorne La Laguna?", fragte Kore auf die Lichter neugierig geworden.

„Ich schau nach", antwortete Sara holte ein digitales Fernrohr mit Nachtsichtfunktion hervor. Sie blickte zu den Lichtern in der beginnenden Dunkelheit.

„Ja. Da vorn ist La Laguna", sagte sie zufrieden. „Wir sind bald da. Halt ..." rief sie unversehens und mit einem Auge ins Fernrohr linsend. „Da. Vor uns treibt

irgendwas im Wasser. Wir sollten uns das näher ansehen, Tina. Werde langsamer. Vielleicht braucht jemand unsere Hilfe.“
Kore atmete tief durch. Was geschah noch alles auf ihrer Fahrt nach Zyperion? Sie stand auf und sah sich den im Wasser treibenden Gegenstand näher an, den sie direkt mit dem Boot ansteuerten. Die Restenergie trieb sie genau auf das Treibgut zu. Es war eine leckgeschlagene Barke. Nur unmerklich hielt es sich knapp über der Wasseroberfläche und war in der Dunkelheit kaum zu sehen.
„Uff“, meinte Tina erleichtert und gesellte sich anerkennend zu Kore. „Wenn du nicht gewesen wärst, hätten wir es glatt gerammt. Du bringst uns wirklich Glück mit deiner Lampe.“
Kore verkniff sich jeden Kommentar.
„Da ist niemand in der Nähe“, merkte Sara an. Sie zückte eine Taschenlampe. „Ich sollte nachsehen, ob nicht jemand drunter eingeklemmt ist.“

Sie sprang kurzerhand ins Wasser. Tina schaltete unversehens die Bordleuchten für eine bessere Sicht ein.
„Seid ihr sicher, ob da jemand drunter ist?“, fragte Kore skeptisch. Auch Adalmus stand auf, um Sara bei ihrer Suche zu beobachten. Doch just fielen die Bordleuchten aus. Auch das leise Tuckern des Fusionsmotors würgte sich urplötzlich ab. Nur Kores Glücksbringer glimmte schwach vor sich hin.
„Was soll das?“ fragte Kore irritiert. Sie versuchte mit ihrem Staub die Bordlichter wieder anzumachen, doch Fehlanzeige. Irgendetwas blockierte ihre Kraft. Unmerklich hörten sie etwas näher kommen. Es glitt fast lautlos über dem Wasser und hielt direkt über ihnen an. Es klackte verdächtig am Oberdeck des Bootes. So als ob Metallbeine auf seiner Oberfläche aufsetzten und sie zerkratzten.
„Doktor“, hörte Kore plötzlich dumpf. Sie erschrak und drehte sich nach der Stimme um. Es war Mc Leary. Sie war ihm so nahe und konnte nichts tun. Offenbar nutzten die Menegerit ihre Sicherheitstechnik, um alle anderen technischen Einflüsse auszuschalten. Sie setzten damit ihre Feenkraft matt.
„Oh äh. Hallo Leary“, haspelte Adalmus überrascht. „Es ist noch gar nicht Mitternacht. Ich war unterwegs zu ihnen.“
„Nicht schlimm. Ich dachte, ich komme ihnen entgegen und kürze ihren Weg ab.“
„Ja, das ist besser. Tina, ich glaube sie brauchen mich nicht mehr mitnehmen. Ich danke euch, dass ihr mich soweit gefahren habt. Ich gehe jetzt mit meinem Freund hier weiter.“
„Äh, ja“, haspelte Tina überrascht vom Auftritt des Menegerit. Auch ihr Taschenreflektor funktionierte nicht. Nur Kores Laterne erlaubte einen schemenhaften Blick. Über ihnen wurde ein kreisrunder Lichtkegel sichtbar, der direkt auf den Doktor traf. Es hob ihn flugs in die Höhe. Just verschwand er wie Mc Leary geradezu geisterhaft in der Dunkelheit, dem ein leises Surren folgte. Kaum verklang dies, gingen die Bordlampen wieder an und gaben die Sicht der beginnenden Nacht zurück. Kore blickte schluckend auf die bleich gewordene

Tina. Sie zog ihre Mütze vom Kopf und war starr vor Schreck. Kore sah nun aber, dass ihr Anhänger frei auf ihrer Brust hing. Es war ein Auge mit sieben Strahlen. Das Zeichen der Ors.

„Lisa. Hast du das gesehen“, fragte sie verstört.

„Ja. Ich meine eher nicht. Es war ja so dunkel.“

Sara tauchte inzwischen aus dem Wasser wieder auf.

„Da ist zum Glück niemand“, rief sie und kletterte an der Leine wieder an Bord.

„Die Spinnenwesen“, rief Tina. „Sie nahmen den Doktor mit.“

Kore sah auch bei ihr den Anhänger auf der Brust. Es tickte in ihr.

„Kennt ihr sie?“, fragte sie sie daher unversehens.

„Wir hörten von ihnen, wussten aber nicht wie sie aussehen“, antwortete Tina überrascht.

„Und woher kennt ihr Adalmus?“

„Wir nennen ihn nur den Doktor. Der kommt öfters nach La Laguna und hebt dort einen an der Bar.“

„Der Doktor ist ein seltsamer Vogel. Er sieht ja richtig gut aus und so manche von uns schliefen bestimmt mit ihm, aber der hat nur seine Juliet im Kopf.“

„Seine Frau.“

„Du kennst sie?“

„Nicht wirklich“, antwortete Kore. „Was tut er eigentlich auf Zyperion?“

„Er forscht dort seit einigen Jahren an ein Gegenmittel für den Infinityvirus. Wir wissen nicht, ob er Erfolg hatte. Er sagte immer, dass er kurz vor dem Durchbruch steht. Woher kennst du eigentlich den Doktor?“

„Wir hatten ein flüchtiges Treffen“, wich Kore ihr misstrauisch aus. Sie bekam das Gefühl nicht los, dass hier irgendetwas nicht stimmte und die Beiden ihr nicht die ganze Wahrheit sagten. Eigentlich nicht sagen konnten, denn ihr Blick in ihre Herzen offenbarte, dass Tina und Sara es zwar faustdick hinter den Ohren hatten, aber eigentlich eher nur Mitläufer der Ors waren. Nicht wirklich fanatisiert. Sondern eher neugierig und experimentierfreudig, was auch ihren sexuellen Neigungen entsprach. Kore ahnte, dass dies jetzt zum Stolperstein für sie werden konnte.

„Du wohnst auch auf La Laguna?“, hakte Sara daher interessiert nach. Sie verfolgte einen bestimmten Gedanken dabei. Ihr begehrlicher Blick verriet das.

„Ja“, antwortete Kore. Sie fühlte, dass die Situation nun unangenehm für sie wurde.

„Ich frag mich nur, warum ich dich bisher nicht auf der Insel sah. Wir wohnen dort schon seit ein paar Wochen.“

Kore ging gerade etwas anderes durch den Kopf. Sie kramte erneut in ihren Erinnerungen aus der Kindheit und kannte das große Rätsel von La Laguna. Als sie mit ihren Eltern in De las Casas weilte, hörte sie von einer Legende, die von einem kargen Felsen vor der Küste handelte. Er trug diesen Namen. Demnach war es früher eine reine Lustinsel, auf der keine Wünsche offen blieben. Die Leute, die sich auf diesem Eiland einquartierten, waren auf sexuelle Abenteuer verschiedenster Art aus. Sie feierten dort in auserwählten Kreisen ausschweifende Orgien. Man munkelte sogar von Blutritualen, was aber nie bewiesen wurde. Doch in einer sturmlosen klaren Nacht verschwand diese Insel mit all ihren Bewohnern. Seither blieb jener nackte Fels zurück, der sich mit dem Namen La Laguna weiter durch die Zeit trug. Eine eingehende Untersuchung des Vorfalls seitens der Stadtverwaltung wurde vom Rat unterbunden. So blieb das Rätsel ihres Untergangs ungeklärt. Aber jetzt erahnte Kore, dass dieses Verschwinden mit ihrem Erscheinen in engem Zusammenhang stand. Ein weiteres Bruchstück, das ihr das Schicksal zuschob. Aber wozu?

„Kein Wunder. Ich habe mich auch erst vor ein paar Stunden dort einquartiert", antwortete Kore kurzerhand. Die Ereignisse gaben ihr keine Zeit, darüber einen klaren Gedanken zu fassen. Sie musste schnell handeln.

Sara holte flugs ihr Satellitenboard hervor und schaltete sich auf den Belegungsplan der Insel auf. Kore schickte reflexartig ihren Staub auf das Tablett. Sie wusste, was Sara damit vorhatte.

„Elisabeth heißt du und weiter ..."

„Conners", sagte Kore entschieden.

„Oh, da bist du ja", antwortete Sara erhellend und mit einer gewissen Vorfreude. „Du wohnst im Lesbian King. Genau wie wir."

„Häh?"

Das beabsichtigte Kore nicht. Da sie keine Details von La Laguna kannte, ja kennen konnte, wies sie ihrem Staub an, sich in irgendeiner Unterkunft mit ihren Tarnnamen einzuquartieren.

„Geil", sagte Tina begeistert und klatschte ihr wie zur Prüfung auf den Po. „Eine Neue. Dich können wir gleich ordentlich einweisen. Du siehst sehr ansprechend aus. Hast festes Fleisch."

„Au, ja", kicherte Sara und näherte sich Tina mit eindeutiger Intimität. „Eigentlich könnten wir hier schon mal an Bord uns vorab näher kennenlernen, aber zuvor muss unbedingt das Ankunftsritual auf La Laguna abgehalten werden. Tina. Fahr uns an den Steg. Ich gebe schon mal den anderen Bescheid."

Kore wusste nicht, wie ihr geschah. War es wirklich eine so gute Entscheidung in ihrem Spiel mitzumachen? Sie besuchte nie eine Lustinsel und wusste daher auch nicht, was da so vor sich ging. Ihre Freundinnen hätten das wahrscheinlich super gefunden, aber Kore kam sich sehr unpassend dazu vor. Als Fee verspürte sie nicht den lustvollen Drang der Menschenkinder. Das war ihr fremd. Tina setzte das Boot wieder in Bewegung, während Sara ihr wohlwollend zu zwinkerte und es nicht ließ, sich Kore intimer anzunähern. Sie setzte sich neben sie und hielt ihr das Computerboard unter die Nase. Auf ihr zeigte sich eine digitale Übersichtskarte der Insel. Sie gestaltete sich wie ein riesiger Park mit Palmen und Lustschlösschen. Kore überflog die Bezeichnungen der einzelnen Bauten, die in der Tat keinen Zweifel für ihre Verwendung ließen. Der „Lesbian King", war nur eine von den vielen Unterkünften. Ihr fiel allerdings auf, dass es einen zentralen Platz gab, der wie ein Megalithkreis angeordnet war.

„Was ist das da?“ fragte sie daher Sara und deutete auf diesen Ort. Sie glaubte, da so etwas wie einen Altar zu erkennen.

„Das ist das Allerheiligste. Unser Ritualstein, wenn man so will.“

„Oh.“

„Ich liebe Mädels“, schwärmte Sara begeistert, ohne weiter auf die Bedeutung der zentralen Anlage einzugehen. „Ich konnte nie mit Jungs, obwohl auf der Insel ein paar wirklich stattliche Typen rumlaufen.“

Kore nahm sich nun vor, ihr Gespräch möglichst knapp zu halten. Sie wollte Sara keine Angriffsfläche bieten und schon gar nicht einen Vorwand mit ihren Händen an ihrem Körper herumzufummeln.

„Hast du es denn nie mit welchen versucht?“, fragte sie daher weiter, auch um Zeit zu gewinnen.

„Ja, aber die hielten nicht lange durch. Die brachten mich nie zum Kommen. Außerdem spielen die sich hinterher immer so auf. Hielten sich immer für den Größten. Meinten dann mich beschützen zu müssen und haben sich sogar mit anderen wegen mir geprügelt. Lächerlich. Ich kann auf mich selbst aufpassen. Bin ja ein großes Mädchen. Außerdem hab ich Kampfkunst gelernt und bin fit wie ein Turnschuh. Wenn man so was nicht kann, dann sollte man auch gar nicht auf eine Lustinsel fahren. Kannst du auch eine Verteidigungstechnik?“

Jetzt hieß es aufpassen. Die Frage von Sara war ja gar nicht so falsch. Schon aus Sicherheitsgründen. Kore wusste von der Symbolik und der Bedeutung des Schmucks, den Sara und Tina um den Hals trugen. Ihre Erfahrung mit den Ors tat den Rest dazu. Also antwortete sie ihr: „Leider nein. Ich verlasse mich voll und ganz auf meinen Glücksbringer.“

„Verstehe“, schmunzelte Sara mit einem Blick auf die vor sich hinglimmende Lampe. Kore merkte, sie fraß ihre gekonnt gestellte Finte wie gewünscht.

„Und Tina?“, schob sie unversehens nach. Schon alleine, um von sich abzulenken.

„Die ist toll. Du solltest sie in Aktion sehen. Die zerlegte mal einen aufdringlichen Burschen derart, dass er hinterher in eine Hutschachtel gepasst hätte. Als ihm dann welche zu Hilfe geeilt sind, nahm sie die gleich mit. Meine Güte, was sind die gerannt. Ich hab das alles gefilmt. Aber weil das auf der Lustinsel geschah, durfte ich das nicht öffentlich machen. Wenn dir da etwas zustößt, kannst du den Klageweg vergessen.“

Davon hörte Kore auf der Akademie in der Rechtskundevorlesung. Lustinseln gehörten zu den Orten, die auf eigenes Risiko betreten wurden. Das hieß, dass hier kein Rechtsanspruch erwuchs und Klagen wegen Misshandlungen oder Eigentumsdelikten als aussichtslos galten. Schon aus diesem Grund blieb ihnen ein breiteres Besucherspektrum fern.

„Wir kennen uns schon seit einigen Jahren“, erzählte Sara weiter. „Wir wissen, was uns gefällt, was nicht heißt, dass wir es nicht auch einmal mit einem Dreier versuchen. Du gefällst mir schon jetzt“, meinte sie zuzwinkernd.

„Wieso?“, fragte Kore.

„Du siehst so unschuldig wie ein Engel aus“, antwortete Sara schwärmerisch und linste ihr lüstern in die Augen. „Wie ein schmucker Brillant. Sauber eingefasst in Silber. Wenn du bei uns bleibst, bist du sicher.“

„Danke“, meinte Kore unvorsichtig.

„Dann heißt das also ja. Wunderbar. Hast du schon mal geküsst? Ich meine ein Mädel. Nicht einen der Jungs?“, fragte sie mit geradezu aufforderndem Blick. Eine gewisse Lüsternheit und Verlangen zeigte sich darin, als zum Glück die Stimme Tinas zu Kores Erleichterung dazwischen ging.

„Nein Sara. Jetzt nicht. Erst das Ritual. Dann meinetwegen. Du kennst die Regeln auf La Laguna.“

„Och“, meinte Sara enttäuscht. „Dabei hätte ich so gerne genascht.“

Tina ließ das unkommentiert, da ihr Boot den Landungssteg von La Laguna fast erreichte und schon wenig später an Land der Insel gingen. Da Sara ihre Ankunft mit dem Board bekannt machte, warteten dort schon drei braungebrannte Jungs auf sie. Gemäß Saras Beschreibung waren sie alle verdächtig gut gebaut. Auch sie trugen diese Anhänger um ihren Hals. Kore ahnte, dass sie sich nun direkt in die Höhle des Löwen begab. Was taten so viele Ors hier auf der Insel? Hatte dies etwas mit den Vorgängen auf Zyperion zu tun? Dies galt, es herauszufinden. Dazu war es vielleicht besser Tina und Sara weiter auszuquetschen. Beflissen halfen ihnen die Schönlinge von Bord.

„Endlich da“, seufzte Sara erlöst und stieg mithilfe der kessen Männer aus dem Boot hinaus. Mit Schwung holten sie ihre zwei Bootskameradinnen auf den Steg. Tina landete dabei direkt in den Armen eines Muskelprotzes, der sie hingebungsvoll mit seinem Bizeps aus dem Boot hob. Sie genoss es richtig. Seine Hände fuhren begierig dabei über ihren Körper und Kore erkannte sofort, dass man auf La Laguna so etwas wie eine Intimsphäre und Persönlichkeitsrechte hinten anstellte. Sara hingegen verbat sich eine so intime Begrüßung und ging, kaum dass ihre Füße den Steg berührten auf Distanz zu ihren Helfern. Kore gewann darum von Tina den Eindruck, dass sie durchaus mal beim anderen Geschlecht vorbei schaute. Sie nutzte die Ablenkung, die die Aufmerksamkeit der Männer auf Tina und Sara lenkte, um mit ihrer Lampe leicht wie eine Feder auf den Landungssteg zu springen. Erst dann nahm sie die Insel näher in Augenschein, soweit sie aufgrund der beginnenden Nacht etwas erspähte.

Wie sie bereits auf dem Board von Sara erkannte, handelte es sich um La Laguna um eine reine Palmeninsel. Es gab keine nennenswerte Erhebung auf ihr. Am Landungskai dümpelten mehrere Minijachten vor sich hin. Sie verrieten, dass deren Eigner doch über ordentliche Einkommen verfügten. Am Uferweg zweigten sich mehrere Wege in verschiedene Richtungen in das Inselinnere ab. Kore machte sich mit ihrem Glücksbringer in der Hand daran, Tina und Sara auf ihrem Weg ins Inselinnere zu folgen. Dabei stieß Tina auf ein kleines Gespräch zu ihr, während sich die drei Burschen am Landungskai um ihr Boot kümmerten.

„Jungs sind schon toll. Ab und zu brauche schon mal nen harten Kerl. Dann kriegt man ein paar Gefälligkeiten wie diese hier", schwärmte Tina Kore ungehemmt vor. „Aber um richtig zu kommen, brauche ich einfach die Mädels. Die sind viel geschickter darin. Sara und ich sind immer auf einen Neuzugang aus. Du gefällst mir. So unschuldig. So unberührt."

„Ja, sie gefällt mir gut ...", meine Sara Kores Figur anerkennend musternd und hätte ihr am liebsten nochmals in den Po wie vorhin gekniffen. „... aber zuvor gibt es da die Prüfung. Da muss jede von uns durch. Erst dann wird es was mit uns."

„Die Prüfung?", horchte Kore interessiert auf. „Eine Art Eignungstest?"

„Nein, nicht die Art von Prüfung. Es ist eine Gesundheitsprüfung. Weist du, keine von uns will sich da was einhandeln. So was zu kurieren ist verdammt lästig."

„Ich verstehe."

„Welche Erfahrungen hast du bereits gesammelt?", schob Tina nach.

„Na ja. Ich hab schon mal einen Dreier gemacht", gestand Kore und versuchte sich deren Sprachgebrauch zur Tarnung anzueignen. „War auch irgendwie geil."

„Was? Nur einen Dreier? Sonst nichts weiter? Macht nichts, wir bringen dir schon mehr bei."

Kores Aufmerksamkeit lag gerade nicht auf dem Gesprächsthema, das ihre Bordkameradinnen verfolgten. Vielmehr erwuchs ihr großes Unbehagen, als sie überall bei den Männern auf der Insel die gleichen Orsembleme baumeln sah. Die Kerle schienen sich alle nichts dabei zu denken, mit was sie sich da schmückten. Gerade das beunruhigte die Fee am aller Meisten. Gerade ihre unschuldige Ausstrahlung schien auf sie großen Eindruck zu machen. Sie kam ihnen vor wie ein Engel, der vom Himmel herabstieg, denn Kores Schönheit lies aus ihren Mündern bewundernswerte Pfiffe gleiten.

„Nicht anfassen oder ihr bekommt eine von uns übergebrannt", verteidigten Tina und Sara ihren neuen Fang. So gesehen war es Kore wiederum ganz recht, sich den beiden Mädels angeschlossen zu haben. Die Männer machten ein verdutztes aber respektierendes Gesicht. Vielleicht lag es auch an den Erfahrungen mit ihnen, oder sie liebten temperamentvolle Frauen, die viel schwieriger zu erobern waren und somit eine echte Herausforderung darstellten. Sie ließen Kore ungehindert durch ihre Reihen passieren, ohne sie mit Fragen zu ihrer Zurückhaltung zu behelligen. Mit einem unguten Gefühl näherte sie sich jenem rätselhaften Megalithkreis der Insel. Ihre Blicke beobachteten genau die Personen, die mit ihr auf dem Kai unterwegs waren. Drag machte mit einem Wärmeimpuls auf sich aufmerksam. Kore hob daher möglichst unverdächtig ihre Lampe hoch.

„Pst, ist dir was aufgefallen?", flüsterte Drag leise zu ihr, als er ihrem Ohr nah genug war. Während der Fahrt hörte er aufmerksam zu und machte sich seine eigenen Gedanken zu den Vorkommnissen. In dem Trubel hörte man ihn ohnehin nicht, sodass sie unbeobachtet einige Worte miteinander wechselten.

„Dass wir von Ors umgeben sind?", bemerkte Kore fragend aus dem Mundwinkel heraus.

„Ja, und was noch? Etwas sehr Wichtiges."

„Dass wir in großer Gefahr sind", flüsterte Kore zurück. Sie hielt sich die Hand vor den Mund, ehe sie weiter darauf einging. „Dass es so ähnlich abläuft, hab ich mir schon vorgestellt. Genau das beunruhigt mich sehr."

„Wir müssen von ihnen weg kommen."

„Ja, ich weis. Das hier wird nicht gut enden."

„Apropos Enden. Was hast du mit dem Koffer gemacht?"

Kore wusste, dass Drag den Isolierkoffer des Doktors meinte.

„Gepokert", antwortete sie leise.

„Was?"

Kore ging nicht mehr darauf ein, da sie womöglich von ihren Begleiterinnen dabei gehört wurde. Sie machten sich bereit, ihr Einzelheiten des Megalithkreises der Insel zu erklären. Sie hatten ihn fast erreicht.

„Das hier ist ein heiliger Ort für uns", sagte Sara begeistert. „Die Steine stehen für die Kräfte der Natur."

„Gottheiten", übersetzte Kore für sie im Geiste. Sie sah in ihrem Herzen, was sie eigentlich meinte. Indem, dass sie die Natur vorschob, versuchte sie von der wahren Bedeutung des Okkulten jenes Ortes abzulenken.

„Sie sollen auf den Neuzugang eingehen …"

„… die Kontrolle übernehmen …", übersetzte Kore.

„… ihn erfüllen …", führte Sara weiter aus.

„… ihn gefügig machen …", übersetzte Kore wieder im Geiste.

„… und ihn mit ihrer Kraft nach Außen segnen."

„… ihn im Sinne der Ors handeln lassen", schloss Kore gedanklich ab.

Ihr stand ein Aufnahmeritual bei den Ors bevor. Das war es, was sich hier anbahnte. Am Altar wartete bereits jemand mit einem breiten Grinsen auf sie. Eine dralle Frau mit krausem Haar und üppigen Busen. Ihr Äußeres sollte offenbar die Fruchtbarkeit symbolisieren. Es fehlte nur das Blutritual. Sie band sich einen weißen Schurz um und freute sich gewisserweise auf ihren Neuzugang. In ihrem Mund hing eine lange Zigarette, die wie ein Räucherstäbchen vor sich hinglimmte. Seltsamerweise kamen immer mehr Jünger auf den Platz. Dies war eher die richtige Bezeichnung der hier Anwesenden. Sie versammelten sich im Halbkreis um den Altar, der eher wie eine Schlachtbank anmutete.

„Ah willkommen auf La Laguna", begrüßte die füllige Frau Kore herzlich und drückte sie erst einmal fest zur Begrüßung an sich. Kore kam sich vor, zwischen ihren üppigen Brüsten zu versinken. Sie verlor dabei etwas Asche von ihrer Zigarette.

„Ich bin Mama Hannah. Die Gesundheitsbeauftragte hier. Und du? Wie dürfen wir dich nennen?“

Das Wort Gesundheitsbeauftragte klang angesichts der Zigarette wie ein Witz. Kore wusste sofort, dass sie die Hohepriesterin des Kults vor sich hatte.

„Lisa“, sagte Kore etwas unwohl, als sie dabei in Hannahs Augen sah. Es verhieß nichts Gutes, was sie darin erkannte. Sie fand sich bestätigt.

„Warum dieser Aufwand wegen einer Neuen?“

„Es ist wie eine Zeremonie, ein Aufnahmeritus. Du legst dich nackt auf den Begrüßungsstein, während ich dir einen Abstrich nehme.“

„Einen Abstrich“ dachte Kore bei sich. „Ja klar“

„Warum in aller Öffentlichkeit?“

Hannah fing zu lachen an. Kore verstand das nicht.

„Du bist auf La Laguna. Da ist jede öffentlich, wenn man so will. Bei den Männern machen wir sogar eine Spermaprobe, dass es nur so rausspritzt.“

„Ach“, entkam es Kore, als sie direkt vor dem Stein anlangte.

„Ich kenne mich bestens mit Frauenheilkunde aus. Wer hier auf La Laguna seine Zeit verbringt, der muss kerngesund sein. Das versteht sich von selbst. Also, wenn du hier deinen Spaß haben willst, tust du das besser. Wenn nicht, dann war es das für dich hier und du musst deine Erfahrungen wo anders machen“, sagte Hannah grinsend.

Kore stellte die Lampe auf dem Steinblock ab. Bot Hannah ihr tatsächlich einen glimpflichen Ausweg aus dieser auf die Spitze getriebenen Situation an? Kore haderte mit sich.

„Pst, Kore“, wisperte Drag warnend zu ihr hoch. Kore hörte ihn nicht.

In diesem Moment tauchte eine weitere Schar der kräftigen Burschen auf. Sie schienen sich jetzt zahlreich genug zu halten, Kore im Falle eines Fluchtversuches einzufangen.

„So meine Lieben, jetzt werden wir herausfinden, ob unsere Neue rein ist, sagte Hannah und stülpte sich einen Latexhandschuh über ihre Hände.

Kore spürte einen Funken von Drag aus der Lampe auf ihrem Oberschenkel. Sie unterdrückte den Schmerzimpuls. Drag wollte ihr damit irgendetwas sagen.

„Kann ich mich vorher irgendwo frisch machen?“, fragte Kore, um Zeit zu gewinnen. Vielleicht ließ sich so das Prozedere taktvoll verschieben. Es wäre nun gut, sich ungesehen mit Drag auszutauschen.

„Dauert ja nicht lange“ sagte Hannah.

„Ich müsste dringend mal“, setzte Kore drängend nach und hoffte, dass ihr Trick wie in der Bar zum Stern funktionierte. Doch die Sexisten machten ihr einen ordentlichen Strich durch die Rechnung.

„Was? Sie muss mal?“, jauchzte Hannah begeistert und zog genüsslich an ihrer Zigarette, sodass die Glut darin deutlich aufleuchtete. Sie blies einen kunstvollen Ring in die Luft, welcher sich schummrig ausweitete. Sie legte die Zigarette in einen Messingbecher ab, der hinter ihr stand.

„Viele der Jungs sehen gerne urinierenden Frauen zu. Vor allem einer so jungen Hübschen wie dir. Es heißt, dass dein Urin verjüngende Kraft hat. Stell dich am besten dazu auf den Begrüßungsstein. Beglücke uns mit einem strengen scharfen Strahl aus deinem Inneren. Dann werden sogar einige der Jungs mit deinem edlen Körpersaft ihre Kehle gurgeln. Sie werden dann nur so sprühen vor Kraft.“

Kore warf einen drängenden Blick zu ihrer Laterne, doch dort glimmte Drags Feuer nicht mehr. Vielmehr sah sie von der Lampe eine Brandspur weggehen. Sie führte quer über das Pflaster zu dem Messingbecher mit Hannahs Zigarette. Drag verließ seine Position. Warum? Was hatte er vor? Hannah holte einen Schemel hervor, der Kore einladen sollte, auf das Podest zu steigen. Die Anwesenden fixierten sich so sehr auf Kore, dass sie die Brandspur Drags nicht bemerkten. Er wollte ihr etwas mitteilen. Die Asche in dem Becher puffte kurz auf. Eine kleine Staubwolke bildete sich. Sogleich rann der glühende Wurm wieder zurück in die Lampe. Kore fasste sich an den Kopf. Es konnte doch nicht wahr sein, was Drag da von ihr verlangte. Sollte sie das wirklich tun? Ihr Blick wanderte über die zahlreichen Anwesenden.

„Worauf wartest du?“, fragte Hannah mit beginnendem Misstrauen. „Du zierst dich doch etwa nicht?“

„Äh nein“, meinte Kore und stieg langsam auf den Schemel. Sie atmete innerlich tief durch. „Ich hätte nur noch eine Frage.“

„Ja?“, fragte Hannah, während Kore sich nun ganz auf das Podest stellte. Von den Beobachtern der Zeremonie kamen vereinzelte Rufe nach ihrem Slip und dass sie ihre Beine breitmachen solle.

„Gehören alle von euch den Ors an?“

Nun war es mit der Freundlichkeit von Hannah schlagartig vorbei.

„Was soll das?“

„Beantwortet bitte meine Frage“, drängte Kore. Sie bekam ein schlechtes Gewissen. „Das ist mir sehr wichtig.“

Hannah reagierte verschnupft. Ja, beinahe wütend.

„Wir alle gehören hier den Ors an. Warum willst du das unbedingt wissen? Willst du etwa gleich die Vollmitgliedschaft?“

„Da sterbe ich lieber.“

„Tja, meine Liebe“, grinste Hannah hämisch und zog an ihrer Zigarette. Die Mordlust tauchte in ihrem bissigen Gesicht auf. Es schien regelrecht nach einem Opfer für die Götter zu lechzen. Kores Standort kam nun seiner eigentlichen Bestimmung am Nächsten.

„Einen Spion brauchen wir hier nicht. Glaub ja nicht, dass ich nicht gemerkt habe, was deine wahren Absichten hier sind. Du lügst wie gedruckt. Derjenige, der mir einen Bären aufbinden kann, der muss erst noch geboren werden. Du bist keine Lesbe. Das brüllt einen förmlich an. So wie ich dich einschätze, hattest du höchstens zweimal Geschlechtsverkehr. Und willig bist du auch nicht. Egal, was für ein verklemmtes Luder du bist, wir werden dich für immer verschwinden

lassen und niemand da draußen wird dich je suchen. Zuvor wirst du aber für unser Opferritual gute Dienste leisten. Ein blonder Engel wie du ist genau das Richtige, was den Göttern gefallen dürfte. Leider bist du schon entjungfert. Dann könnten wir eine besondere Feier ausrichten. Trotzdem reichst du für ein Fruchtbarkeitsritual. Es wird das erste und das letzte Mal für dich sein."
Hannah erfüllte die Luft mit einem diebischen Gelächter und nicht wenige, ihrer Zuhörer stimmten mit ein. Sie stimmten leise einen Singsang an, den Kore schon einmal von den Hermesbrüdern hörte, bevor sie sie in den Wahnsinn trieb.
„Jetzt?", meldete sich Drag halbblaut nach langem Schweigen aus der Lampe. Man hätte es hören können, wenn es ganz still gewesen wäre. Um sie ging aber ein gieriges Raunen durch die Menge. Es hieß, dass es heute ein neues Blutopfer für den Altar gab.
„Aber wir wollen fair zu dir sein", kicherte Hannah boshaft und unterbrach mit einer Handbewegung den Opfergesang ihrer Lakaien. „Such dir von den Kerlen einen aus, der es dir auf dem Altar besorgt und du wirst hinterher geopfert."
„Und wenn ich mir keinen aussuche?"
„Auch nicht schlimm. Dann werden es alle mit dir treiben. Solange bis du stirbst. Glaub mir, hier gibt es genügend Männer, die das fertig bringen. Sie werden nicht sanft mit dir sein. Das kann ich dir versprechen."
„Einen Moment noch", sagte Kore laut und drehte sich zu den Kultjüngern um.
„Hört ihr mir alle gut zu. Ich sage das nur einmal", sprach Kore scharf zu den Anwesenden. Sie zeigten sich allerdings von Ihren Worten nicht beeindruckt. „Ich gebe euch nur ein einziges Mal die Gelegenheit mich jetzt gehen zu lassen. Wenn ihr es nicht tut, seid ihr alle sofort Tod."

Ein höhnisches Gelächter schallte durch die Reihen. Zuerst leise, dann immer Lauter. Schließlich lachten alle aus vollem Halse. Sie klatschten vor Schäkern in die Hände und glaubten an einen ulkigen Scherz ihres Opferlamms.
„Du bist wirklich mutig und verwegen, meine Kleine", zischte Hannah mit düsterem Gelächter und zog wieder aus ihrer Zigarette. „Mit dem Rücken zur Wand stehst du und hast Zeit für Humor. Du verstehst scheinbar nicht, in welcher Lage du bist. Wenn du uns jetzt noch entkommen willst, dann musst du schon fliegen können. Hast du einen letzten Wunsch, bevor wir dich für die Götter benutzen und dein Herz rausschneiden?"
„Wunsch? Ja, den hab ich", griff Kore ihren Satz auf. „Was macht ihr auf La Laguna? Was treibt ihr hier? Wieso seid ihr nicht in euer Tempelstadt?"
„Oh, du weist davon? Egal. Warum sollten wir dir das sagen? Es spielt jetzt auch keine Rolle mehr. Du bist schon bald eine Adlerfrau. Die Wesen aus der anderen Dimension interessieren uns, mit denen der Doktor im Bunde steht. Wir spionieren sie aus", sagte ein breiter muskulöser Hüne, der sich ihr aus der Menge näherte. Ihn kleidete nur ein blutbesudelter Lendenschurz an. Sein Gesicht färbte sich mit schwarzem Ruß. Kore erkannte mit ihrem Feenblick in dessen Augen

einen Oberpriester. Jener, der die eigentliche Opferzeremonie durchführte und dazu mit einem Obsidiandolch die Brustkörbe öffnete.

„Was glaubt ihr von den Außerirdischen zu erfahren?", setzte Kore unvermittelt nach.

„Warum sollten wir so jemanden wie dir das auf die Nase binden? Ach was soll es, dein Blut trinken bald die Götter", triumphierte er selbstsicher und meinte: „Die Spinnenwesen. Die Kräfte aus der Unterwelt. Er wird sie uns lehren. Über ihn kommen wir an die Informationen, die wir brauchen, um die Götter wieder über die schäbigen Blutklumpen herrschen zu lassen. Du wirst jetzt deinen Teil für unsere Aufgabe leisten. Mit deinem Blut. Wehr dich nicht und du gehst voller Ehre zu dem Himmelsvogel empor."

Kore dachte sich schon so etwas. Sie wollte es aber direkt von den Ors erfahren.

„Niemand von euch muss jetzt sterben …", sprach sie plötzlich. Sie wusste, dass die Ors sie nicht ernst nahmen und dass nun kam, was kommen musste. Das Schicksal zeigte ihrem kindlichen Ich, was zu geschehen hatte. Drag zeigte es ihr mit der Staubwolke. Er spielte auf die glühenden Adern an. Als Fee beherrschte sie den Kniff nicht, aber …

„… vergiss es. Eine Flucht ist zwecklos", lachte der Hohepriester und fuhr höhnisch fort. „Bis zum Land ist es etwa eine Stunde mit dem Boot und auch wenn du gut im Schwimmen sein solltest, fressen dich vorher die Haie. Das war es für dich", sagte der Priester und lachte, worauf die anderen mit ihm einstimmten. Der Opfersingsang erklang erneut von der Menge. Dem Priester gelang es noch, ein Nicken abzusetzen, mit dem er seinen Opferdienern ein Zeichen gab, das Opferlamm Kore auf dem Altar festzuhalten. Soweit kam es aber nicht mehr. Denn da überschlugen sich die Ereignisse.

„Jetzt?", fragte Drag wieder. Dieses Mal deutlich lauter.

„Ja jetzt", gab Kore das Zeichen, um die Maske ihrerseits fallen zu lassen, aber auch noch Drag ein paar Sekunden für die Flucht zu geben. Der Dämon fiel als Funke aus der Lampe und drahtete zum Landungssteg zurück. Er durfte keinesfalls in Kores Nähe sein, wenn sie das tat, worum er sie mit seiner Aktion der Staubwolke bat. Kore fuhr ihre Flügel aus und hob sich in die Höhe. Die herbeigeeilten Opferdiener fassten ins Leere. Sie entkam um haaresbreite ihren starken Armen. Die Augen der überraschten Ors weiteten sich beträchtlich, als sie Kore über ihren Köpfen wie einen Engel schweben sahen. Dicht über ihren Häuptern blieb sie in der Luft stehen, während hinter ihrem Rücken die Flügel sie in eine stabile Lage versetzten.

„Nun sterbt", sagte sie ungezügelt und wandte den verheerendsten Trick der Feen an. Den Apokalypto. Dem Befehl zum Suizid auf jeden im Sichtradius. Jener Kniff vor dem Ipsy eindringlich warnte. Da Kore als Ausführende dagegen immun war, verfehlte er hingegen bei ihren Widersachern seine Wirkung nicht. Im Nu sprangen die Meisten der Verfluchten ins Meer, um sich selbst zu ertränken. Andere würgten sich gegenseitig die Luft ab. Sie klebten förmlich mit ihren Händen an den Hälsen ihres Gegenübers, sodass sich ihnen die Augen aus den

Höhlen drückten. Unbarmherzig drückten sie sich ihre Luftröhre ab, bis sie röchelnd zu Boden gingen. Einige schluckten ihr augenförmiges Amulett, um daran zu ersticken. Der Priester der Ors nahm seinen Obsidiandolch und versuchte sich sein eigenes Herz selbst aus der Brust zu reißen. Hannah schob sich ihre Zigarette in den Hals und erstickte nach nur wenigen Minuten qualvoll daran. Ihr lebloser Körper lag wie ein Wassersack über den Altar gestülpt. Der fünfminütige Genozid sorgte dafür, dass in Kores Sichtradius keiner mehr lebend auf den Beinen blieb. Der Apokalypto verschonte nicht einmal Tina und Sara.

Die Fee flog über die unzähligen Leichen hinweg, welche in verrenkter Stellung aufgrund ihres Todeskampfes verstreut lagen. In ihrem Gesicht lag weder eine Regung der Genugtuung oder der des Triumphes. Vielmehr ein tiefes Bedauern. Sie hielt über den leblosen Körpern von Tina und Sara an und musterte sie seufzend mit leicht gekipptem Kopf. Kore dachte über etwas nach, während sie in ihren verzerrten Minen las. In deren verkrampften Gesichtern spiegelte sich ihr tragisches Ableben wieder. Sie drückten sich offenbar gegenseitig die Luft an ihren Kehlen ab, da sie Würgemahle an ihren Hälsen ausmachte. Die Fee erinnerte sich an dem Punkt ihrer Ausbildung, als Ipsy ihr die Feengrundsätze näherbrachte. Zur ersten Regel gehörte, dass sie nicht töten konnte. In gewisser Weise stimmte das, denn nach dem Verständnis der Feen gab es keinen Tod.
„Das Schicksal nimmt auf Verblendete keine Rücksicht", schlussfolgerte Kore aus ihrem Erlebnis. „Ihre Energie ist heimgekehrt. Sie mussten diese Erfahrungen machen und dürfen vielleicht wiederkommen. Dazu waren sie hier."
Drag rann vom Landungssteg zu ihr und verwandelte sich in seine ursprüngliche Gestalt zurück. Er lüpfte seinen grauen Zylinder, aus dem bläuliche Flammen züngelten. Während auch er auf ihre zwei toten Bootsbekanntschaften einen kurzen Blick warf, fiel sein Urteil darüber eindeutig aus.
„Sie waren denkfaul oder einfach nur inkonsequent."
„Vielleicht waren sie das. Viele der Menschenkinder sind so wie sie. An Wissen mangelt es ihnen meistens nicht, eher an Mut die Angst vor möglichen Konsequenzen daraus zu überwinden. Auch wenn es heißt, seine Ansichten auf den Kopf zu stellen und sie für immer aufzugeben. Sie loszulassen. Ipsy brachte mir bei, Konflikte durch Konfrontation zu lösen. Nicht durch Vertuschen, Schönreden oder Negieren von täglich erlebten Vorgängen. Menschenkinder negieren gerne was sie erleben, um ihr eigenes Leben nicht ändern zu müssen. Um möglichst lange in ihrer eigenen Blase zu bleiben. Das geht solange, bis sie die Realität einholt und sie schlimmstenfalls viel zu früh heimkehren lässt. So wie hier. Egal ob es durch fremde Gewalt oder durch die eigene Hand geschieht. Aber auch solche Menschenkinder spielen ihre Rolle in meiner Geschichte. Ich fragte mich gerade nur welche. Warum musste ich ihnen begegnen? Ich kenne jetzt nur nicht den Zusammenhang. Ich weis nur, dass es sein musste, um das Weitere zu tun. So gesehen bin ich selbst ihnen dankbar. Auch wenn sie mich töten wollten."
Drag runzelte die Stirn.

111

„Was jetzt? Holen wir nun Adalmus von Zyperion ab oder nicht?“
„Genau das ist jetzt zu tun. Wie spät ist es?“
Drag holte seine goldene Taschenuhr aus dem Frack hervor und öffnete den Sprungdeckel. Schon bald ballerte ein kleines Feuerwerk ein Zifferblatt mit Zeiger nach oben.
„Ja, es wird Zeit. Bald ist Mitternacht. Aber Vorsicht. Dir gegenüber ist Adalmus nicht sehr offen. Er lehnt dich sogar ab. Freiwillig wird er nicht mit dir kommen.“
„Richtig …“, antwortete Kore und setzte ihre Füße wieder auf den Boden. Sie zog ihre Flügel ein. „… mit mir nicht, aber Tina gegenüber wird er wesentlich aufgeschlossener sein. Adalmus ist ein kleiner Lügner.“
Sie verwandelte ihr Äußeres in Tinas Gestalt und kopierte ihre Kleidung.
„In wie fern?“, fragte Drag irritiert.
„Er hat sich von Tina einen Blasen lassen“, kicherte Kore schelmisch. „Daher kannten sich die beiden. Intimitäten können Männer ganz schön ins Schwitzen bringen. Das ist bei Adalmus auch nicht anders.“
Drag schüttelte feixend den Kopf. „Die Feengabe in Herzen zu sehen, ist wirklich beängstigend. Trotzdem müssen wir aufpassen. Die Menegerit verfügen über eine Technologie, die unsere Kräfte neutralisiert. Wir spürten das vorhin deutlich auf See. Ich fühlte mich da, als wäre ich in die lähmenden Klänge der Meermenschen geraten.“
„Ich weis, aber wir haben das Überraschungsmoment auf unserer Seite.“
„Wenn du in Tinas Leib bist, kannst du dich auf Zyperion nicht zurückverwandeln. Dazu müssten wir erst ihre Störfunktion außer Kraft setzen.“
„Es wird geschehen. Kurz vor Mitternacht. Auf nach Zyperion. Wir nehmen Tinas Boot. Sollte uns Adalmus über den Weg laufen, schöpft er keinen Verdacht“, sagte sie entschlossen und rückte sich ihre Kapitänsmütze zurecht.
Sogleich eilte die verwandelte Kore zügig zum Landungssteg, um mit Tinas Boot nach Zyperion überzusetzen. Von La Laguna aus, erkannte man deren Lichter bereits am Horizont.

Kapitel 6

Zyperion

Adalmus hielt krampfhaft seinen Koffer fest. Für ihn war diese Art und Weise zu reisen völlig ungewohnt. Normalerweise fuhr er diese Strecke in einem Schnellboot, doch nun wirkte es so, als ob er über dem Wasser schwebte. Der Menegerit presste ihn auf so etwas wie einen Schalensitz und hielt ihn an, sich an einem Griff festzuhalten. Über sich erkannte Adalmus die Sterne. Als er an den Boden fasste, merkte er, dass da so etwas wie ein Boden unter ihm war. Allmählich dämmerte es ihm. Er befand sich in einem kreisrunden Raum, in dem die Wände eine Art Projektion der Umgebung erzeugten. Ein Rundpanorama. Seine Augen musterten das seltsame Gefährt näher. Es erinnerte ihn entfernt an ein Raumschiff. Mc Leary stand mit seinen acht Beinen auf einer Art Matte mit Druckpunkten. Vielleicht genau in der Mitte des Raumes. Auf ihr zeigten sich einige Erhebungen und Senkungen. Offenbar steuerte man mit diesen Vertiefungen das Gefährt. Auch erkannte der Doktor eine Art Fadenkreuz an der Wand, die offenbar die Flugrichtung anzeigte.

„Ihre Technologie ist wirklich atemberaubend", sagte der Doktor anerkennend.

„Das ist sie", antwortete Mc Leary knapp auf seinen Flug konzentriert.

„Wie steuert man das Ding?"

„Mit den Füßen", kam schroff von Mc Leary zurück.

„Bringen sie sie uns auch bei?"

„Natürlich. Vorausgesetzt sie bauen ihre Körper um."

„Oh. Die Menschheit wird vor einer neuen Revolution stehen. Wir haben wirklich Glück."

Mc Leary äußerte sich nicht dazu. Vielmehr lenkte er den Fluggleiter lautlos und schnell das kurze Stück zur Hospitalinsel. Adalmus wollte dennoch weiter mit ihm im Gespräch bleiben. Er hielt es für eine günstige Gelegenheit, mehr über die Technologie der Weltraumreisenden zu erfahren.

„Der Planet, von dem sie kommen, muss wirklich fantastisch sein."

„Das ist er."

„Bringen sie mich da mal hin?"

„Noch nicht."

„Warum?"

„Doktor. Denken Sie an die Mission. Ehe wir zu neuen Ufern aufbrechen, müssen wir erst ihre Frau retten. Das verstehen sie doch."

„Ja, sie haben Recht. Man sollte erst immer einen Schritt vor den Anderen tun."

„Genau und jetzt seien sie still. Ich muss mich konzentrieren."

Rasch rückte die Hospizinsel näher. Adalmus machte die Lichter der großzügigen Anlage in der Dunkelheit deutlich aus. Ebenso den eindrucksvollen Palmengarten, in dem es stand. Nach nur wenigen Minuten Flugzeit hielt der Gleiter am Sandstrand beim Landungssteg der Insel an. Von hier aus war es nun nicht mehr weit.

„Wir sind da. Gehen sie nun zum Zellenumkehrer", sagte Mc Leary knapp und drückte mit einem Bein in eine größere Vertiefung. Plötzlich öffnete sich der Boden unter Adalmus und er wurde von einer unsichtbaren Kraft mit samt dem Sitz sachte nach unten befördert. Ähnlich eines Aufzuges nur ohne Boden und Wände. Welche mysteriöse Technik versteckte sich dahinter? Der Doktor faszinierte sich immer mehr dafür.

Erst langsam gewöhnten sich die Augen des Doktors an die Dunkelheit. Er versuchte etwas von dem seltsamen Fluggefährt zu erkennen und blickte während seiner Landung nach oben. Über sich sah er nur etwas Schwarzes, dass die Ähnlichkeit einer Fledermaus hatte. Der Sternenhimmel umriss grob das Objekt. Er schien hell und klar genug in dieser Nacht, ohne dass ihn die ursprünglich vom Wetterbericht vorhergesagte Regenfront verdeckte. Adalmus hörte die sanft brandeten die Wellen gegen einige der vorgelagerte Felsen der Insel. Schon bald spürten seine Füße unter sich den feinen Sand des Strandes. Das silberne Licht des Mondes schimmerte sanft auf der Oberfläche des mittlerweile beruhigten Meeres. Adalmus stand erleichtert auf. Vor ihm wogten sich sanft die Kokospalmen im lauen Wind. Er hörte ihre langen Palmwedel rascheln. Mit einem gewissen Gefühl der Genugtuung sah er auf den nächtlichen Park und spürte den Griff seines Koffers in der Hand. Es fühlte sich an, wie eine Medaille. Und er wie ein Sieger. Ein Sieger mit seiner umgehängten Medaille auf der Brust.

„Endlich", rief er wie erlöst und ging gleich eines Marathonläufers, der vor seiner Konkurrenz einen kilometerweiten Vorsprung erlief, entspannt der Ziellinie entgegen. Ihm kam die Heilanstalt nun anders vor, als er sie vor wenigen Stunden verließ. Vorher war sie für ihn ein Ort des Leidens und der Hoffnungslosigkeit. Doch nun das Tor einer neuen Chance und Herausforderung. Eine Chance für seine gesamte Spezies.

„Alles wird hier seinen Anfang nehmen und ich werde sagen können, ich war dabei", überkam es ausgelassen von seinen Lippen.

Bei jedem einzelnen Schritt, den er tat, jubelte es in ihm. Alle Last schien von seinen Schultern zu fallen. Alle Ängste und Kritiken an seiner Forschung berührten ihn nicht mehr. Was hörte er sich alles von seinen Fachkollegen an, die seinen Weg nicht begehen wollten. Wer wäre so wahnsinnig und wendet die Implosionstechnik bei einem Gegenmittel zur Virenbekämpfung an? Dabei, dass gerade in den Giftpflanzen der Ansatz zur Lösung der Infinityvirenbekämpfung lang. Jene Pflanzen, die die biologische Sogwirkung auslösten, um das Milieu des befallenen Körpers zu verändern. Adalmus Gedanken schweiften an den Auslöser seines späteren Durchbruchs zurück. Damals, als er mit Juliet im Rocky Ressort weilte, wanderte er mit ihr durch die bewaldeten Berge der näheren Umgebung. Er erinnerte sich wieder lebhaft an den harzigen Duft der Fichten und Tannen dort.

Auch an den sonnigen Tag, der ihnen den Schweiß auf die Stirn trieb. Nie dachte er daran, dass er an diesem Tag, die Antwort zur Lösung des späteren Rätsels in die Hände bekam. Das heißt, es ausreißen wollte. Damals stieg er mit seiner Geliebten einen felsigen Abhang empor. Unweit des rätselhaften schwarzen Sees, von dem sich die Einheimischen schaurige Geschichten über einen Fluch erzählten. Seine Juliet war im Gegensatz zu ihm ein reines Energiebündel. Sie stürmte regelrecht den Berg hoch wie ein Steinbock, während er auf jeden seiner Schritte acht gab, um nicht auf dem kiesigen Untergrund den Halt zu verlieren. Doch unversehens hielt sie während ihres Aufstiegs an und blieb vor einem mannshohen Strauch mit Laubblättern stehen. Sie war sichtlich überrascht ihn hier oben zu sehen, dachte sie doch, dass diese Art eher im schattigen Wald weiter unten gedieh. Aber diese Gattung grünte am schroffen Hang in der Sonne prächtig, trug schwarze Beeren, in denen man bei genauerem Hinsehen goldene Sporen erkannte. Die Früchte des Gewächses selbst wirkten wie ein eingefasster Schmuckstein auf einem Fingerring. Adalmus schloss keuchend zu ihr auf. Dicker Schweiß tropfte von seiner Anstrengung in seine Augen. Es brannte leicht von dem Salz. Ihm fiel es schwer, sich zu konzentrieren. So gab er auch nicht so recht auf seine Antworten der Fragen seiner Geliebten acht.

Sie fragte ihn: „Schau dir den Strauch an. Weist du, was das für eine Pflanze ist?“
Adalmus kannte sich nicht in Botanik aus. Er wäre achtlos an den Strauch vorübergelaufen. Juliet hingegen blieb oft an Gewächsen stehen, um sie sich näher zu betrachten. Meist wusste sie etwas darüber zu erzählen.

„Nein“, stieß er Luft holend aus. Er musste erst wieder zu Atem kommen.

„Das ist eine Atropa Belladonna. Sie wird auch Waldschatten genannt. Gemeinhin ist sie auch unter dem Namen schwarze Tollkirsche bekannt.“

Adalmus bemerkte ihre schwarzen Früchte. Sie weckten sein Interesse.

„Kann man diese schwarzen Beeren essen?“

„Das ließe ich lieber. Sie ist sehr giftig.“

„Was?“

„Ihr Gift ist tödlich. Man erstickt daran und bekommt Herzrasen.“

„Dann sollten wir sie lieber ausreißen, ehe jemand dran zu schaden kommt.“

„Lass sie“, antwortete Juliet beschwichtigend. „Auch sie hat ihre Aufgabe hier.“

„Was hat eine giftige Pflanze schon für einen Nutzen?“

„Ja, was hat sie denn für einen Nutzen?“, tönte es da plötzlich gehässig unter ihnen. Erschrocken drehte sich das junge Paar zu der Stimme um. Eine einsame Wanderin mit langen rostroten Haaren grinste ihnen frech entgegen. Sie stand ein paar Schritte unter ihnen und starrte ihnen feixend in die Augen. Auch sie kleidete sich für die Bergtour wie sie mit knöchelumfassenden Trekkingschuhen, einem Wanderstab, Funktionswäsche und Sonnenschutz. Adalmus fielen sofort die zahlreichen Sommersprossen in ihrem Gesicht auf, welche die kristallblauen Augen umgaben. Die junge Wanderin zwinkerte ihnen gewitzt zu. Sie war offenbar alleine in den Bergen unterwegs, was Adalmus und Juliet irgendwie gefährlich fanden.

„Meine Güte. Sie haben uns erschreckt", sagte Juliet zu der Fremden, während Adalmus überrascht drein blickte. Wo kam sie so schnell her? Er nahm hinter sich niemanden wahr, als er den Hang hinauf stieg. Offenbar kostete ihm das zu viel Kraft und er verlor seine Wahrnehmung.

„Was tut ihr hier?", fragte sie mit leicht gekipptem Kopf.

„Diese Pflanze da. Sie kennen sich aus mit der Belladonna?", fragte Juliet sie interessiert.

„Das will ich meinen", antwortete ihr die fremde Wanderin. „Die wächst vereinzelt hier. Meist nur in den Waldlichtungen, aber hier an den Hängen gibt es eine Unterart davon. Die hier am Hang sind im Gegensatz zu den Waldpflanzen mutiert und besonders wertvoll, weil sie mehr Sonne abkriegen."

„Wie meinen sie das mit wertvoll?"

„Es kommt darauf an, was sie mit ihr vorhaben. Ich für meinen Teil ließe sie stehen, aber wenn sie vorhaben Leben zu retten, dann wird sie für sie interessant."

„Eine Giftpflanze? Leben retten?", fragte Adalmus ungläubig nach. Auch Juliet schaute überrascht drein. Das war sogar ihr neu. Sie kannte zwar die schwarze Tollkirsche und die Eintragung im Universallexikon, aber die Rettung von Leben? Sie wusste, dass es eine medizinische Anwendung gab und auch, dass man ihr einst in der Volkskunde Zauberkräfte nachsagte. Aber das.

„Die Sonnenkirsche, wie ich diese Unterart der schwarzen Tollkirsche nenne, wirkt im Körper wie ein Magnet", erklärte die rothaarige Wanderin mit einem vergnüglichen Lächeln. „Ihr Gift saugt Viren aus ihm heraus. Die Kunst besteht aber darin, ihr Gift für den befallenen Körper unschädlich zu machen. Das müsste dann nur noch jemand herausfinden, der den nötigen Grips dafür hat."

Sie zwinkerte Adalmus dabei verräterisch mit den Augen zu. Damals verstand er ihr Zeichen nicht. Jahre später aber um so mehr.

„Äh …"

Adalmus fühlte sich von dieser Neuigkeit überfahren. Seine Geliebte ebenso.

„Das ist ja … ich wusste nicht, dass es solche Pflanzen gibt, " gab sich auch Juliet überrascht.

„Wirklich?", konterte da die Wanderin schnippisch. „Ich dachte immer, die Menschenkinder wissen alles. Warum roden sie dann die Wälder, ohne sie sich näher anzusehen? Sie sind nicht wirklich an Heilung interessiert, sondern daran ihren irdischen Profit zu mehren. Geld wird eben nicht krank. Ihr aber schon."

„Äh …"

Adalmus hatte wiederum keinen Schimmer, wovon diese Person nun sprach. Juliet wandte ihren Blick von der Wanderin ab und lenkte ihn auf die vermeintliche Sonnenkirsche. Sie grübelte über ihre Worte von der Wirkung der Pflanze nach. Adalmus sah sich hingegen die Fremde näher an. Konnte das wirklich wahr sein, was sie da sagte? Ein Magnet für Viren? Woher wusste sie das? Sie mochte vielleicht nur unwesentlich jünger als seine Frau sein. Lernte sie etwa ihr Wissen auf der Akademie oder schnitt sie nur auf? Adalmus wandte sich nun wieder Juliet zu.

„Gibt es so was eigentlich?“

„Was meinst du?“

„Dass es Pflanzenwirkstoffe gibt, die Viren binden?“

„Es wäre möglich“ sagte sie und wollte erneut mit der Fremden ins Gespräch darüber kommen. Juliet hätte sich nun für die Persönlichkeit der Fremden selbst interessiert. Woher hatte sie dieses Wissen? War sie eine promovierte Person? Wo waren die Beweise für ihre Behauptung? Gab es wissenschaftliche Untersuchungen und Studien zu dem Thema? Aber da war sie plötzlich verschwunden. Wie wenn sie sich in Luft auflöste.

Adalmus dachte, im Gegensatz zu seiner Frau, noch lange über diese seltsame Begegnung mit der Wanderin und ihr rätselhaftes Verwinden nach. Sogar am Abend, als er mit Juliet wieder das Rocky Ressort erreichte. Juliet wischte ihre Erinnerung an diese Begegnung bereits während ihres restlichen Aufstiegs aus ihrem Gedächtnis. Sie dachte einfach, dass sich diese Person mit ihnen einen Scherz erlaubte und ein weiteres Sinnieren über ihr plötzliches Verschwinden reine Zeitverschwendung wäre. Adalmus blieb aber verunsichert zurück. Vielleicht hatte Juliet Recht. Aber etwas störte ihn daran. Sie zwinkerte ihm verdächtig in die Augen. Was bedeutete das? Sie wollte ihm irgendetwas sagen, was seine Geliebte nicht mitbekommen sollte. Um sich ein wenig abzulenken, beschloss er den Tag mit einer entspannenden Massage von einem Therapeuten des Ressorts ausklingen zu lassen. Auf dem Bauch und auf einer Massagebank liegend genoss er am Abend die feinfühligen Hände seines Masseurs. Er spürte die angenehme Wärme, die sich angeleitet vom Massageöl und seinen Berührungen in seinem Körper breitmachte. Der Masseur fragte ihn freundlich, wie er den Tag in den Bergen verbrachte. Dabei kam Adalmus nicht umhing, ihm von der Begegnung mit der mysteriösen Wanderin zu erzählen. Er schilderte ihn die Szene am sonnenbeschienenen Berghang beim schwarzen See. Obwohl er dem Masseur bei seiner Schilderung nicht ins Gesicht sah, bekam er von seinen Berührungen den Eindruck, dass er genau seinen Ausführungen folgte. Kannte er sie etwa?

„Lassen sie sie mich beschreiben“, riet er interessiert. „Sie ist zierlich, lange rote Haare. Lauter Sommersprossen im Gesicht mit kristallblauen Augen. Stimmt´s?“

„Sie kennen sie?“

„Nun, ich hörte von ihr. Sie begegnete auch einigen Kunden, die ich massierte. Die waren wie sie in der Nähe des schwarzen Sees unterwegs.“

„Wer ist sie?“

„Das weis niemand. Ich aber glaube, dass sie einer Fee begegneten.“

„Einer was?“

Adalmus glaubte nicht an Feen und wusste erst recht nichts Näheres über sie. Er hielt sie bisher für Figuren, die man in Märchen verortete.

„Ich weis, das ist schwer zu begreifen“, meinte der Masseur verständnisvoll. „Die Begegnung mit einer Fee ist jemandem bestimmt. Es wird sich auf ihre Zukunft auswirken. Jetzt wissen sie zwar nicht wie, aber es wird kommen.“

„Woher wissen sie das? Kennen sie sich etwa mit diesen Feen aus?“

„Sie sind kein Feengläubiger. Sie sind ein Wissenschaftler und genau darin liegt ihr Problem.“

„Wie meinen Sie das? Diese Wanderin erzählte etwas über einen Strauch mit schwarzen Beeren. Er wächst an einem sonnenbeschienenen Hang in der Nähe des schwarzen Sees. Juliet meinte, dass die Beeren giftig sind. Diese Wanderin sagte mir aber, diese Beeren könnten Leben retten. Ich wollte den Strauch ausreißen, als sie wie aus dem Nichts auftauchte und mich davon abhielt.“

Der Masseur seufzte. Man hörte heraus, dass er sich überlegte, diese Unterhaltung mit dem Thema fortzuführen. Ein Feengläubiger verstand, warum es so und nicht anders kam.

„So riefen sie sie herbei“, antwortete er ihm tief durchatmend. „Eben weil sie versucht haben der Pflanze Leid anzutun.“

Adalmus verstand das nicht. Der Masseur seufzte wieder. Hatte es wirklich Sinn die Angelegenheit mit der Fee zu vertiefen?

„Das ist genau das, was eine Fee in Rage bringt. Sie nennen uns nicht ohne Grund die Menschenkinder.“

„Dieses Wort gebrauchte sie auch. Sind sie ihr etwa auch schon einmal begegnet?“ Der Masseur überging gezielt seine Frage.

„Eine Fee benutzt dieses Wort der Menschenkinder, weil sie in uns unwissende Tollpatsche erkennt. Sie stolpern und trampeln durch die Welt, ohne sie wirklich näher kennenlernen zu wollen. Im Falle der Pflanze ist es so, dass das Gewächs spürte, dass sie ihm Leid antun wollten. Allein ihre Absicht dem Strauch zu schaden, sandte einen Hilferuf aus. Die Fee erhörte das und brachte sie durch ihr Erscheinen von ihrem Handeln ab, dem Strauch zu schaden. Richtig?“

Adalmus antwortete nicht darauf. Denn genauso war es.

„Wollen sie mir damit sagen, dass die Pflanze fühlt und merkt, wenn ihr etwas Böses wiederfahren soll? Sie hat doch keine Augen.“

„Menschenkind“, antwortete der Masseur tief durchatmend wieder. „Genau aus diesem Grund kann ich mit ihnen nicht über die Feen reden. Ihnen fehlt das Gefühl für sie. Ich sage ihnen aber, dass sie ihnen sehr wohl gesonnen war.“

Das irritierte den Doktor.

„Sagten sie nicht vorhin, die Fee wäre mir schienen, weil ich der Pflanze Leid antun wollte? Wollte sie mir dann nicht eher schaden?“

„Hat sie ihnen in die Augen gesehen?“, fuhr der Masseur unbeeindruckt fort.

Den Doktor durchfuhr es wie ein Blitz. Er wusste genau, worauf der Masseur anspielte.

„Äh, ja …“

„Was fühlten sie dabei? Fühlten sie überhaupt etwas? Oder verloren sie jedes Gefühl dafür? Denn dann wüssten sie, wovon ich rede.“

Adalmus versuchte, sich wieder daran zu erinnern. Es war nur ein kurzer Augenblick. Vielleicht war es die Erschöpfung vom Aufstieg, vielleicht aber der warme Tag selbst. Vielleicht auch die Anspannung in der Gegenwart seiner Geliebten. Verliebtheit senkte nun mal die Wahrnehmung herab.

„Ich weis es nicht mehr“, gestand er. „Aber an was ich mich ganz genau erinnere, war ihr Zwinkern. Das verwirrte mich. Das hatte nichts mit Begehren zu tun. Sie wollte mir etwas damit sagen, aber meine Geliebte sollte davon nichts mitkriegen.“

„Ich glaube, sie haben den ersten Schritt getan. Sie sind wenigstens ehrlich. Die Fee sah das in ihnen und gab ihnen einen Tipp. Sie erkannte in ihnen großes Potenzial, was sie versöhnlich stimmte.“

„Wie kommen sie darauf?“

„Ihr Augenzwinkern. Sie gäbe ihnen sonst nicht den Hinweis, wenn sie sie nicht für fähig genug hielt, die von ihr gestellte Aufgabe zu lösen. Wenn eine Fee jemandem etwas Gutes tut, wie hier, dann hat das einen Grund. Auch wenn sie es im Augenblick nicht sehen, diese Begegnung mit ihr, wird ihr Leben verändern.“

„Wie das?“

„Das weis ich leider auch nicht“, gestand der Masseur und hielt in seiner Arbeit inne. „Das ist auch das, was mir als Feengläubiger unergründlich bleibt. Eines weis ich aber mit Sicherheit: Es wird geschehen.“

Adalmus schwieg nun. Das war doch recht viel für seinen akademischen Verstand. Die Empathie gegenüber Lebewesen und den Elementen ging dem Wissenschaftler verloren. In seiner Welt gab es nur Atommodelle und mathematische Formeln, aber kein Geist, der sie erfüllte.

In den nächsten Tagen lenkten andere Erlebnisse ihn von der Begegnung mit der Fee ab und er vergrub es in seinen Erinnerungen. Erst als der tödliche Virus seine Geliebte befiel, kam ihm die Erinnerung an die geheimnisvolle Wanderin und den seltsamen Beeren zurück. Es zwang ihn, sich dem Defizit seines Lebens zu stellen und erst dies brachte ihn an den Punkt, an dem er heute war. Auf der Suche nach dem Gegenmittel reiste Adalmus an den schwarzen See in den Rocky Bergen zurück. Er stieg erneut den sonnenbeschienen Hang hinauf, erntete von dem besagten Strauch jene Früchte, von denen die Lehrmeinung sagte, dass sie den damit Vergifteten umbrachten. Lebhaft kam ihm bei seiner Ernte die Erinnerung an die Wanderung mit seiner Geliebten zurück, was ihn die Tränen in die Augen trieb. Er rief in seiner Verzweiflung nach der Fee, die ihn aber nicht erhörte. Erst im Moment des tiefen Schmerzes verstand er, warum ihm die Fee im Beisein seiner Geliebten erschien. Ihre Botschaft lautete, dass er mit diesem Mittel seiner Juliet das Leben retten wird. In all der Zeit erkannte er das nur nicht, weil es keine Notwendigkeit gab, ihren Hinweis ernst zu nehmen. Dies, so glaubte Adalmus im Augenblick, wäre die Antwort, die er aus der Begegnung mit ihr zog. Die wahre Absicht der Fee sah er allerdings nicht. Der Fee ging es nicht um Juliet. Auch nicht um den Virus. Es ging nur um ihn. Um ihn und seinem weiteren Schicksal.

Dieses seltsame Erlebnis in den Rocky Bergen half ihm, auf die Spur des Heilmittels zu kommen. Er analysierte die Sonnenbeeren und extrahierte ihre

Wirkstoffe. Durch ihre geschickte Kombination gelang es Adalmus, den Virus förmlich von den gesunden Zellen abzukoppeln. Ihn durch biologische Implosion anzuziehen und somit unschädlich zu machen. Eine Art naturbedingter Gegensog im Körper, der allerdings rechtzeitig verabreicht werden musste. Nach der Infektion mit dem Virus hatte der Infizierte nur etwa eine Stunde Zeit es zu nehmen. Leider gelang ihm dieser Durchbruch erst, nach dem Juliet sich mit dem Infinity ansteckte. In seiner Hast kreierte er eine Art Blocker, der die Ausbreitung des Virus zwar aufhielt, aber nicht umkehrte. Zu viele Zellen befielen sie da schon. Außerdem fühlte sich Adalmus schlecht, weil der Blocker scheinbar nur deshalb so durchschlagend wirkte, weil dieser das gesamte Körpermilieu neutralisierte und somit auch den Geist der Person selbst. Daher setzte er all seine Hoffnung in den von den Menegerit erdachten Zellenumkehrer.

„Wer heilt, hat recht", dachte er bei sich. Dass dieser große Erfolg die erste Auszeichnung der Medizin durch den Rat zur Folge hatte, interessierte ihn nicht. Für den Ruhm und somit seine Unsterblichkeit war seine Tat nicht. Sie folgte von tiefsten Herzen. Kore sah dies deutlich im Strandcafé und ihr war klar, dass eine sachliche Diskussion aussichtslos war. Seltsamerweise folgte ihm Mc Leary nicht durch den Park. Der Doktor gab auch nicht darauf Acht. Viel zu sehr fixierte sich Adalmus darauf, endlich zu seiner Frau zu gelangen und ihr wieder das Leben zu schenken. Die Vision wahr werden zu lassen.

Die Menegerit entzündeten die Laternen entlang der Wege des Parks, sodass es Adalmus vorkam wie ein Ritual. Eine heilige Prozession, den Weg zum wahrscheinlich größten Triumph der Wissenschaft. Der Überwindung des Zelltodes. Die Sprinkleranlage stellte in den Nachtstunden ihre Bewässerung des Parks ein. Auch keiner der Universalgärtnerroboter arbeitete mehr zu dieser Zeit. Zufrieden atmete Adalmus die salzige Luft des lauen Windes ein, die von der See ins Inselinnere hineinstrich. Es war ein herrlicher Duft. Der Duft des Erfolges. Für ihn war es, als blühte und grünte es nur so für ihn. Schon sah Adalmus am Eingangsportal zwei Spinnenwesen bereitstehen. Sie schienen ihn bereits zu erwarten. Freudig grüßte er ihnen entgegen, ohne dass sie seine gute Laune erwiderten.

„Haben sie den Koffer?", fragten sie ihn anstatt dessen schroff, was Adalmus Stimmung dennoch nicht im Mindesten trübte.

„Ja", sagte Adalmus freudestrahlend und erwartete damit in das Hospital eingelassen zu werden.

„Geben sie ihn uns", forderte der Spinnensoldat den Doktor im Befehlston auf.

„Ich führen ihn gerne selbst in den Zellenumkehrer ein. Dieser Moment ist historisch."

„Für wen?", hörte er darauf Mc Leary von hinten. Er musste ihm lautlos gefolgt sein. Adalmus erschrak. Er drehte sich um und blickte dem stählernen Menegerit in etwas, das er für die Augen hielt. Adalmus war irritiert.

„Na für die Menschheit."

„Und was ist dieser Moment für uns?", fragte Mc Leary streng zurück und stierte ihm bedrohlich in die Augen. Adalmus war verdattert. So kannte er das von diesen Wesen nicht.

„Natürlich ein gutes Gefühl geholfen zu haben", entfuhr es ihm mit dem Erstbesten, was ihm einfiel. Auch, wenn sich das etwas unpassend und wenig diplomatisch anhörte. „So tun das hochentwickelte Lebewesen."

„Sagt wer?"

„Die Menschheit."

„Ganz recht. Die Menschheit tut das. Und? Sehen wir wie Menschen aus?"

„Äh nein."

„Sehen sie Doktor. Darum geben sie mir jetzt den Koffer und die Menschheit kann sich verziehen."

„Was?"

Adalmus glaubte, nicht recht zu hören. Seine Hand am Koffer verkrampfte sich.

„Wenn sie jetzt verschwinden, lasse ich sie ein paar Minuten am Leben."

„Aber …", stammelte Adalmus verschreckt, während Mc Leary ihm den Koffer mit seinen Stahlbeinen aus der Hand schlug. Es tat entsetzlich weh, sodass sich sein Griff löste. Der Koffer wurde von den Menegeritsoldaten unbeschädigt aufgefangen. Adalmus hielt sich schmerzverzerrt seine pochende rechte Hand, während Mc Leary ein kurzes Seufzen entkam.

„Mein Dank an die Menschheit ist knapp. Ein paar Minuten Lebenszeit für sie. Teilen sie sie gut ein. Wenn sie sich beeilen, können sie, bevor sie sterben, sich wenigstens noch einen Drink auf La Laguna genehmigen."

Dann trippelte er durch das Eingangsportal, während ihm die beiden Spinnensoldaten folgten. Sie stießen den Arzt unsanft vom Eingang weg und schlossen mit einem Ruck die Pforte.

„Nein", rief Adalmus entsetzt, während er seine schmerzende Hand hielt. Damit rechnete er nicht. Der Schock saß ihm in den Gliedern. Was sollte er tun? Konnte er überhaupt etwas tun? Was hatte Mc Leary vor? Er musste irgendwie da reinkommen. Verzweifelt stürzte er an den Haupteingang und rüttelte vergebens daran. Sie sperrten ihn tatsächlich aus. In einem Akt reiner Verzweiflung lief er die Fassade des Krankenhauses entlang und rüttelte ausnahmslos an jeder Eingangsmöglichkeit, die er fand. Doch schon bald stellte er fest, dass diese Wesen jeden Zugang verbarrikadierten. Sogar die Kellerfenster überprüfte er. Auch sah er kein offenes Fenster, in das er einsteigen könnte. Er kam nicht an die hochgezogenen Feuerleitern heran und es gab nichts in der Nähe, um sie herunterzuholen. Sie dachten wirklich an alles. Nachdem er ergebnislos die Anlage umrundete und wieder vor dem Haupteingang stand, sackte Adalmus jeglicher Hoffnung beraubt auf die Knie.

„Nein", schrie er in die laue Nachtluft zu den Sternen hinauf und raufte sich die Haare. So deutlich sah er den Triumph vor den Augen, nur um eine ordentlich übergebraten zu bekommen. Er ließ seinen Oberkörper krachend auf das harte Pflaster fallen und weinte sich die Seele am Boden liegend aus dem Leib. All die vielen Monate investierte er seine Zeit voll der Hoffnung und nun zerbrach seine Vision vom Stein der Weisen innerhalb von wenigen Sekunden in tausend Stücke.

„Doktor, was ist los?" hörte Adalmus plötzlich in seinem Jammer. Die Tränen in seinen Augen wichen nur langsam. Er wischte sie mit den Händen zur Seite und erkannte im Schein der Fackeln jene Bekanntschaft von La Laguna wieder. Es kam ihm wie ein Traum vor. Wo kam sie so plötzlich her?

„Tina. Sie hier?"

„Ich machte mir Sorgen um sie."

„Gehen sie hier weg", rief er verzweifelt. Auch um sie schützen zu wollen. „Ich weis nicht, wie viel Zeit sie noch haben."

„Wofür?"

„Die Spinnenwesen. Sie sagten, uns blieben nur ein paar Minuten. Ich glaube, sie haben was ganz Schreckliches vor."

„Was?"

„Ich weis es nicht. Mein Blutplasma im Koffer war für den Zellenumkehrer. Eigentlich sollten alle Patienten hier damit geheilt werden, in dem die Zellen eine Art Frischkur machen. Ich kann mir nicht vorstellen, was man Böses damit anstellt."

„Wir halten sie auf", antwortete Tina und verzog entschlossen ihre Mine.

„Unmöglich. Wir kommen da nicht rein. Sie verschlossen alle Türen."

Adalmus rappelte sich vom Pflaster hoch. Seine Hand tat ihm noch von dem Schlag weh, den ihm Mc Leary verpasste. Er drehte dabei Tina den Rücken zu, die mittlerweile an der Eingangstür stand und ihre Hand daran anlegte.

„Der Haupteingang ist zu. Da kommen wir nicht rein", wiederholte Adalmus sich nochmal.

„Warum? Die hier ist doch offen", entgegnete sie, als Adalmus wieder seinen Blick auf sie wandte. Lächelnd hielt sie ihm die Tür auf.

„Das gibt's nicht. Ich hab sie doch alle überprüft. Ich könnte schwören, dass sie zu war."

Tina seufzte verschmitzt und schlüpfte durch den Eingang. Adalmus folgte ihr. So abenteuerlustig schätzte er sie gar nicht ein. Eigentlich hielt er sie für eine gediegene junge Frau, die zwar sexuelle Abenteuer suchte, aber sich nicht freiwillig in Lebensgefahr begab. Im Empfangsbereich der Anstalt herrschte gespenstische Ruhe, während sich Tina hektisch nach dem Verbleib der Spinnensoldaten umsah.

„Wo sind sie hin?", fragte sie den Arzt. Sie kannte sich ja hier nicht aus.

„Ich glaube, sie sind im Keller. Hier gerade aus weiter. Dort richteten sie den Zellenumkehrer ein, der den Transfusionsprozess einleitet. Diese Wesen sind sehr gefährlich, wir bräuchten Hilfe von außen. Man müsste einen Notruf nach De las Casas absetzen. Hier am Empfang gibt es einen Teletransmitter. Ich glaube kaum, dass wir beide alleine etwas ausrichten können. Selbst wenn wir Waffen hätten …"

Doch Tina ignorierte seinen Einwand und lief seiner Beschreibung folgend geradeaus weiter. Was ritt nur dieses junge Ding? Am Liebsten setzte er einen Notruf ab, doch Adalmus wollte Tina nicht allein lassen. Also folgte er ihr.

Möglichst lautlos eilten sie gemeinsam durch den wie ausgestorbenen Korridor der verwaisten Klinik. Adalmus hatte alle Mühe Tina zu folgen, denn sie war außerordentlich gut in Form. Es brannte nirgendwo ein Licht im Flur. Lediglich von den Fenstern drang die Parkbeleuchtung zu ihnen hinein. Adalmus spürte, dass sie sich ihrem Ziel näherten. Großes Unbehagen überkam ihn. Wie wollten sie die Menegerit so ganz ohne Waffen aufhalten?

„Wir müssten bald da sein. Sie sind sehr stark. Was haben sie vor? Wir können sie nicht überwältigen.“

„Da habe ich auch nicht vor“, sagte Tina sich zu ihm kurz umdrehend mit einem bissigen Grinsen. Unversehens zerriss eine laut aufheulende Sirene die gespenstische Stille und steckte alle anderen Signalhörner im Krankenhaus der Reihe nach an. Zu dem ohrenbetäubenden Krach gesellte sich der blinkende Schein rotierender Rotleuchten. Das permanente Aufflackern tat Adalmus in den Augen weh, dessen Sinne schon alleine durch den Sirenenton getrübt wurden. Just in diesem Moment spürte der Arzt die feinen Tropfen der Sprinkleranlage auf sich herabregnen. Schon bald spritzte das Nass in Strömen daraus und glich einem Regenschauer im Urwald. Es nässte ihn vollends ein, sodass sich seine Kleider mit Wasser voll sogen. Das Nass schlug prasselnd auf den harten Fliesenboden der Anstalt auf, was einen zusätzlichen Lärm verursachte.

„Der Feueralarm“, rief Adalmus durch den Krach aufgeschreckt. Er bezweifelte, dass Tina ihn hörte: „Was zum Teufel ist da los?“

„Teufel trifft es gut“, knurrte Tina unterdrückt zurück, als auch schon wie auf Bestellung dichter Rauch durch die Gänge zog. Wo kam der so plötzlich her? Was geschah hier eigentlich? Es verwirrte den Arzt. War dies eine konzentrierte Aktion? Unvermittelt hörten sie Metall zwischen Sirenentönen klappern. Das Geräusch kam direkt vor ihnen. Es wurde immer hektischer und schon bald stürmten ihnen verschreckt die Spinnensoldaten der Menegerit aus dem wabernden Dampf entgegen. Sie wurden offenbar eiskalt von dem gellenden Feueralarm und dem tückischen Wasserschwall überrascht. Auch Adalmus lief mittlerweile so viel Wasser ins Gesicht, dass er kaum etwas sah. Er hatte Mühe überhaupt die Orientierung zu behalten. Und dazu kam der beißende Qualm, der es trotzdem bis in seine Nase schaffte. Adalmus glaubte einen kurzen elektrischen Schlag knistern zu hören, dem ein verräterisches Rumpeln von Metall folgte. Mühsam versuchte er einen Blick zu erhaschen, doch die schlechten Sichtverhältnisse erlaubten nur eine reine Spekulation. Es musste die Spinnenwesen getroffen haben.

„Mc Leary“, rief plötzlich laut die Stimme von Tina durch das Geheul der Sirenen und des plätschernden Wassers. „Es ist aus.“

„NEIN. Niemals“, krächzte es trotzig aus einer Wolke aus dichtem Wasserdampf zurück. Mc Leary schien aus den mit Löschwasser vollgelaufenen Kellerräumen gekrabbelt zu sein.

„Komme in den Frieden mit mir.“

„Du wirst nicht gewinnen, kleine Fee. Du kommst zu spät. Mein Monster wird euch vernichten."

„Monster?", raunte Adalmus. Obwohl er die Worte davor nicht richtig vernahm, schnappte er jedoch dieses eine deutlich auf.

„Es wird euch vernichten. Euch alle. Ich kontrolliere es … ich …Nein …"

Sein Brüllen verstummte. Es klang so, als zog es ihm förmlich die Luft weg. Der Rauch geriet in Bewegung. Er zog sich in die Richtung, aus der zuvor Mc Learys Stimme drang. Das Löschwasser, das sich am Boden sammelte, strömte ebenso in diese Richtung. Beide spürten einen Sog, der an Stärke zunahm.

„Wir müssen raus hier", rief Tina zu Adalmus und packte ihn an der Hand, sodass er laut aufschrie. Tina wusste ja nicht, dass Mc Leary genau auf diese schlug.

„Ihre Hand ist verletzt …"

„Es geht schon."

„Ich nehme ihre andere Hand um sie rauszuführen", meinte sie und brachte ihn zielsicher durch den Rauch zur Eingangshalle. Adalmus hörte von dem kurzen Gespräch zwischen Kore und Mc Leary fast nichts. Er bekam zu viel Wasser ins Ohr. Es besserte sich erst, als er sich mit der vermeintlichen Tina wieder im Palmengarten befand.

„Laufen sie geradeaus weiter an den Strand. Dort wartet meine Freundin auf sie", rief Tina ihm zu. „Ich werde versuchen das, was immer es auch ist, aufzuhalten."

„Sie wissen nicht, mit was sie es zu tun haben?"

„Wir haben keine Zeit zum Reden. Gehen sie. Schnell."

„Wer sind sie? Wohl kaum ein abenteuerlustiges Mädchen."

Tina lag irgendetwas anderes auf den Lippen, antwortete aber: „Ich gehöre einer Spezialeinheit des Rates an. Verlieren Sie keine Zeit. Sie haben gegen das da keine Chance."

„Geht klar", sagte Adalmus verstört und rannte weiter durch den Park. Er eilte durch den Palmengarten, ohne sich noch einmal zu Tina um zusehen. Doch als er am Strand anlangte, glaubte er seinen Augen nicht zu trauen.

„Sie?", fragte er überrascht und blickte auf Elisabeth Conners, die mit einem Fluggleiter bereits auf ihn wartete.

„Fragen Sie nicht lange und steigen sie auf."

Adalmus schwang sich auf den Hintersitz, als sie auch schon Energie gab und mit dem Gleiter in die Höhe stieg. Seine Hände umklammerten ihren Bauch. Auch bemerkte der Doktor die seltsame Laterne, den Glücksbringer, von dem sich die eigenartige Person nicht trennte. Elisabeth brachte sie am Lenkrahmen des Gleiters an.

„Wer sind sie?"

„Ihr Glücksbringer."

„Wie ihre Lampe?"

„Für das, was ich tue, kann ich immer Glück gebrauchen."

Elisabeth fasste kurz seine mittlerweile angeschwollene Hand an, woraufhin sein Schmerz nachließ und sich umgehend besserte. Doch der Arzt nahm diesen kurzen Eingriff nicht richtig wahr. Wahrscheinlich, weil der Schock über das Erlebte ihn weiter zusetzte. Zu sehr verfolgten seine Augen verschreckt das, was sich inzwischen unter ihnen abspielte. Von der Höhe sahen sie nämlich, wie das Hospital von einem rasch wachsenden schwarzen Etwas verschluckt wurde. Es riss die Palmen mit samt ihren Wurzelstöcken aus dem Boden und verschlang sie in nur wenigen Sekunden. Seltsamerweise blieb das Pflaster unangetastet. Es wuchs, je mehr es an Masse zunahm.

„Wissen sie, was das ist?", fragte Elisabeth.

„Es muss Negativenergie sein", mutmaßte der Arzt. „Je mehr Masse, umso gefräßiger und unberechenbar wird es. Es beruht auf dem Prinzip der Implosion."

„Ein schwarzes Loch, wie wir Kosmologen sagen und das wollten diese Spinnen kontrollieren?"

„Kann man so was stoppen?", fragte Adalmus verunsichert.

„Dazu müsste man wissen, was seine Antriebsquelle ist. Bei einem gewöhnlichen schwarzen Loch im Universum ist es die Masse selbst. Es wird nur deswegen Schwarz, weil es sogar das Licht verschluckt."

„Wir können nicht hier bleiben. Sonst erfasst der Sog uns und wir können nicht mehr weg."

„Ja, fliegen wir nach La Laguna. Vielleicht fällt uns etwas ein."

Elisabeth gab mehr Energie, wobei in ihr alles Mögliche durch den Kopf stieg.

In den Vorlesungen, die Kore besuchte, wurde ein schwarzes Loch auch die Mutter der Galaxis genannt. Ohne diese gigantische Masse, die eine solche Anziehungskraft besaß, dass sie sogar das Licht anzog, würden sich die Sterne nie bündeln und jene faszinierenden Gebilde ergeben, die von der Ferne so wunderschön aussahen. Ähnlich der Sonne, zu der ein gewisser Abstand nötig war, um Leben hervorzubringen, musste auch ein Abstand zum schwarzen Loch herrschen, um ganze Sonnensysteme zu lebensfreundlichen Orten zu machen. Aber wie begegnete man so einem Ding? War dieses Monster überhaupt mit seinem kosmischen Verwandten zu vergleichen? Ein Monster ohne Gesicht. Drags Ablenkungsmanöver mit dem Feueralarm und dem Rauch klappte tadellos. Auch gelang es Kore, Adalmus Sicht und sein Gehör zu stören, um ungesehen zwischen Körperwandler und ihrer Feengestalt zu wechseln. Das Neutronenstörgerät mit eingebauter Zeitverzögerung, dass Kore im Hafen von De las Casas in das Innenfutter des Isolierkoffers mit ihrem Staub implantierte, ermöglichte ihnen, ihre Kräfte in dieser kritischen Phase einzusetzen. Das schwarze Etwas schien Blut geleckt zu haben und setzte sich in Bewegung. Genau in ihre Richtung. Offenbar suchte es nach weiterem Futter für sein Wachstum, die das nahe La Laguna verhieß.

„Es folgt uns", rief Adalmus hinter sich sehend.

„So was dachte ich mir schon. An was haben sie genau gearbeitet Doktor? Warum brauchte Mc Leary sie unbedingt?"

125

„Es ging um die Zellerneuerung“, schluchzte der Arzt. Der Schock saß tief in ihm. Kore versuchte, aus dem Arzt Nützliches herauszupressen. Vielleicht wusste Adalmus mehr über das schwarze Etwas, als er es realisierte.
„Wie sollte das funktionieren?“
„Mit einer Art Implantat, das Zellen umkehrt. Entschuldigen sie, aber …“, so nach und nach wurde Adalmus bewusst, was da gerade vorgefallen war. „Juliet ist Tod.“
„Das war sie schon längst.“
„Nein.“
„Sie wollten sie nicht gehen lassen, weil sie nur an sich gedacht haben.“
„Nein. Das ist nicht wahr. Ich pflegte und versorgte sie. Ich fuhr sie an den Strand.“
„Das taten sie nicht für sie. Nur für sich selbst, weil sie an ihr festhielten und sie nicht gehen lassen wollten. Ihnen musste das passieren, damit sie lernen loszulassen. Je fester sie sich an etwas klammern, umso eher muss es gehen. Das ist das Gesetz des Universums.“
„Das sind fürchterliche Gesetze. So darf es nicht sein.“
„Wenn sie es nicht annehmen, dann werden sie leiden. Was sie ablehnen, ziehen sie an. Was sie hassen, zu dem werden sie. Sie lehnten den Tod ab und zogen ihn deswegen an. Sie hassten den Virus und wurden wie er. Ohne dass sie es merkten, kooperierten sie mit den Spinnenwesen, die dieses gefräßige Monster auf die Erde brachten, welches sie jetzt nach und nach auffrisst.“

Sie überflogen gerade La Laguna. Das schwarze Etwas hinter ihnen fiel wie ein Heuschreckenschwarm über die Insel her und fraß alle Palmen mit samt den Wurzeln ab. Lediglich der nackte Fels blieb von dem Eiland zurück. So erfüllte sich La Lagunas Schicksal.
„Ich heilte Juliet von dem Virus“, keilte Adalmus trotzig zurück. Er wollte das von Elisabeth Gesagte nicht einfach so stehen lassen.
„Es blieb nur ihre Hülle zurück. Ein Fremder kann einen Körper nicht mit einem Geist erfüllen.“
Adalmus wurde still. Der Verlust schmerzte so sehr in ihm.
„Sie haben sie nicht verloren“, sagte Elisabeth tröstend zu ihm. „Weil sie sie nie besessen haben. Eine jede Seele ist frei und an keinen Körper gebunden. In jeder tiefen Krise gibt es den Keim einer neuen Zeit. Hängen sie nicht länger der Vergangenheit nach. Lassen sie sie gehen und erst dann werden sie einen neuen Anfang finden.“
„Ich habe versagt und ihre Freundin Tina ist diesem Monster zum Opfer gefallen.“
„Das ist sie.“
„Aber es scheint sie nicht zu kümmern.“
„Davon wird sie nicht wieder lebendig. Sie wusste, worauf sie sich einließ. Wir müssen jetzt eine Möglichkeit finden ihren Tod nicht vergebens sein zu lassen. Das ist das Beste, was wir jetzt für sie tun können.“

„Lebendig werden lassen …“, sagte Adalmus mit erhelltem Blick und griff in die Hemdtasche. Er vergaß das fast.

„Sie sagten, dass es etwas gäbe, was das schwarze Loch antreibt. So etwas wie Negativenergie. Negativenergie ist wie ein Magnet. Es benötigt positive Energie für seine Existenz.“

„Und was geschieht, wenn wir ihm Negativenergie zuführen?“

„Wie meinen sie das?“

„Es frisst alles Lebendige. Warum nur die Pflanzen auf der Insel? Weil es offenbar so ähnlich wie ein Lebewesen ist. Ein hungriges Lebewesen. Aus auf lebende Zellen.“

„Doktor, auf was wollen Sie hinaus?“

Vor ihnen wurde die Küste sichtbar. Die Lichter von De las Casas kamen näher. Elisabeth flog dicht über der ruhigen See und wirbelte mit ihrer Geschwindigkeit seine Oberfläche auf. Adalmus führte seine Annahme weiter aus: „Das Ding da, ist wie ein schwarzes Loch, nur auf lebende Zellen fixiert. Leben ist positive Energie. Darauf aus, sich zu teilen. Der Virus aber stoppt diesen Prozess und kehrt ihn um. Ich habe ihn bei mir. Das könnte ein Weg sein.“

Elisabeth drehte sich hellhörig geworden zu ihm um. Adalmus hielt ihr ein Reagenzglas mit einer trüben Flüssigkeit entgegen.

„Sehen sie. Da drin ist Mr. Infinity höchstpersönlich. Wir könnten es damit infizieren. Ich glaube aber kaum, dass man es ihm einfach so verabreichen kann. Am besten müsste es klappen, wenn sich jemand zuvor mit ihm ansteckt. Also sich zuerst mit dem Virus anfüttern und sich dann vom Monster fressen lassen. Wissen sie was? Ich werde es tun. Das bin ich meiner Juliet schuldig. Ich halt Mc Leary dieses Monster zu erschaffen und jetzt werde ich es töten.“

„Wie wollen Sie das machen?“, fragte Elisabeth ihm aufmerksam folgend. Es tickte in ihr.

„Das ist ganz leicht. Ich trinke die Flüssigkeit aus dem Reagenzglas aus. Der Virus befällt sofort meine Zellen und ich verfaule von innen heraus. Wenn man mir nicht innerhalb einer Stunde mein entdecktes Gegenmittel verabreicht, sterbe ich. Aber das brauche ich sowieso nicht mehr, weil ich dann schon von diesem Monster zerfressen bin.“

„Hätten sie denn dieses Gegenmittel auch zufällig bei sich?“

„Aber natürlich. Hier ist es“, sagte Adalmus mit einem gewissen Stolz und holte eine unscheinbare Pille hervor.

„Die muss nur geschluckt werden. Daran arbeitete ich in all der Zeit. Im Labor neutralisierte ich den Virus damit, aber um ihn am lebenden Objekt zu testen, müsste sich jemand zuvor mit ihm anstecken. Dieses Risiko mute ich aber niemandem zu.“

Kore hielt den Gleiter an. Nur wenige Meter trennten sie vom Strand. Sie schwebten gerade knapp über der Wasseroberfläche.

„Kann man die beiden auch gleichzeitig einnehmen?"

„Klar, das Gegenmittel braucht wegen der Pillenform ein paar Minuten länger als der Virus, bis es wirkt."

„Eine Frage noch Doktor?"

„Ja?"

„Können sie Schwimmen?"

„Ja, wieso?"

So schnell sah Adalmus nicht, da riss Kore ihm den Virus mit samt dem Gegenmittel aus der Hand und gab ordentlich Gas. Adalmus war so überrascht, dass er sich nicht festhielt und prompt nach hinten ins Meer stürzte. Er platschte unsanft auf der Wasseroberfläche auf. Wenige Meter trennten ihn vom rettenden Ufer.

„Kore, das ist Wahnsinn. Das hast du doch nicht wirklich vor?", rief Drag ihr aus der Laterne zu. Ihr Begleiter erahnte ihren Plan. Für Kore ergab alles plötzlich einen Sinn. Als sie in Adalmus Augen im Strandcafé sah, flutete sie eine Fülle von Informationen. Darin zeigte sich nicht nur Adalmus Werdegang in allen Einzelheiten, sondern auch, dass er schon einmal einer Fee begegnete. Ihrer Feenfreundin Jule beim schwarzen See. Sie gab ihm den entscheidenden Hinweis für das Gegenmittel. Dies sollte nicht seine Frau retten, sondern sie. Genau in diesem Moment. Nur Adalmus verstand es nicht. Sie sah auch, dass Adalmus Jules Geliebten, den Masseur Bert im Rocky Ressort begegnete. Es fügte sich alles zusammen.

„Drag, es geht nicht anders. Wenn das Monster auf das Festland trifft, wird die Welt, wie ich sie kennengelernt habe nie Wirklichkeit. Ich muss mich jetzt verletzbar machen."

„Und wie?"

Doch da lies Kore ihren Staub auf Drags Lampe los. Sie knüpfte einen großen Ballon daran, der die Laterne vom Lenker in die Höhe riss. Drag flog in seiner Lampe frei im Himmel hinauf und sah ihr verständnislos nach.

„Feen. Will sie sich wirklich opfern?", fragte er sich seufzend.

Kore wusste, dass sie als Fee nicht dem Monster gegenübertreten durfte. Ihre körperliche Eigenschaft der raschen Wundheilung war nun hinderlich. Der Virus musste sie ungehindert befallen, damit das Monster sie fraß. Nun klärte sich ihr auch der Zusammenhang mit dem Bild in Adalmus Wohnung. Sie brauchte dafür einen Körper, der den ihren ähnelte, aber dennoch nicht der Ihre war. Adalmus durfte sie später, wenn er ihr die Flügel nachwachsen lies, nicht sofort wieder erkennen. Daher verwandelte sie sich in jene Sara, Tinas Bootbegleiterin, deren Abbild sich auf dem Bild in Adalmus Wohnung zeigte. Eine junge Frau ohne Feenkräfte. Nun sauste sie direkt auf das schwarze Etwas zu, während sie die Pille in den Mund nahm. Entschlossen entkorkte sie die Phiole mit dem Virus und schluckte ihn mit samt der Pille. Eine tödliche Süße mischte sich in ihrem Mund mit einer Bitteren, sodass es Kore heiß und kalt zugleich wurde. Im Nu tauchte sie mit ihrem Gleiter in das schwarze Nichts ein. Jenes nagte ihr bei lebendigem Leibe in Sekundenschnelle die Kleider ab und drang in ihren Körper ein. Kore verlor unversehens das Bewusstsein. Alles entglitt ihr. Was das Wesen mit ihr anstellte oder auch nicht, fühlte sie in keiner Weise mehr. Nur tiefe gähnende Schwärze umfasste sie, als sie sich dem Wesen auslieferte. Dies war alles, was sie fühlte. Jedenfalls glaubte, zu fühlen. Sie merkte nicht, wie sich ihre Haut zersetzte, die Gliedmaßen von dem Monster zersetzt wurden. Wie sich das Monster dabei an ihr vergiftete und schließlich von innen heraus verfaulte, all dies spürte sie nicht. So schnell, wie der Killervirus von Kore Besitz ergriff, ging der Moloch in der Gischt des Meeres als zäher schwarzer Brei unter.

Kores zerfressener Körper trieb ähnlich einer leeren Hülle einsam auf dem Meer. Um Hilfe zu holen, entzündete Drag in aller Eile ein nächtliches Feuerwerk am Himmel und steckte am Strand mit einem feurigen Regen die Sonnenschirme in Brand, wodurch ein Feuerwehralarm ausgelöst wurde. Adalmus sah aufgrund des Feuerwerks Elisabeth auf den Wellen treiben. Er schwamm zu ihr und zog sie aus dem Wasser. Er wusste nicht wirklich, ob sie lebte. In ihm bangte es. Für ihn schien eine Ewigkeit zu vergehen, als Hilfe eintraf. Eigentlich kam diese, um das Feuer zu löschen, doch als sie den um hilferufenden Adalmus bemerkte, holten sie die Ersthelfer vom Medizinzentrum des Ortes. Die Retter versorgten Elisabeth so gut sie es vor Ort konnten. Man forderte ein Krankenkopter an, der Elisabeth in das Medizinzentrum brachte. Das Einzige, was die Ordnungskräfte außer dem zerfressenen Körper des Mädchens fanden, war eine klebrige schwarze Substanz vor der Küste, die das Meer aber so nach und nach von dem Meer zersetzte. Ihre Wunden fühlte Kore nicht. Es wären auch zu entsetzliche Schmerzen. Sie blieben ihr sogar Tage später wegen der zahlreichen Beruhigungsmittel erspart, die man ihr im Medizincenter vor Ort unversehens verabreichte. Von dem Monster entstellt, in einer abgeschirmten Station des Medizinzentrums, dämmerte ihr Körper vor sich hin, um eines Tages wieder die Augen aufzutun. Sehr schnell stellte sich nämlich heraus, dass sie bald wieder gesund wird und auch, dass sie eine Person war, die in die Medizingeschichte einging.
Adalmus stand einige Tage nach dem Vorfall in dem Krankenzimmer der Intensivstation und sah auf Elisabeths geschlossene Augen. Er nannte sie so. Kannte er doch ihren wahren Namen nicht. Um die junge Frau pulsierten in dem Zimmer Apparaturen mit kaum hörbaren Piepsen. Sie zeigten jegliche kleine Veränderung ihres Kreislaufs auf und zu dokumentierten es. Eine Mischung zwischen Bangen und Hoffen lag auf seiner Mine. Dass sie genesen würde, stand jetzt schon fest. Nur wie schlimm war der Schaden, den sein Gegenmittel mit ihrer Psyche anstellte? In jedem Falle, das konnte Adalmus bereits jetzt mit Gewissheit sagen, verlief die Genesung anders, als es bei den bisherigen Opfern des Infinityvirus eintrat.
„Du wirst wieder gesund werden", sagte er betroffen aber mit zuversichtlichem Blick begleitet. „Die Ärzte sagen, dass all deine Organe schon bald wieder

funktionsfähig sind und die Geräte nicht mehr brauchen. Du wirst wieder deine Augen aufschlagen."

Am Liebsten nähme er ihre Hand, doch galt es von Berührungen Abstand zu nehmen. Vielleicht würde dies erst in etwa fünf Tagen möglich sein. Immerhin erlaubte man ihm schon einen Besuch. Als Arzt wusste er um die Sensibilität der Situation.
„Elisabeth, was soll ich nur zu dir sagen. So eine Frau wie du ist mir nie begegnet. Obwohl ich mit dir nur ein einziges Mal geredet habe, merkte ich, dass in dir ein großes Herz schlägt. Ich hoffe, du vergibst mir meine Arroganz.“
„Sie vertraute dir“, sagte die väterliche Stimme von Polites, der bei ihm stand. Es war ungewöhnlich, dass ein Mitglied des Rates der Sechs die Kuppel verlies. Das geschah nur bei außergewöhnlichen Ereignissen, die dem Rat ungemein wichtig waren. Zuvor passierte dies nur zweimal in ihrer fast zweihundertjährigen Geschichte.
„Sie glaubte an dich ebenso, wie wir an dich glauben“, sagte das Ratsmitglied und lächelte voller Zuversicht.
„Deine Forschung war erfolgreich. So wie die Daten liegen, wird Elisabeth wieder aufstehen und viel Arbeit vor sich haben. Vielleicht wird sie das Sprechen, das Lesen, das Schreiben, sogar das Laufen und all ihr Wissen wieder zurückerlernen müssen, aber sie wird wieder zurück ins Leben finden. Du hast diesen Neuanfang ermöglicht.“
„Ich wollte es einfach nicht wahr haben“, sagte Adalmus wieder und sah Elisabeth beklommen an. „Im Café, am Strand erklärte sie mir, dass das ganze Leben nur ein Augenblick ist. Juliet war eigentlich schon Tod. Sie sagte mir, dass auch sie ihre Partner verlor. Wer auch immer das war, es traf sie schwer.“
„Juliet ist nicht wirklich Tod. Sie lebt in deiner Erinnerung weiter und so nimmst du sie mit durch dein künftiges Leben. Sie wollte nicht, dass du keine Zukunft mehr siehst. Das Leben gab dir einen neuen Faden in die Hand. Es liegt an dir, ob du an ihm ziehst“, meinte Polites versöhnlich.
Adalmus wandte seinen Blick auf den vermeintlichen Faden.
„Was wird aus Elisabeth werden?“, fragte Adalmus verunsichert. „Wird sie ihren Beruf wieder ausüben können?“
„Nein, ich denke Kosmologie ist nicht das Richtige für sie“, sagte Polites wohlmeinend. „So einen Menschen steckt man nicht in einen Vorlesesaal, wo er seinem starken Charakter nicht gerecht wird. Man setzt ihn dort ein, wo viele von ihm lernen können. Derartige Tugenden lebt man gerade den Jüngsten unserer Gesellschaft vor und hält sie ihnen nicht vor. Das Pressonwaisenhaus sucht demnächst eine neue Leiterin. Dort ist der beste Ort, an dem sie viel von sich weitergeben kann. Ich denke, das wird genau die richtige Stelle für sie sein.“

Dann sah Polites tief in die Augen von Adalmus: „Wir glauben an dich und waren überzeugt davon, dass du es schaffst, den Virus zu besiegen und du hast es geschafft. Ganz ohne diese Menschenfänger aus dem All."

Wie ein Vater umarmte Polites den jungen Erfinder, dessen Anspannung schlagartig abfiel. Tränen kullerten aus seinen Augen. Tränen der Erleichterung und der unendlichen Freude. „Die eigene Vergangenheit vergisst man nie, das ist wahr. Sie ist ein mächtiger Feind und muss jeden Tag aufs Neue besiegt werden, damit man weis, warum man jeden Morgen aufsteht. Aber auch die Zukunft wird irgendwann einmal Vergangenheit. Vergiss dies nicht. Vielleicht kann man nicht den ganzen Verlauf der Dinge beeinflussen, aber man hat es selbst in der Hand, in wie weit die Erinnerung der eigenen Vergangenheit, in die eigene Zukunft hineinwirkt. Es ist an der Zeit Juliet gehen zu lassen. Bedanke dich bei ihr für die gemeinsame Zeit. Und wer weis, vielleicht liegt vor dir bereits ein neuer Anfang. Du musst ihn nur sehen können", sagte Polites und blickte auf Elisabeth. Seine Augen blieben auf ihrem gemarterten Körper haften. Sie dämmerte im Halbschatten des Zimmers vor sich hin.

„Ich helfe ihr wieder zu leben. Sie verlor ebenso ihre Geliebten und ließ sich nicht von ihrer Vergangenheit fressen. Sie rette uns alle, obwohl sie keinen Grund dazu hatte", antwortete Adalmus entschlossen und mit einem gewissen Respekt.

„Aus dem gemeinsamen Schicksal erwächst die Verbundenheit", stellte Polites fest. „Vielleicht werdet ihr nie unbelastet bei Kerzenschein zusammensitzen oder gemeinsam den Stand entlang laufen. Weder werdet ihr euch in tief in die Augen sehen können, noch zu einer innigen Umarmung hinreißen lassen, bei der ihr alles fallen lassen könnt. Zu tief wird euch der Schmerz der eigenen Erinnerung heimsuchen, als das ihr daran Freude empfinden könntet. Vielleicht werdet ihr das zusammen nie tun können, aber ihr werdet euch daran erinnern und aus diesem Schicksal eure gemeinsame Kraft für die Zukunft schöpfen. Da bin ich mir sicher. Die Fragen des Schicksals beantworten sich eben mit mehr, als nur mit Ja oder Nein. Das liegt eben in seiner Natur."

Polites machte eine lange Pause, ehe er weiter sprach: „Im Übrigen biete ich dir eine neue Stelle an. Es wird dir gut tun, wenn du eine neue Aufgabe hast, für die du dir Zeit lassen kannst. Wir fanden in der Forschungsstation Carazzi einen zerschossenen Computer, der technische Daten enthält, die wir nicht kennen. Außerdem ist diese Art der Datenspeicherung völlig neu für uns. Wir bräuchten jemanden, der diese Technologie für uns zugänglich macht. Wir dachten, dass dies genau die richtige Arbeit für dich wäre."

Die Tür ging in diesem Moment auf. Der Raum füllte sich mit dem Ärzteteam des Krankenhauses zur Kontrolle.

„Wir kommen zur Visite. Könnten sie bitte solange nach draußen gehen?", fragte die Krankenschwester den Besuch. Adalmus und Polites gingen daher ohne einen Kommentar nach draußen, um dort ungeniert weiter zu plaudern. Während sich beide auf dem Gang des Medizinzentrums über die neuen Aufgaben unterhielten,

zog Adalmus das von ihm erfundene Verstärkermodul aus seiner Hemdtasche. Jene Erfindung, die einst in den Zellenumkehrer eingebaut und mit dem sich das gesichtslose Monster verband. Er hatte die Größe eines Daumennagels. Wie ein verhasstes Feindbild warf er es eher beiläufig in den nächsten Abfallkübel und entfernte sich diskutierend mit Polites. Diese drückende Last der Vergangenheit wollte der Techniker nicht mehr bei sich wähnen. Zu viel Leid und Schmerz verband er mit diesem teuflischen Gerät. Beide schlenderten den Gang des Hospizes entlang und unterhielten sich über die unterschiedlichsten Möglichkeiten, die die Erfindung des Wirkstoffes gegen das Infinityvirus bot. Polites lobte Adalmus für dessen erstklassige Arbeit. Ein großartiger Erfolg auf ganzer Länge war es, wie Polites ihm anerkennend würdigte. Man verlieh Adalmus die erste Auszeichnung in der Medizinforschung. War er es doch, der den letzten großen Seuchenvirus der Medizingeschichte bezwang. Das war alles, was Drag hören wollte. Der Dämon schlich sich unbemerkt in das Medizinzentrum über das Lüftungssystem ein und machte seine Kameradin in der Intensivstation aus. Mit sich hadernd mit ihr wieder Kontakt aufzunehmen, beäugte er sie behütend. Nicht ungerührt sah er aus sicherer Entfernung seiner ehemaligen Schülerin zu, wie sie von den Ärzten umringt untersucht wurde. Viele Worte waren aus deren Mündern zu hören, die viel versprechend und nach einer zügigen Genesung der Patientin klangen. Sie rühmten anerkennend die großartige Leistung, die Adalmus vollbrachte und verglichen sie mit der Errungenschaft der Krebsheilung. Nachdem die Ärzte Kore wieder allein ließen, rann er aus dem Lüftungskanal und setzte sich neben sie auf das Krankenlager. Seufzend sah er auf sie.
„Wie bringe ich dir nur wieder bei, wer du bist? Du musst doch Ipsy ihre Kraft zurückbringen. Eine Fee hält immer, was sie verspricht."
Die Erinnerungen an den kurzen gemeinsamen Lebensweg huschten durch seinen Kopf. Er wusste in diesem Moment nur zu gut, dass eine Menge Arbeit auf sie und ihn wartete.
„Du brauchst erst einmal Ruhe. Ich werde dich wieder aufsuchen, wenn du soweit bist. Ich glaube du bist hier in guten Händen."
Dann rann er wieder in das Lüftungssystem zurück und warf vom Schacht einen kurzen Blick auf ihr von der Erholung gezeichnetem Gesicht zurück. Über seine Mine glitt ein wohlmeinendes Lächeln. Ungemeiner Stolz lag in ihm.
„Ich komme bald wieder", sagte er vorläufig zum Abschied und nahm sich vor sie erst wieder bei einer günstigen Gelegenheit aufzusuchen. Solange sie hier im Hospital lag, war jegliche Kontaktaufnahme zu unsicher.

Der Wegwurf des Moduls von Adalmus blieb allerdings nicht unbeobachtet. Ein Krankenhausbesucher mit dem baumelnden Anhänger eines allsehenden Auges fischte ihn aus dem Abfallkorb heraus. Leise triumphierend lief er damit davon, um es seinen Herren zu bringen. Ob unbewusst oder nicht, sorgte er dafür, dass dem ewigen Wettstreit zwischen Gut und Böse eine neue Nahrung gegeben wurde. So, dass die Geschichte wieder ihren neuen Anfang nahm.

Kapitel 7

Schlussstein

Elisabeth saß mit einer inneren Unruhe an ihrem Schreibtisch. Ihre Plasmauhr auf dem Schreibtisch zeigte nur wenige Minuten vor Mitternacht an. Diese sternenklare Nacht war etwas Besonderes. Sie fieberte ihr schon lange entgegen. Die Nacht ihrer eigenen Ankunft im Waisenhaus, dessen Leiterin sie vor einigen Jahren wurde. Die Sprachnachricht, die auf ihrem Pinboard an der Wand in ihrem separaten Trakt des Hauses in Form eines gelben Umschlages aufleuchtete, geriet da zur Nebensache. Sie versuchte dennoch aufmerksam der elektronischen Stimme zuzuhören, als dem Board befahl, die kürzlich eingegangene Botschaft vorzulesen. Sie bestand nur aus einem einzigen Satz. „Ich liebe dich, Adalmus."

„Ich weis, ich weis", sagte sie seufzend mit einer gewissen Bitternis. Sie empfand zwar zu Adalmus eine gewisse Sympathie, doch machte ihr Feendasein diese Angelegenheit nicht gerade leicht. Nur mithilfe des Körperwandlers gelang es ihr, einen gewissen Alterungsprozess gegenüber ihren Mitmenschen vorzutäuschen. Hierbei erwies sich das Abbild jener Sara als sehr hilfreich. Aber irgendwann funktioniert dies nicht mehr und Adalmus erkannte, dass seine Geliebte keine gewöhnliche Frau war. Kore verstand nun, warum manches in ihrer Vergangenheit so und nicht anders verlief. Warum ihre Feenfreundin Jule mit Bert kein Beziehungsleben führte. Ihr wiederfuhr mit Adalmus Ähnliches. Daran mochten seine noch so lieb gemeinten Geschenke, wie Godje nichts ändern. Jener befand sich gerade in seinem Wartungspool und lud sich neu auf.

Von der futuristischen Laterne, die auf ihrem Schreibtisch stand, drang Drags Stimme zu ihr. Die kleine Flamme darin schlug leichte Funken, wenn er sprach.
„Du dürftest bald kommen."
„Ja und es erwartet mich eine wohl schwierige Aufgabe."
„Du hast bereits viele Kinder groß gezogen. Warum sollte das jetzt anders sein?"
„Das hab ich, aber mich selbst zu erziehen?"
„Du bist doch stolz auf deine Arbeit. Das Personal und die Kinder im Heim respektieren dich. Außerdem hat dein junges Ich nicht den Staub. Sie kann deine Seele nicht auslesen."
„Ja und trotzdem ist es etwas anderes. Ich weis, dass sie mit Acht adoptiert wird und dass ich sie gehen lassen muss. Das wird mir nicht leicht fallen. Feenkinder sind eben etwas ganz Besonderes. Sie sind ungeheuer neugierig und sehr lebhaft. Wie ein Sonnenschein."
„So sind Feen eben. Als Fee kannst du sie am besten vor den Ors beschützen, ohne dass es dein Sonnenschein bemerkt. Du weist, was sie lernen muss, damit sie ihre spätere Aufgabe meistern kann. Daneben wirst du dich um Neko nach Kores Adoption kümmern."

„Es erklärt mein Gefühl damals im Waisenhaus, als ich mit Neko im Sandkasten spielte. Ich glaubte damals, dass ich noch irgendetwas im Heim zu erledigen hätte. Dieses Gefühl war nicht die Aufgabe meines achtjährigen Ichs.“

„Es gehörte Miss Conners. Neko ist bei dir in guten Händen, auch wenn er es nicht erkennt. Aber er braucht einen guten Vater.“

„Adalmus ist wie geschaffen dafür, aber er akzeptiert ihn nie als seinen Vater ...“

„... und wird so die Erfahrung machen, weswegen er gekommen ist.“

„Warum müssen die Menschenkinder immer nur so sehr durch ihr Leben irren? Nirgendwo fühlen sie sich wirklich zu Hause. Sie sind immer auf der Durchreise. Ich werde Neko meinen Tod vortäuschen müssen, damit er lernt, loszulassen. Er muss seinen eigenen Weg gehen und nicht den meinen. Wie ich das mache, hat mir Neko selbst gesagt. Schließlich weis ich, dass ich mit dem Portikus nach Atres zurückkomme. Ich vermisse Jule und Lysander so sehr.“

„Du weist, wo ihr euch verschmelzen werdet.“

„Es macht mich glücklich zu wissen, wie meine Reise zu Ende gehen wird. Wenn ich auf Atres bin, werden mir die Schlangen Ipsys Energie rauben. Dir wahrscheinlich auch bis Neko uns wieder zurückverwandelt.“

„Ja. Dann kehren wir zu Ipsy und Lysander an den See zurück. Aber ohne unsere Kräfte. Jetzt weis ich auch, warum ich und Ipsy die Fähigkeiten behielten.“

„Wegen mir. Nur so bereitete ich den Boden für die künftige Entwicklung. Ich bin eben, was ich bin, eine Fee“, seufzte Elisabeth, alias Kore.

„Macht dich das glücklich?“

„Meine Geschichte ist meine Geschichte. Was andere in ihr zu erkennen vermögen, ist deren Sache. Ich bin wie Jule auf der Suche nach Freiheit und Glück. Außerdem freue ich mich darauf, meinen Sohn zu sehen.“

„Wie hältst du es weiter mit Adalmus?“

„Wir sollen unser Leben in dem Tempo halten, das für uns gemacht ist. Irgendwie verstehe ich Jule jetzt. Ihr ging es mit Bert ähnlich. Sie liebte ihn, wusste aber, dass sie nie gemeinsam alt werden. Ich sollte mein Herz nicht so stark an ihn hängen. Auch ich werde ihn gehen lassen müssen. Mein brutaler Abgang auf dem Bauernhof ist wie geschaffen dafür. Es tut mir jetzt schon weh, sie so leiden zu lassen. Ich war nicht nur für Neko da, sondern auch für Adalmus und den vielen anderen, in deren Leben ich eingriff. Mir war das vorher nicht bewusst.“

„Du wirst diejenige sein, die Adalmus wieder aufrichtet.“

„Ja“, pflichtete ihm Elisabeth bei. „Es wird feenhaft laufen, ohne dass es die Beteiligten wahrnehmen. Die Menschenkinder merken oft nicht, wenn Feen in ihr Leben einwirken.“

„Sollen sie es denn merken?“

„Ob es eine Fee war, oder nicht. Was spielt das für eine Rolle?“

„Gar keine. Es ist nur, was es ist.“

Sie überhörte in ihrem bewegenden Gedankengang sogar das schrille Läuten der mechanischen Glocke, das den Neuzugang in der Babyklappe des Tompswaisenhauses ankündigte. Elisabeth schweifte mit ihren Gedanken in die jüngste Vergangenheit. Selbstlos half Adalmus Kore wieder auf die Füße. Er besuchte sie oft im Rehabilitationszentrum des Medizincenters. Sein Gegenmittel wirkte tadellos, jedoch besaß Kore anfangs große Gedächtnislücken und sie erinnerte sich nicht mehr an ihr Leben vor der Infizierung mit dem Virus. Ihr Äußeres litt stark unter der Entstellung durch das rätselhafte Monster. Es zeigte sich durch die Narben und Verformungen ihres Körpers. Durch mehrere Gewebeerneuerungen gelang es, die misslichsten Auswüchse zu beseitigen. Drag schlich sich während ihrer Erholungsphase von einer Gewebeerneuerung ihrer Gesichtshaut in das Medizinzentrum ein und tarnte sich als Arzt. In einem vom Personal unbeobachteten Moment suchte er Kore auf und spielte mit ihr ein Spiel, das ihren Heilungsprozess massiv beschleunigte. Innerlich war Kore befand sich im Körper der von ihr kopierten Sara. Um Kores Selbstheilung anzukurbeln, musste sie sich wieder in die ursprüngliche Kore zurückverwandeln. So sollte sie sich in dem Spiel vorstellen, eine Fee zu sein. Kaum dass Kore das tat, wandelte sich ihr Körper und es setzte bei ihr die vollständige Genesung ein. Auch die Erinnerung kehrte zurück. Um keinen Verdacht zu erregen, entstellte sie sich wieder mit dem Körperwandler. Aber diesesmal behielt sie ihr Wissen aus ihrer Vergangenheit. Als man sie aus dem Medizinzentrum entließ, musste sich Kore erst einmal mit der Technik vor ihrer Ankunft im Waisenhaus zurechtfinden. Darum verhielt sie sich zunächst sehr unbeholfen, was sie aber nach außen mit den Folgen ihrer Vireninfektion gut zu erklären wusste. Der Rat bestellte sie zu sich unter die Kuppel und bot ihr an, im Pressonwaisenhaus die Leitung zu übernehmen. Kore sagte zu und fand sich genesen am Haltepunkt der Presson/Memorialstation ein. Damals begrüßten sie fast vierzig Kinder mit ihren Betreuern. Ihr überkamen die Tränen vor Rührung. Sie nahm sich vor, während ihrer Zeit im Waisenhaus, die Feenkräfte nur dann einzusetzen, wenn es sich nicht vermeiden ließ. Dazu gewöhnte sie sich einen Unterrichtsstil an, der sich am Besten eignete, einem Feenkind gerecht zu werden. Sie sah in all den Jahren viele Waisenkinder kommen und gehen. Aber auf den Neuzugang in dieser Nacht, nämlich ihrem Eigenen, fieberte sie nicht ohne Grund entgegen.

Schließlich meldete sich Indreen durch die Sprechanlage des Waisenhauses. Seine Stimme klang hellwach: „Miss Conners", meldete er sich wie aufgeweckt. „Sind sie noch wach?"

„Ich bin noch wach. Was gibt es Indreen?", antwortete Elisabeth wie aufgetaut aus ihrer Erstarrung. Sie wusste, dass sie jetzt wieder in ihre Rolle als Leiterin des Hauses zu schlüpfen hatte.

„Wir haben eine Neue. Es ist ein Mädchen. Kore heißt sie. Kore Tomps. Miss Conners, sie müssen sie sich ansehen. Sie ist viel kleiner als die anderen Babys. Genau achtunddreißig Zentimeter und wiegt nur achthundert Gramm", sagte er aufgeregt. „Michelle sagt, dass das Baby mit diesen Maßen normalerweise Tod sein müsste."

„Danke Indreen. Ich sehe sie mir gleich an. Und Indreen, sagen sie bitte dem Arzt wegen der Untersuchung morgen noch bescheid.“

„Soll ich den Rat wegen des Kindes unterrichten? Die wird das bestimmt interessieren, zumal wir nicht wissen mit was wir es zu tun haben“, fragte er diensteifrig nach.

„Tun sie das“, erwiderte Miss Conners nachdenklich und fügte hinzu. „Mit dem Mädchen stimmt was nicht, das ist klar. Aber das Kind deswegen anders als alle Anderen zu behandeln halte ich für falsch. Ich würde sie genauso aufziehen, wie jedes andere Kind das den Weg in unsere Einrichtung findet. Wer auch immer sie hergebracht haben mag. Sagen sie das dem Rat.“

„Jawohl, Miss Conners“, bestätigte Indreen und meldete sich ab. Miss Conners blickte wieder ins Leere und sah sich den Hausspruch der Waisenanstalt an, den sie unter Adalmus Bildnis anheftete. Für sie kam es vor, als ob er auch für ihre Beziehung zueinander galt, obwohl damit etwas anderes gemeint war.

Elisabeth erhob sich seufzend aus ihrem Bürostuhl und murmelte den Hausspruch ihres Gründers herunter: „Schließe mit dir selbst den Frieden. Das ist nicht leicht, aber auch nicht unmöglich. Tja, es geschieht doch immer wieder was Neues hier. Langweilig wird´s nie. Das ist gut so. Weist du Drag“, sagte Elisabeth nachdenklich zu ihrem Dämonenfreund in der Lampe. „Mir kommt es zwar oft so vor, als ob man zwar nicht weis, warum man etwas tut, aber dass alles doch irgendwie das Richtige ist. Alles in dieser Welt hat ihr vorherbestimmtes Schicksal. Vielleicht steckt ein bisschen von ihm in jedem von uns. Man muss nur sein Herz am rechten Fleck haben und ihm folgen, auch wenn einem der Verstand zuweilen etwas anderes sagt. Ich denke mir immer, wenn man die Dinge des Lebens begreifen will, dann muss man auch zwischen den Zeilen zu lesen verstehen. Das scheint universell zu sein. Es gilt praktisch für alles im Leben.“

„Vielleicht …“, so schlug Drag mit Funken aus seiner Lampe“, … ist gerade das das Göttliche daran.“

Sogleich verließ Elisabeth mit ihrem Roboterassistenten Godje den separaten Gebäudetrakt, um sich den Neuzugang von Michelle zeigen zu lassen. Godje kannte das Geheimnis der Waisenhausleiterin und auch, warum ihr Wohntrakt abgeschirmt von den Waisenkindern lag. Gemäß seiner Programmierung blendete der Nanoroboter diese Tatsache aus, sodass ihm in dieser Hinsicht nichts über die elektronischen Lippen kam. Elisabeth freute sich, als sie die kleine Kore in ihrem Bettchen friedlich schlafend vorfand. Irgendwie fühlte die Heimleiterin gerade in Momenten wie diesen, dass sie trotz ihrer Sehnsucht zu Jule und Lysander, die auf Atres bereits auf sie warteten, hier auf diesen Planeten hingehörte. Irgendwie.

Fortsetzung Kore Tomps - Die Geschichte einer Fee -

Epilog

Indreen folgte neugierig seiner Mutter durch das Dorf. Sie ging einfach vom Unterricht aus dem Lehrhaus weg ohne jemanden zu bestimmen, der auf die Kinder in der Zwischenzeit acht gab. So kannte er sie nicht. Es musste etwas sehr Wichtiges sein und mit dem wahrgenommenen Duft im Zusammenhang stehen. Der seltsame Zimtgeruch erinnerte ihn an die Märchen von den Feen, die seine Mutter ihm voller Hingabe vor dem Einschlafen erzählte. Auch Onkel Maluk behauptete, dass seine Erzählungen über die Zeit der Träume, so wie er die Zeit vor seiner Geburt nannte, wahr wären. Ihm kam es vor, als berichteten sie ihm von einer fernen unwirklichen Welt. Einer Zeit, in der das Wünschen noch half.

Es war der Mythos von außeratrischen Wesen, den Menegerit, die hier auf Atres landeten. Sie kamen mit einem riesigen Schiff von einem weit entfernten Ort, den sie skrupellos verwüsteten und alle Rohstoffe entrissen. Alles nur mit dem Ziel, die Unsterblichkeit zu erlangen. Auf Atres erschufen sie eine Art Magneten, mit dem sie alle Seelenenergie aus dem Universum an einen Punkt zogen und dort vereinten. Doch jene Energie zerstörte ihre Sammler und ergoss sich wie eine Flut über den ganzen Planeten. Sie kontaminierte alle Lebewesen, bis auf jene außeratrischen, die sich in die schwarze Insel retteten. Das Leben teilte sich und schuf jene Kreaturen, von denen die Geschichten Maluks und Jules handelten. Jene Wesen, die aus einer Art Traum geboren wurden, formten Atres Oberfläche; die Meere, Gebirge, Wüsten, Ebenen und die Wälder. Sie schufen weitere Kreaturen und gaben dem Land die Gestalt, die er heute vorfand. Die Zeit der Träume endete mit dem Erscheinen der schwarzen Fee, die von jenem Ort kam, den die Menegerit verwüsteten. In der Seele jenes rätselhaften Wesens brannte das genaue Gegenteil von dem, was die Menegerit ablehnten, ja sogar fürchteten. Indem, dass sie sich vor ihr fürchteten, zogen sie sie an, was zu ihrem Untergang führte und somit Atres aus ihrem Traum riss. Alle Kinder des Dorfes kannten diese Geschichte, doch sie deckte sich nicht mit dem, was sie jeden Tag erfuhren. Auch das seltsame Gebilde vor der Küste, das die Erwachsenen die Huangdi nannten und mit der die Menegerit kamen, überzeugte sie nicht. Die Kinder erkannten darin ein riesiges Stück Metall, das aufgrund seiner glatten Oberfläche nicht zu besteigen war.

Als Indreen jenes seltsame geflügelte Wesen aus der Zeit der Träume sah, dass seine Mutter Jule im Dschungel so hingebungsvoll umarmte, geriet er in große Versuchung zu ihnen zu stoßen. Zu gerne lernte er dieses Wesen selbst kennen. Wollte ihren Duft aus nächster Nähe schmecken. Doch da war dann wieder die Furcht davor. Die Furcht, sich mit Kräften einzulassen, denen er sich nicht zu behelfen wusste. Lieber verharrte er still und leise im Schatten, während das Treffen zwischen Jule und dem Wesen im Dschungel von statten ging. Erst als es wegflog, traute er sich aus seiner Deckung.

„Wer war diese Frau?", fragte er seine Mutter.

Und Jule antwortete ihm:„ Das war eine Fee, mein Junge. Eine echte Fee."

„Was ist eine Fee?"

„Sie stammt aus der Zeit der Träume. Aus der Zeit vor deiner Geburt. Für die einen gibt es sie, für die anderen nicht. Wer an Feen glaubt, glaubt auch an sich selbst. Sie helfen dir wieder Halt zu finden und trösten dich in jeder so schweren Krise."

„Sind es Götter?"

„Wenn du deinen Glauben an dich selbst als göttlich bezeichnen willst, dann wird es so sein. Eine Fee tut dir nicht wohl. Sie zeigt dir deinen Schmerz. Du allein entscheidest, was du darin erkennen willst. Ihre Art in dein Leben einzugreifen, wirkt befremdlich und zunächst unlogisch. Wenn du aber bereit bist, auf sie zuzugehen, wird sie dir helfen. Sie füllt den Raum zwischen Leben und Tod, zwischen Materie und Energie aus. Mich wundert es, dass auch du sie gerochen hast. Hast du doch etwa meinen Geschichten über die Feen geglaubt?"

Indreen wusste, worauf seine Mutter anspielte, tat er doch zunächst ihre Geschichten als ein reines Märchen ab. Doch in seinem Inneren herrschte große Verunsicherung. Verunsicherung darüber, dass vielleicht nicht doch ein Kern der Wahrheit in diesen Erzählungen steckte.

„Wahnsinn", entfuhr es ihm begeistert. „Es gibt tatsächlich Feen. Das ist ja toll. Weist du was? Das müssen wir unbedingt Tante Kore erzählen. Sie wird um diese Zeit im Gemeinschaftsgarten sein."

„Ja, das müssen wir", antwortete Jule mit einem gewissen Schmunzeln, während Indreen aufgeweckt aus dem Dschungel zu ihr in das Dorf stürmte.

„Sie weis es schon längst", dachte sie leise bei sich und lief entspannt ihrem Sohn hinterher. „Kore brachte den Tag zu Ende. Jetzt holen wir auch Lysander, Drag und Ipsy vom See ab."

Anhänge

<u>Zeittabelle</u>

(Entnommen aus dem Universallexikon zur Geschichtsschreibung im Jahr 292 nach Tomps (n. T.))

Zur Einordnung der Ereignisse folgt aufgelistet der historische Hintergrund der Geschichte von Jules Ankunft bei den Benesters bis zu dem Zeitpunkt des Starts der Huangdimission im Jahr 292 nach Tomps (n. T.). Alle Angaben erfolgen in der tompschen Zeitrechnung. Die Geschichtsschreibung ist die schlimmste Art der Erzählkunst. Sie unterschlägt viele Emotionen und bringt empathielos Entwicklungen zum Ausdruck, die sie für den Leser befremdlich macht.

Jahr	Ereignis
191 v. T.	Ankunft Jules bei den Benesters in den Rocky Mountains am vierten Juli.
181 v. T.	Jule wird zur Fee und mit einem Vermerk über ihr spurloses Verschwinden aus der Registratur der Behörden gestrichen.
195 bis 177 v. T.	**Erster Ölkrieg bzw. Hybridkrieg (historische Bezeichnung)** Globaler Rohstoffkrieg, den Nationalstaaten als Marionetten für die weltweiten operierenden Energiekartelle und der Hochfinanz austrugen. Dem voraus ging eine Parlamentsentmachtung durch eine Notstandsgesetzgebung, welche durch vorgetäuschte Krisen installiert wurde. Militärische Operationen (verdeckte Kriegsführung, Guerillataktik) zählten ebenso dazu, wie die Migrationswaffe (Überflutung des Gegners mit Einwanderern, um deren Wirtschaftskraft nachhaltig zu schwächen), Desinformations- und Propagandakrieg (um die Akzeptanz in der Bevölkerung für die getroffenen Maßnahmen und Rechtsbeschneidungen sicherzustellen) sowie der Cyberangriff (Abschaffung des Bargeldes, Einführung einer globalen Kryptowährung zur Verbraucherkontrolle bzw. deren Steuerung). Als Auslöser des Konflikts gilt das Scheitern der Freihandelsgespräche, welche durch Bedrohungsszenarien gerettet werden sollten. Im weiteren Verlauf gewannen die Scharmützel zunehmend an Heftigkeit, doch ehe es zum offenen Krieg zwischen den Allianzen kam, bremste der **Große Blackout** die weltweite Wirtschaft aus, was zum abrupten Ende des **Ersten Ölkrieges** führte.
177 bis 157 v. T.	**Großer Blackout** Globale Energiekrise, die zur Zerschlagung der Energiekartelle und der Hochfinanz führte. Ausgelöst durch Sonnenstürme und der Schwächung des Erdmagnetfeldes, zerstörten im Jahre 177 v. T.

	elektroplastische Wolken der Sonne jegliche elektronischen Bauteile aller Geräte und Datenverbindungen. Erster vollständiger Zusammenbruch des weltweiten Internets, was eine komplette Datenvernichtung in der digitalen Welt nach sich zog. Zusammenbruch des weltweiten Währungssystems. Die während des Hybridkrieges eingeführte Kryptowährung löste sich praktisch über Nacht auf. Auf allen Kontinenten kam es zu anarchistischen Ausschreitungen und Militärputschen, was die damaligen Regierungen und deren Hintermänner reihenweise zu Fall brachte. Darauf folgten die sogenannten „Blackoutprozesse", die mit mehrjährigen Haftstrafen der lebend festgenommenen Verantwortlichen endeten. Im Falle der Vereinigten Staaten fand nach der Anarchiezeit zwischen 177 v. T. und 160 v. T. eine Neuausrichtung und ein kompletter Umbau des politischen Systems statt. Durch eine neue verfassungsgebende Versammlung im Jahr 159 v. T. und der Kooperation mit den Nachbarstaaten führte dies zur Gründung des Nordamerikanischen Bundes und in den Jahren 155 v. T. bis 153 v. T. letztlich zur Gründung der Amerikanischen Union, die den gesamten Kontinet umfasste. Auf den anderen Erdteilen fanden ähnliche Entwicklungen statt, die zur Entstehung weiterer Staatenfraktionen führten. Die Epoche des **Großen Blackouts** endet mit der Inbetriebnahme des ersten Fusionsreaktors in Denver im Jahr 157 v. T. durch eine Wissenschaftlergruppe um den renommierten Energieexperten Robert Mizia.
130 bis 126 v. T.	**Erfindung des Fusionsmobils (Schlüsseltechnologie)** Entwicklung der Ragwoski-Mizia Methode im Jahre 130 v. T. durch die Forscher Wilma Ragowski und Robert Mizia. Jungfernfahrt bzw. Flug am 08.10.126 v. T. Das Fusionsmobil blieb zunächst nur der militärischen Verwendung vorbehalten. Bau der ersten Fusionspanzer unter Verwendung der Gleitertechnologie (Levitationstechnik). Diese Technik gilt aus Voraussetzung für den späteren Niedergang des Verbrennungsmotors und des Elektromobils nach dem **Zweiten Ölkrieg**
114 bis 112 v. T.	**Zweiter Ölkrieg (Rohstoffkrieg)** Im Gegensatz zum **Ersten Ölkrieg**, der den generellen bewaffneten Kampf um Rohstoffe umfasste, ging es beim **Zweiten Ölkrieg** um die verbliebenen Ölreserven des Planeten. Jener Konflikt zwischen der Amerikanischen Union und der Westafrikanischen Fraktion mit ihrem Verbündeten der Asiatischen Koalition erfuhr in der sogenannten „Saharaschlacht" in der gleichnamigen Wüste ein schmähliches Ende. Durch die Überhitzung der damals eingesetzten Fusionspanzer folgte eine offene Kernschmelze, die den ganzen Landstrich für etwa zwei Jahrzehnte unbewohnbar machte. Nahezu die gesamte Armee der

	Amerikanischen Union sowie der Westafrikanischen Fraktion und der Asiatischen Koalition wurde ausgelöscht. Die Folge waren starke innere Unruhen in der Amerikanischen Union sowie in der Gegenpartei. Sie führten im Falle der Amerikanischen Union zum Auseinanderbrechen in die Nordamerikanische Union und des Südamerikanischen Bündnisses. Durch den großen Offiziersmangel in der Nordamerikanischen Unionsarmee verhalf dies zu dem raschen Aufstieg eines damals unbekannten Offiziers mit dem Namen Warren Tomps. Der Vater des späteren Generals Phileas Tomps.
111 v. T.	**Markteinführung des Fusionsmobils bzw. der Gleitertechnologie** Verkehrsrevolution und Stilllegung des Straßennetzes. Aufgrund des verlorenen **Zweiten Ölkrieges** führte die Freigabe der Technologie auf dem freien Markt zu einem ungekannten Wirtschaftsboom, der die Nordamerikanische Union enormen Reichtum bescherte. Damit stabilisierte die Regierung zugleich die aufkommenden Unruhen in der Bevölkerung, welche wegen dem verlorenen Krieg aufzuflammen drohten. Es sollten neuerliche „Blackoutprozesse" verhindert werden.
72 v. T.	**Erste Infinityepidemie in der Südafrikanischen Union.** Der Ursprung der ersten Infinityerreger konnte nie zweifelsfrei geklärt werden. In dem globalen Nachrichtensystem fand der erste Ausbruch keine besondere Erwähnung, da die Südafrikanische Union die Epidemie durch Quarantänemaßnahmen schnell unter Kontrolle brachte und „nur" 30 Tote forderte.
71 v. T.	Eröffnung des Rocky Sanatoriums
68 v. T.	Peter Sellerfield wird Präsident der Nordamerikanischen Union
65 v. T.	**Attentat auf Sellerfield /Mystischer Krieg** Nahezu Vierfünftel der Weltbevölkerung werden durch den Einsatz der Mentalnaniten ausgelöscht. Beginn des größten Massensterbens der Tier- und Pflanzenwelt. Verdunklung der Sonne für mehrere Jahre durch aufgewirbelten Staub, wodurch eine Hungersnot folgte. Der Einsatz des Barrieristen (basierend auf der Ragowski-Mizia- Methode) und der LGA-Jets verhinderte die weltweite Ausbreitung eines radioaktiven Fallouts. Ein Triumvirat aus dem Militär General Tomps, dem Politiker Roger Miles und Wirtschaftsprofessor Mark Daniels putscht gegen die Reste der Fraktionsstaaten sowie der Oligarchie. Die Troika übernimmt als Erste global die Regierungsgewalt. Ausrufung der „New Order" (Rumpf der späteren tompschen Gesetze). Erstmaliger Einsatz der Nanotechnologie bzw. des Nanozips zur Rückgewinnung von Rohstoffen und der Nanotheke zur Versorgung der Bevölkerung mit unverseuchten Lebensmitteln. Einrichtung von Auffangstationen für Minderjährige (Tompsche Waiserhäuser).

Jahr	Ereignis
58 v. T.	**„Rosenputsch"** durch General Tomps. Verhaftung von Roger Miles und Mark Daniels sowie deren sofortige Hinrichtung. Beginn der tompschen Alleinherrschaft bzw. der tompschen Diktatur. Einführung der tompschen Gesetze, die von dem Diktator als unumstößlich festgeschrieben werden. Im gleichen Jahr lässt der General die zentrale Gedenkstätte zum "Mystischen Krieg" bei Presson und das dort örtliche Waisenhaus errichten.
Ab 58 v. T.	**Tompsche Ära**, die mit der Einsetzung des sechsköpfigen Klonrates im Jahr 7 v. T. sein Ende findet. Beseitigung der Altlasten aus dem „Mystischen Krieg". Wiederaufbauprogramm und Renaturierung zerstörter Umwelt. Neuerliche Infinityepidemien zwingen den General die erst neu eingeführte Implosionstechnik wieder vom Markt zu nehmen und die Siedlungspolitik neu zu strukturieren. Der Ursprung der späteren Netzwerkstädte, welche aber zu Beginn noch Quarantänestädte genannt wurden.
0	**Tod General Tomps** / offizieller Beginn der Regierungszeit des Rates der Sechs, was das Jahr Null markiert.
111 n. T.	Der Rat gibt das Carazziprojekt (Entwicklung des Energietors) in Auftrag, was aber nach wenigen Jahren wegen der unberechenbaren Gefahren und des hohen Energieaufwands eingestellt wird.
202 n. T.	Ankunft der Menegerit durch das Energietor. Verwüstung der Inseln La Laguna und Zyperion bei De las Casas. Erfolgreiche Erprobung des ersten Heilmittels gegen das Infinityvirus auf der Basis der biologischen Implosion (Milieuveränderung). Als erste geheilte Person gilt Miss Elisabeth Conners).
204 n. T.	Einführung der neuen Waisenhausleiterin Miss Conners im Tompswaisenhaus Presson/ Memorial
221	Ankunft Kores in Waisenhaus Presson / Memorial
224	Ankunft Nekos in Waisenhaus Presson / Memorial
229	Adoption Kores durch Dora und Edward Berry
239	Kore wird zur Fee. **Niederschlagung des Orsaufstands. Ende der Ratsregierung.** Tod Nekos und offizielles Verschwinden Kores aus der Polizeistation Cherson.
240	Neuordnung der planetarischen Erdregierung, durch Bildung der Netzwerkstädte. Einrichtung eines Weltraumerforschungsprojektes.
262	Das Forscherpaar Onaka enträtselt den Zeitsprung. Baubeginn der ersten Siedlerraumschiffe Inka, Pharao und Huangdi im Weltall.
289	Fertigstellung der Huangdi
292	Die Huangdi verlässt das Sonnensystem.

An dieser Stelle bricht die Zeitleiste ab, da die Huangdi mittels Zeitsprung andere Zeiten und Orte erreicht.

Stichwörter und Erläuterungen aus dem Universallexikon der historischen Abhandlungen aus dem Jahre 240 nach Tomps (n.T.)

- **Tomps, Phileas Morris** geb. 07.06.93 vor Tomps (v. T.) in Middleton/gest. 28.04.00. n. T. in Presson. Namensgeber der Zeitrechnung. Alleinherrscher zwischen 58 v. T. und 7 v. T. Sohn von Warren Tomps und Sophie Snyder.

Leben und Wirken: Phileas Tomps wuchs als Einzelkind in der Nordamerikanischen Union auf und besuchte die Militärakademie in Middeldon, welche er im Jahre 70 v. T. mit Erfolg im Dienstrang eines Oberst verlies. Von 70 bis 65 v. T. Entwicklungschef des militärischen Forschungsprogramms für Nanotechnologie. 65 v. T. übernahm er als Mitglied einer Troika die Regierungsgewalt der überlebenden Menschen nach dem „Mystischen Krieg“. Durch ein Zerwürfnis zwischen den Oligarchen, kam es zur Mycroftkrise, die mit dem *"Rosenputsch"* am 24.03.58 v. T. ein Ende fand. Dieses Ereignis machte Tomps zum Alleinherrscher und gilt als Beginn der *tompschen Ära*, welche mit der Regierungsübergabe des Rates der Sechs endet. Tomps gilt als Gründer und Förderer der nach ihm benannten Tompswaisenhäuser, die global nach dem "Mystischen Krieg" eingerichtet wurden. Er übernahm für alle dort aufwachsenden Kinder die Patenschaft und förderte deren Entwicklung und Talente. Sie bildeten die Basis einer großen loyalen Anhängerschaft, die ihm über Jahrzehnte hinaus große Zustimmung bescherte und für stabile Verhältnisse sorgte. Erst in den Jahren nach dem Putsch begann das Aufräumen der Schäden durch den "Mystischen Krieg", die er zu Lebzeiten nicht abschloss. Eine typische Hinterlassenschaft der *tompschen Ära*, ist die Siedlungspolitik, die Siedlungsstruktur, die Erschließung des Planeten durch das Hypergleitbahnsystem und der Einrichtung eines globalen Datennetzes. Eine der wichtigsten Hinterlassenschaften der *tompschen Ära* gelten die *"tompschen Gesetze"*, die auch unter der Regierungszeit des Rates der Sechs bis auf wenige Ausnahmen ihre Gültigkeit bewahrten. Während den *Infinityepidemien* in den Jahren 22 und 13 v. T verfügte der General eine Quarantäne der Städte Delroy und Mutangu, die deren Bewohner vollständig ausstarben. Die Region wurde erst nach der Entdeckung des Heilmittels durch den Mikrobiologen Dr. Adalmus Bonpland wieder zur Besiedlung freigegeben. General Tomps war maßgeblich an der Schaffung der gegenwärtigen Regierung durch den Rat der Sechs beteiligt, an dem er seine Machtbefugnisse bereits zum 04.08.07 v. T. abtrat.

- **Mystischer Krieg, der** (08.05.65 v. T.) Nuklearer, nanitischer globaler Konflikt auf vordergründig glaubensmotivierter Grundlage. Als Auslöser des Krieges gilt das Attentat auf den Präsidenten der Nordamerikanischen Union Peter Sellerfield, bei dem die Militärbasis Stanford vollständig vernichtet wurde. Die Dauer des Krieges umfasste lediglich 45 Minuten und 13 Sekunden und gilt als der kürzeste "heiße" Krieg der Menschheitsgeschichte.

Vorgeschichte: Um den Ursprung des Konfliktes und dessen Kürze ranken sich verschiedene Thesen und Theorien. Gesichert ist, dass nach dem globalen Zusammenschluss von Nationalstaaten in Bündnisunionen weltweit religiös orientierte Parteien in die Regierungsverantwortung kamen. Durch Repressionen und einer rigiden Gesetzgebung, die das Zurückdrängen anderer Ideologien, wie den Kommunismus und den Nationalismus zur Folge hatten, entstanden vor allem in den Auslegungsfragen der vorherrschenden Religion unter den Menschen große Spannungen, was zu einer fundamentalistischen Gesetzgebung in den jeweiligen Landesteilen führte. Einige Jahre vor dem Konflikt fanden weltweite Pogrome statt, die eine globale Völkerwanderung in Bewegung setzte. Die Staatenblöcke warfen sich in der immer drängender werdenden Flüchtlingsfrage gegenseitiges Versagen vor, das eben wegen jener Glaubensdifferenzen sogar an Schärfe zunahm. Während des diplomatisch geführten Schlagabtausches gelangten immer radikalere Kräfte in die Regierungsverantwortung. Es wurde nun offen mit Krieg gedroht und die neuen Machthaber richteten ihr Programm auf einen bewaffneten Kampf der Kulturen aus. In dieser Zeit wurde Präsident Peter Sellerfield im Jahr 68 v. T. mit einer knappen Mehrheit von 50,3 % zum Präsidenten der Nordamerikanischen Union gewählt, während sein Gegenkandidat Dennis William Collin auf eine bewaffnete Lösung der Glaubenskonflikte zwischen den Mächten drängte. Die geschichtliche Entwicklung der Nordamerikanischen Union zwischen 68 v. T. bis zum Ausbruch des „*Mystischen Krieges*" ist nicht mehr vollständig rekonstruierbar. Es finden sich nur Fragmente aus dieser Zeit. Aus diesen Gründen unterbleibt eine Darstellung an dieser Stelle, sodass dieser Teil der Historie als die "*Dunkle Epoche*" in die Geschichtsschreibung einging. Erst mit dem Attentat auf Präsident Sellerfield am 08.05.65 v. T. sind wieder verlässliche Quellen zum weiteren Verlauf vorhanden. (Siehe auch die Tagebücher des Generals *Tomps*.)

Verlauf: Am Tag des Attentats auf Präsident Sellerfield und der Vernichtung der Militärbasis Stanford am 08.05.65 v. T. gegen Ortszeit 12.28 Uhr, stürmen radikale Fundamentalisten die Nuklearverteidigungseinrichtung der Nordamerikanischen Union und schießen eine heute nicht mehr genau feststellbare Zahl an Nuklearraketen auf die Industriezentren der überseeischen Staatenblöcke ab.
12.32 Uhr: Die Europäische und die Nordafrikanische Allianz leiten Verteidigungsmaßnahmen ein und erklären dadurch der Nordamerikanischen Union den Krieg. Zahlreiche der abgeschossenen Nuklearraketen erreichen ihr Ziel nicht, da sie im Luftraum abgefangen wurden.
12.48 Uhr: Die asiatische Koalition erklärt nach dem Einschlag einer Nuklearrakete auf ihrem Gebiet der Nordamerikanischen Union den Krieg.
12.52 Uhr: Abschuss mehrerer Nuklearraketen der Europäischen und Nordafrikanischen Allianz auf die nordamerikanische Union.

12.56 Uhr: Zusammenbruch des globalen Kommunikationsnetzwerkes durch einen Cyberangriff des Australischen Bundes.

13.01 Uhr: Die Vorderasiatische Förderation tritt neben den Vereinigten Staaten von Südamerika in den Konflikt durch Nuklearraketenabschüsse auf die Nordamerikanische Union ein.

13.10 Uhr: *General Tomps* gibt den Befehl zur Freisetzung der *Mentalnaniten*.

13.13 Uhr: Ende des mystischen Krieges durch die *Mentalnaniten*. Dies verhinderte zwar den Abschuss weiterer Nuklearraketen aber nicht den Einschlag der in der Luft befindlichen Nuklearraketen nicht. Im Verlauf des weiteren Tages lässt General Tomps *LGA-Jets* in den Himmel steigen, um den nuklearen Fallout einzudämmen. Nahezu vier Fünftel der menschlichen Population sind an diesem Tag und aufgrund der Folgewirkung der nuklearen Verstrahlung gestorben. Darüber hinaus wurden weite Gebiete für Jahrtausende verwüstet. Eine weitere Verheerung dieses Krieges ging mit einem weltweiten Artensterben der Tier- und Pflanzenwelt einher.

- **Mentalnaniten, die** erste Nanowaffe der Militärgeschichte. Als leitender Chefentwickler und Vater der neuen Waffengeneration gilt Prof. Dr. Fritz Egelmann, der dem Forscherstab General Tomps angehörte. Die Funktionsweise dieser Waffe unterliegt heute der Geheimhaltung durch den *Rat der Sechs*, sodass an dieser Stelle nicht weiter auf sie eingegangen wird.

- **Dunkle Epoche.** Nicht mehr rekonstruierbarer Zeitabschnitt zwischen 68 und 64 v. T., um die sich heute Spekulationen und Mythen ranken. Diese finden sich unter dem Abschnitt "Spezielles" in der multimedialen Datenbank zur Geschichtswissenschaft.

- **Rat der Sechs.** Geklontes Herrschergremium bestehend aus je drei Männer und drei Frauen, die nach ihrem Ableben durch das Klonverfahren erneuert werden. Seine Einsetzung erfolgte durch General Tomps persönlich im Jahre 7 v. T. Der Rat der Sechs gilt als Bewahrer der „*Tompschen Gesetze*" und ist die oberste Instanz der globalen Rechtfragen. Ihm sind alle Ordnungs- und Sicherheitskräfte des Planeten unterstellt. Er ist der Schirmherr der "*Tompschen Waisenhäuser*" und der Pate dessen Kinder. Sitz des Rates ist die Stadt *Presson*.

- **Tompschen Gesetze.** Einführung durch General Tomps per Erlass am 21.04.58 v. T. und sind im Einzelnen nebst Kommentar in den Abhandlungen zu der multimedialen Rechtslehre abrufbar. Diese Gesetze gelten als unumstößlich und dürfen nicht abgeschafft oder in ihrem Wortlaut verändert werden. Als Bewahrer dieser Gesetze gilt der *Rat der Sechs*. Ihr Inhalt bezieht sich in erster Linie auf das Zusammenleben der menschlichen Gesellschaft und auch der Verwendung der *Mentalnaniten*.

- **Tompsche Waisenhäuser / Waisenkinder.** Die Gründung dieser weltweiten Einrichtung erfolgte per Dekret von General Tomps bereits am 12.05.64 v. T. Primäres Ziel dieser Erziehungseinrichtung war es zunächst den zahllosen Waisen, die durch die *Mentalnaniten* nach dem „*Mystischen Krieg*" elternlos wurden, eine Chance auf eine Zukunft zu geben. Aufgrund der *tompschen Gesetze* bestand in der Folgezeit weiter Verwendungsbedarf der Gebäude, sodass sie heute zu den unentbehrlichen Einrichtungen dieses Planeten zählen. Das Personal dieser Institution wird direkt vom *Rat der Sechs* ausgesucht und ernannt. Leiter eines Heimes wird nur jemand, der sich durch sein vorbildliches Verhalten verdient macht. Jedes Kind, das den Weg in diese Häuser findet, nimmt automatisch den Familiennamen Tomps an, welcher nur durch Adoption oder mit Erlangung der Volljährigkeit geändert werden kann.

- **Presson** Hauptort des Planeten Erde. Sitz des Rates der Sechs. Presson wurde am 08.05.60 v. T. am Jahrestag des *"Mystischen Krieges"* auf den Ruinen einer Vorgängerstadt gegründet. Seine Population beträgt derzeit knapp 200.000 Einwohner und ist seit über zwanzig Jahren konstant. Hier befinden sich die Zentren der Nanoforschung und des Home-Lux-Konzerns. Als besonderes architektonisches Werk ist die Akademie zu Presson hervorzuheben, dessen Bau eines der Ersten der Nanoarchitektur war. Diese weitläufige Anlage beherbergt die umfassendste multimediale Bibliothek des Planeten und bietet Platz für knapp 600 Studierende je Jahrgang. Die Akademie zu Presson ist vor allem auf die Wissensgebiete der Astronomie, der Naturwissenschaft und der Mathematik spezialisiert. Darüber hinaus verfügt das Institut über ein breit gefächertes Sportwesen, welche auf der weltweiten Bühne vertreten ist.

- **Home-Lux-Konzern.** Hersteller der Nanotec-Einrichtungen. Gründung erfolgte zu Beginn der *tompschen Ära*. Institutionsaufgabe ist die globale Versorgung mit Nanowerkzeug und deren Weiterentwicklung. *Unternehmensstruktur:* Es gibt drei unabhängig voneinander operierende Bereiche: Forschung und Entwicklung, technischer Dienst und Produktion/Installation. Der Vorstand des Konzerns koordiniert lediglich den reibungslosen Ablauf zwischen den drei Bereichen. Ansonsten verwalten sich die einzelnen Sparten unabhängig voneinander. *Bewirtschaftung:* Der Kunde mietet die Produkte und Leistungen des Konzerns nur an. Er entrichtet über sein Digitalkonto eine monatliche Grundgebühr. Von diesem Geld bestreitet das Unternehmen seinen Etat. An dem Konzern können keine Anteile erworben werden. Überschüsse gelangen auf ein Reservekonto, das bei Katastrophen die erforderlichen Mittel verfügbar hält.

- **Tompsche Ära, die.** Historische Epoche. Als sein Beginn gilt der *Rosenputsch* vom 24.03.58 v. T. und endet mit der Regierungsübergabe an den Rat der Sechs am 04.08.07 v. T.

Rosenputsch, der. Der Rosenputsch vom 24.03.58 v. T. bekam seinen Namen durch die Verhaftung der Mitregenten Roger Miles und Mark Daniels in einem Rosengarten der Ruinenstadt Charleston. Mit der Verhaftung werden die bisher maßgeblich an der Regierungsverantwortung beteiligten Oligarchien entmachtet und deren Vermögen eingezogen. Über die Hintergründe des Putsches äußert sich General Tomps in seinen Tagebüchern, wie folgt:" ... brachten unsere Ansichten auf Konfrontation. Mark Daniels setzte mich unter Druck, die Waisenkinder in den Heimen zu militärischem Gehorsam zu erziehen. Ein Kind solle parieren, anstatt in seinem Geiste frei zu sein. Ich hingegen stimmte seiner Meinung nicht zu, tat dies ihm gegenüber aber nicht kund, da ich Marks Charakter nur allzugut kenne. Ein Kind bleibt kein Kind sondern wird einmal ein Glied seiner Gesellschaft werden. Wenn es nicht lernt, in seinem Leben selbstständig zu sein, dann wird es sich immer in eine neue Abhängigkeit begeben und einen Führer suchen, der ihm die Art der Freiheit diktiert, in der es zu leben hat. Es wiederholt sich erneut das schreckliche Szenario, das zu dem Massensterben vor fast sieben Jahren in diesem grausamen Krieg führte und ich bin überzeugt, dass dies der falsche Weg der Menschheit ist. Ich war in diesem Moment klug genug mir mein Missfallen seiner Ansicht zu verkneifen. Senator Miles vertrat hingegen die Ansicht, dass die Kinder in den Häusern so zu erziehen seien, dass sie fleißig und strebsam ihr ganzes Leben lang arbeiten sollten. Nur wer sein Leben dazu verwände unermüdlich zu schaffen, ermöglicht auch den Nachfahren eine gesicherte Zukunft, sagte er mir. Jedoch wusste ich genau, was er mir damit sagen wollte. Ich wies ihn darauf hin, dass diese Form der "Zukunftsicherung" nur einigen Wenigen zugutekam. Besser wäre es doch ein soziales Gleichgewicht zu schaffen, um nicht den Keim für neuen Unmut in die Gesellschaft zu legen. In wie fern die Kinder selbst an ihrer erarbeiteten Leistung beteiligt werden, lies Miles offen, sodass ich mich gezwungen sah, eine andere Lösung unserer Differenzen zu suchen. Bereits jetzt bildet sich wieder eine oligarchische Gemeinschaft aus schwerreichen Geschäftsleuten in unseren Reihen heraus, die über den Senator mehr Einfluss in unserer Troika einfordern. Diese setzen auch Daniels unter Druck und ich bin mir nicht sicher, dass auch er auf Dauer dem Lockruf des Geldes standhalten kann. Die Wirtschaftspolitik des Senators lies keinen Zweifel mehr, was er wirklich plante. Bildung für nur einige wenige Eliten, dem Rest genügt das ABC. Über den Zugang zur Bildung will er erneut die Gesellschaft spalten und eine Abhängigkeit der Menschen herbeiführen. Durch meine Informanten blieb mir diese Absicht nicht verborgen. Wohin diese Missstimmung führt, wage ich mir nicht auszumalen, aber ich muss wieder handeln und zwar schnell. Je länger ich warte, um so mehr gebe ich meinen Gegnern Vorschub mich selbst aus dem Weg zu räumen. Bald schon werden sie mich zwingen, mich zu erkennen zu geben, hinter wem von den Beiden ich stehe. Sie fordern von mir, Partei zu ergreifen und mich wieder zu entscheiden, ob ich willens bin den sich anbahnenden Militärstaat zu unterstützen oder der kapitalisierten Oligarchie den Weg zu ebnen. Sie wollen mir erneut meine Kinder wegnehmen und das lasse ich nicht zu. Daher bat ich um eine Unterredung in der Gartenversuchsanlage im neugegründeten Charleston, mit dem Vorwand unsere gemeinsame Vorgehensweise abstimmen zu. Ich hoffe nur, dass sie nicht misstrauisch werden ..." Am 24.03.58 v. T. lässt General Tomps seine Mitregenten verhaften und nur wenige Stunden später hinrichten. Unmittelbar darauf werden per Verfügung die Vermögen der Oligarchen eingefroren und dem globalen Haushaltsetat zugeführt. Anstatt Eliteschulen, wie von Senator Miles gefordert, wurden nun die Waisenhäuser mit den modernsten pädagogischen Mitteln ausgestattet, um die Kinder dort möglichst breit gefächert auszubilden. Noch am selben Tag enthebt General Tomps die Mitarbeiter der gestürzten Regenten ihrer Ämter und lässt sie auf einer Gefängnisinsel internieren.

- **Infinityvirus / Pandemie.** Ableitung kommt von dem englischen Wort "infinite" und heißt übersetzt "unendlich". Hintergrund der Namensgebung ist eine Seuche, auf dem Gebiet des südafrikanischen Bundes in Jahre 72 v. T. Der dortigen Regierung gelingt die rasche Eindämmung des Virus durch Quarantänemaßnahen. Die restliche Welt reagierte jedoch mit vollständiger Abschottung, was den Südafrikanischen Bund wirtschaftlich zum Kollaps brachte. Nach dem "Mystischen Krieg" galt das ehemalige Epidemiegebiet als Sperrgebiet und wurde nicht wieder neu besiedelt. Dennoch tauchten Fälle des Virus in späterer Zeit außerhalb dieser Region wieder auf. Durch erneute Quarantänemaßnahmen führte dies zur Aufgabe der Städte Delroy im Jahr 22 v. T. und Mutangu im Jahr 13 v.T. Während der Regentschaft des Rates der Sechs wurden die neugegründeten Städte Esterfield (8 n. T.), Myshoku (113 n.T.) und Herford (200 n. T.) von dem Virus heimgesucht, bis es Dr. Adalmus Bonpland es gelang das Virus mit einem Heilmittel zu binden und unschädlich zu machen. Als erste Person, an der das Gegenmittel erfolgreich ausprobiert wurde, gilt die Kosmologin Elisabeth Conners. Dr. Bonpland wurde im Jahr 203 n. T. mit der ersten Auszeichnung der Medizin für seine herausragende Leistung geehrt.

- **Ölkriege, die.** Die Bezeichnung Ölkrieg ist irreführend. Sie setzte sich unter den Historikern erst nach der Beendigung des zweiten Ölkrieges durch. Der erste Ölkrieg nannte sich ursprünglich der dritte Weltkrieg, hybrider Krieg oder auch der Ressourcenkrieg. Als Auslöser galt der Kampf um Rohstoffe, die nicht nur das Öl, sondern auch fruchtbares Ackerland und vor allem trinkbares Wasser umfasste. Die Kriegsführung glich einem Brandherdkonflikt, der sich vor allem in den rohstoffreichen Gebieten der Erde austrug. Da diese Güter um den Globus nur in bestimmten Regionen zu finden waren, führte dies zu der Bildung der ersten Fraktionsbündnisse unter den zuvor herrschenden Nationalstaaten. Diese Auseinandersetzung ging nicht immer mit einer militärischen Intervention von statten. Sie zog sich über ein halbes Jahrhundert hin. Der erste Ölkrieg fand sein Ende mit dem großen Blackout sowie der Gründung der Asiatischen Fraktion und dem globalen Handelsabkommen von Kairo, in dem der Austausch der Rohstoffe unter den neu gegründeten Fraktionsbündnissen geregelt wurde. Dies setzte die damaligen nationalen Supermächte unter Zugzwang, ihre Bündnispolitik zu erweitern. Der große Blackout zwang die damaligen Großmächte, ihre Energiepolitik auf komplett neue Füße zu stellen. Der Durchbruch der Fusionsreaktortechnik war ein Teil davon. Ansätze zum Einsatz der Implosionstechnik wurden von den Machthabern erfolgreich unterdrückt. In der Folgezeit kam es zwischen den neu gebildeten Fraktionen zu Spannungen und zu Boykottaktionen, die die zunächst kleinen Fraktionsmächte destabilisierten und zu weiteren Fusionen mit anderen Nationalstaaten führten. Anders hingegen der zweite Ölkrieg. Bei diesem ging es nur um das Erdöl. Als Auslöser des Krieges gelten die Provokationen der Westafrikanischen Fraktion an der Amerikanische Union. Durch den Einsatz des neu entwickelten Fusionspanzers glaubte die Amerikanische Union an einen schnellen Sieg. Der Konflikt fand mit der *Saharaschlacht* ihr jähes Ende und führte zur Spaltung der Amerikanischen Union. Dieses Ereignis war der Auftakt zum zweiten nordamerikanischen Bürgerkrieg, welcher mit massivstem Einsatz von bewaffneten Milizen durch die Regierung, niedergeschlagen wurde. Zur Wiederbelebung der Wirtschaft, gab die Regierung die mobile Fusionstechnik und die Gleitertechnik für den Markt frei, was eine Revolution des globalen Verkehrswesens auslöste. Gleichzeitig setzte die Regierung auf die Erforschung neuer Geheimwaffen, um den Verlust des Fusionsmobils für das Militär auszugleichen. Eine davon waren die *Mentalnaniten*.

- **Saharaschlacht, die.** Höhepunkt des zweiten Ölkrieges. Militärtechnisch aufgrund des großflächigen Einsatzes der Fusionspanzer bedeutsam. In der gleichnamigen Wüste stieß das Invasionsheer der Amerikanischen Union mit der Armee der Westafrikanischen Fraktion aufeinander. Da es fast keine Überlebenden der Schlacht gibt, ist der genaue Verlauf nicht mehr rekonstruierbar. Durch die massive Hitzeentwicklung aufgrund der Implosion der eingesetzten Fusionspanzer, schmolz der Sand der Wüste zu Glas. Zwar stellte die Amerikanische Union die vollständige Vernichtung ihres eigenen Heeres, wie das des Gegners als einen großartigen Sieg dar, jedoch täuschte die Bilanz nicht über die eigentliche Niederlage hinweg. Ihre Entwicklung durch die Ölindustrie und der leichtfertige Umgang mit Menschenleben führten zum Ausbruch des zweiten Nordamerikanischen Bürgerkrieges, was die Spaltung der Amerikanischen Union in die Nordamerikanische Union und des Südamerikanischen Bündnisses zur Folge hatte. Allerdings fielen wegen der boomenden Wirtschaft der Nordamerikanischen Union wieder Teilstaaten vom Südamerikanischen Bündnis ab und schlossen sich der Nordamerikanischen Union an.

- **Fusionsmotor, der.** Antriebsmotor, der die Energiegewinnung nach dem Prinzip der Sonne ermöglicht. Als Erfinder gelten Wilma Ragowski und Roland Mizia. In seinem Innersten verschmelzen Wasserstoffatome zu Helium (Kernfusion). Die Effizienz des Motors ist nahezu unbegrenzt. Erst seine Einführung ermöglichten die technologischen Entwicklungen der Gleitertechnologie und auch der Hypergleitbahn. Dieser Fortschritt blieb zunächst nur dem Militär vorbeihalten, was sich erst nach dem Ende des zweiten Ölkrieges änderte.

Zur Belebung der Wirtschaft fand der Fusionsmotor und auch die Gleitertechnologie Zugang in die breite Öffentlichkeit und löste eine Revolution des globalen Verkehrswesens aus.

- **Implosionstechnologie, die.** Verwandtschaft mit der Levitationstechnik. Antriebstechnik der Naturkräfte, die auf einer Sogwirkung und ihrer wirbelförmigen Bewegung basiert. Diese tritt u. a. in Verbindung mit der Wasserkraft, der Luftkraft, der Erdkraft bzw. Gravitationskraft und der biologischen Kraft (in organischen Körpern). Weitere Möglichkeiten sind nicht ausgeschlossen. Die Anfänge der Implosionstechnik und deren Nutzung gehen bis in das Neolithikum zurück, deren Erkenntnis und Nutzbarmachung aus reiner Beobachtung der Natur gewonnen wurde. Der selbstverständliche Umgang der damaligen Menschen mit dieser Kraft drückte sich kunstfertig in zahlreichen gefundenen Spiralmustern aus (Wirbelmustern), welche den Fluss des energetischen Stroms symbolisierten. Dabei machte es keinen Unterschied, ob dies im Wasser, der Luft, dem Feuer oder mit der Erde selbst geschah (dem Planeten und seine Bewegung durch den Raum). Auf Basis dieser Erkenntnis baute sich die erste technische Revolution der Menschheitsgeschichte im Neolithikum auf. Zum Beispiel dem Anbau- und der Bewässerungstechnik zur Steigerung der Ernteerträge, dem Bootsbau und der Segeltechnik für den Handel und des Militärs, der Nutzung der Flüsse als Transportwege, der Hitzeerzeugung zur Metallgewinnung mittels Schmelzöfen, Sogwirkung der Luft zur Lösung von Metalle wie Kupfer, Zinn oder Eisen aus dem Gestein. Nach einem klimatischen Einbruch und dem damit im zusammenhangstehenden Aufkommen zentralistischer Herrschaftsformen, der Entstehung einer Priesterkaste und der Schrift geriet die Ausweitung der Anwendungsmöglichkeiten dieser Technologie ins Abseits der Menschheitsentwicklung. Da sich die etablierten Machthaber nur für den Erhalt ihrer Pfründe und den gesellschaftlichen Frieden interessierten, förderten sie die Ausweitung der Implosionstechnik nicht mehr und unterdrückten sogar aktiv darauf basierende Ideen. Nur in Krisen- oder Kriegszeiten erfuhr die Implosionstechnik die Aufmerksamkeit der Herrschenden (z. B. Verwendung als Kriegstechnologie). Erst durch den Ausbau des Bildungswesens vor etwa sechshundert Jahren auf breitere Teile der Bevölkerungsschichten beschäftigten sich immer mehr Nichtakademiker mit der Implosionstechnik. In der aufkommenden Industrialisierung, die vor allem auf der Explosionstechnik aufbaute, fand allerdings ihre Forschung keinen Niederschlag in den Alltag. Mit ihr ließ sich kein Geld verdienen, da kein neuer Markt entstand (Kein Rohstoffverbrauch, somit auch keine neue Abhängigkeit der Verbraucher). Ebenfalls vertrug sich die Technik nicht mit dem olympischen Gedanken des damaligen Zeitgeistes, da die Natur nicht nach diesem Leitsatz funktionierte. Wenig später, während des Zeitalters der Elektrifizierung, tauchte diese Technologie wieder unter dem Begriff der „Freien Energie" auf. Mangels Geldgeber und der öffentlichen Unterstützung kauften profitorientierte Unternehmen etwaige Patente auf und ließen sie in ihrer Schublade verschwinden.

150

Die Implosionsforscher selbst erfuhren eine gesellschaftliche Außenseiterrolle und wurden nicht selten als Betrüger und Hochstapler gebrandmarkt. Sogar nach dem **Großen Blackout** wurde diese alternative Technologie erneut unterdrückt, obwohl die Regierungen der damaligen Zeit händeringend nach einer autonomen Energiegewinnungsform suchten. Erst mit Beginn der **tompschen Ära** schien endlich ein breiter gesellschaftlicher Durchbruch in Form der Implosionsgeneratoren nahe, aber die **Infinityepidemie** setzte dieser Hoffnung bald ein jähes Ende. In unserer Zeit findet sich die Technik vor allem im Gesundheitswesen wieder und kann auf den Akademien studiert werden.

In dieser Geschichte tauchen neue Wortschöpfungen bzw. Redewendungen auf, die ich hier in übersichtlicher Form darstellen will.

Begriff	Bedeutung
den Staub kriegen	Erweckung einer „schlafenden" Fee.
die Glut kriegen	Erweckung eines „schlafenden" Dämons
Feenhaft	Schicksalhafte Wendung eines Ereignisses
Nanotechnik	Grundlage zahlreicher Alltagsgeräte zur Zeit der tompschen Ära bzw. des Rates der Sechs. Verbauung bzw. Verschiebung von Molekülen durch hohen Energieaufwand zu den gewünschten Funktionen und Ergebnissen. Voraussetzung für diese Technik war die Kernfusion bzw. die Entwicklung des Fusionskraftwerks sowie das Ragowski-Mizia-Verfahren zur Miniaturisierung des Fusionsreaktors.
Nanotekten	Berufsgruppe, die mittels Nanotechnik Gegenstände zusammenbaut.
Nanozip	Arbeitsgerät der Nanotekten
Hyperbahn	Hochgeschwindigkeitszug auf Grundlage der Gleitertechnik
Nanotheke	Essenszubereiter deren Arbeitsweise auf der Nanotechnik basiert.
Nanokos	Kosmetikmaschine auf Basis der Nanotechnik
Nanohyg	Hygienemaschine auf Basis der Nanotechnik
Nanotex	Kleidermodellierer/schneider auf Basis der Nanotechnik.
Gleiter / Gleiterlimousine	Schwebefahrzeuge auf Basis der Gleitertechnik, welche durch Erzeugung eines Abstoßeffektes von der Erdanziehungskraft vorangetrieben wird. Grundlage hierfür ist die Antigravitationstechnik, die auf die Bildung eines magnetischen Gegenpols zur Erdanziehung basiert.

Nachwort

Als Verfasser dieses Buches bedanke ich mich an dieser Stelle bei den Lesern für ihre Wahl und möchte in den nun folgenden Zeilen etwas zu seiner Entstehung schreiben. Keinesfalls möchte ich eine Wertung oder eine Empfehlung zum Inhalt geben, denn letztlich entscheiden sie selbst, was sie in dem Werk zu sehen glauben.

Kore Tomps, die Geschichte einer Fee, ist nicht über Nacht entstanden. Sie ist das Ergebnis einer Entwicklung aus vielen persönlichen Ereignissen meines Lebens, die sich in diesem Werk wiederfinden. Der erste Teil dieses Buches wurde von mir als ersten Entwurf zwischen November 2004 und Februar 2005 aufgesetzt und seither stetig ergänzt, korrigiert, umgebaut und teilweise neu geschrieben. Der zweite Teil folgte als ersten Entwurf im Jahr 2005 und der erste Entwurf des dritten Teils zur Jahreswende 2005 /2006. Da die Bücher nie einen endgültigen Status erhielten, sondern sich laufend entwickelten, findet sich auch auf der Seite Drei des jeweiligen Teils die Angabe des Versionsdatums wieder.

Ebenso bedanke mich bei allen Menschen, die dieses Werk ob unbewusst oder nicht, erst möglich machten. Wie im Prolog des ersten Teils beschrieben, lebt jeder Mensch in seiner eigenen Wahrheit. Dadurch, dass sie mit anderen Wahrheiten zusammenstoßen, bilden sich erst neue Formen und Ideen, die die Welt des Diesseits entwickelt. Begegnungen helfen, zu werden. Anstatt ihnen auszuweichen, ist es besser sich mit ihnen zu konfrontieren und das mitzunehmen, was einem sinnvoll erscheint. Dieses Buch ist ein möglicher Zwischenstand davon. Mir ist bewusst, wenn dieses Werk auf dem Markt kommt, dass es eine Art endgültigen Charakter hat und dass in Zeiten wie der Unseren dem geschriebenen Wort eine unverrückbare Bedeutung beigemessen wird. Denn was ist das Geschriebene schon? Der Ausdruck eines Moments zum Zeitpunkt der Niederschrift, eines Zwischenstandes, eine Art Notiz, die nur den gegenwärtigen Wissensstand des jeweiligen Verfassers festhält. Jener aber gilt nur solange, bis man etwas Besseres weis. Bücher lesen immer Menschen und die Menschen sind es auch, die letztlich entscheiden, was sie aus dieser von ihnen aufgenommenen Information machen. Dies verleiht dem Leser, also ihnen, eine unglaubliche Macht. Sie abzugeben und sich zur Begründung des eigenen Handelns auf ein Buch zu berufen, zeugt von großer Unreife. Das Universum aber zeigt, wer seine eigene Macht abgibt, wird darunter leiden. Beispiele dafür gibt es in jeder Zeitepoche der Menschheitsgeschichte und erklärt so manches Unheil, das über sie hereinbrach.

Ob weitere Bücher von mir folgen, kann ich jetzt noch nicht sagen, aber vielleicht nur so viel: Mir bereitete das Schreiben der Kore große Freude. Es führte dazu, dass ich das Wesen der Feen sehr lieb gewann und von ihnen viel in mein weiteres Leben mitnehme. Dies wird sich in weiteren Büchern zeigen.

Peter Rupprecht, den 28.04.2020